Love Happens
Zwei sind einer zu viel

Umschlaggestaltung © D-Design Cover Art /
ddc-art.com

Angelwing Verlag / Paul Dahl
Dattenfelder Str. 22
51109 Köln
angelwing-verlag.de
Kontakt: info@angelwing-verlag.de
ISBN-13: 978-3-96261-019-7
Auflage: 1 / 2017

Bibliografische Information der Deutschen Nationalbibiliothek
Die Deutsche Nationalbibliothek verzeichnet diese Publikation in der Deutschen Nationalbibliografie und ist unter www.dnb.de abrufbar.

Das E-Book erschien 2016 im Programm von *Forever by Ullstein.*

Love Happens
Zwei sind einer zu viel

Iris Fox

Dieses Buch

Lola hat von Männern die Schnauze voll, nachdem ihr Freund sie mit ihrer besten Freundin betrogen hat. Kurzerhand wechselt sie Uni und Wohnort und will ganz von vorne anfangen. Doch schon bald nach ihrer Ankunft durchkreuzt der gutaussehende Kristof ihren ausgefeilten Plan vom Singleleben. Der charmante Makler zieht ihr den Boden unter den Füßen weg und Lola ist Hals über Kopf verliebt. Und dann trifft sie auch noch Manuel. Der Student ist nicht nur unheimlich hilfsbereit, sondern mindestens auch genauso süß. Das Gefühlschaos ist perfekt und schließlich trifft Lola eine folgenschwere Entscheidung ...

KAPITEL 1

Auf und davon

Es war einer dieser fürchterlich schwülen Tage, an denen man keinen klaren Gedanken fassen konnte und die Sonne brennend heiß vom Himmel schien.

Seit drei Tagen suchte Lola schon die ganze Stadt nach einer neuen Bleibe ab, doch es war zum Verzweifeln. Die Studentenwohnheime waren längst belegt und die Wohnungen, die kurzfristig zur Verfügung standen, waren einfach zu teuer.

Aber was soll's. Sich ärgern half auch nicht weiter. Nachdem sich die Dinge in den letzten Wochen zu Hause so rasend überschlagen hatten, konnte sie von Glück reden, überhaupt so schnell einen neuen Studienplatz bekommen zu haben.

Lola rollte mit den Augen. Bloß nicht weiter daran denken, immer schön nach vorne schauen. Bald hätte sie das Schlimmste überstanden und könnte endlich neu anfangen.

Auch heute hatte sie wenig Hoffnung auf eine Wohnung, doch was blieb ihr anderes übrig, als sich dieses Loch wenigstens einmal anzusehen? Die Wohnung wäre wenigstens bezahlbar.

Genervt stand sie am Straßenrand und wartete auf den Makler. Auf der anderen Straßenseite konnte sie im Schaufenster ihr Spiegelbild erkennen. Die kupferroten Haare zu einem Knoten hochgebunden, das Käppi zum Schutz vor der Sonne schräg darauf gesetzt, schaute sie eine heitere junge Frau an, deren Erscheinung sie nicht sonderlich umhaute. Sie war kein Model-Typ, doch sie mochte ihr Äußeres und fand sich ganz ansehnlich.

Die große Schultertasche hatte sie neben sich auf den Boden fallen lassen. Über den MP3-Player hörte sie ihre derzeitige Lieblingsband Revolverheld.

Während Lola so dastand, überlegte sie, dass sie die Wohnung sowieso nehmen müsste. Egal, ob sie ihr gefiel oder nicht. In einer Woche war der Umzug geplant und irgendwo musste sie schließlich schlafen.

Sie sah der Straßenbahn nach, die im Fünf-Minuten-Takt vorbeifuhr. Ihre Laune sank mit jeder Sekunde mehr. Mit der Cosmopolitan, die sie sich bei ihrer Ankunft am Hauptbahnhof gekauft hatte, fächerte sie sich genervt Luft zu.

In diesem Moment tippte ihr jemand von hinten auf die Schulter. Erschrocken riss sie die Kopfhörer runter und sah direkt in das Gesicht eines ihr unbekannten Mannes.

»Entschuldigung. Sind Sie Frau Brandstedter?«

Lola blinzelte gegen die Sonne. Sie konnte nur die Umrisse des Mannes erkennen.

»Ja, die bin ich. Und Sie müssen Herr Lorenzen sein.« Sie wandte sich dem Mann zu und betrachtete ihn etwas genauer. Ein klassischer Anzugträger.

»Nein, da muss ich Sie leider enttäuschen. Mein Mitarbeiter, mit dem Sie eigentlich einen Besichtigungstermin vereinbart hatten, ist kurzfristig erkrankt. Ich bin Herr Schlüter und habe den Termin in aller Eile übernommen. Der Verkehr zu dieser Uhrzeit ist unberechenbar. Ich kann nur hoffen, Sie haben nicht zu lange warten müssen?« Seine Stimme war äußerst angenehm.

Mit dem Finger deutete er auf die Eingangstür.

»Die Wohnung, die ich Ihnen zeigen möchte, liegt im vierten Stock. Ich hoffe, es macht Ihnen nichts aus? Leider gibt es keinen Fahrstuhl.«

Er lächelte und fing an, Lola von oben bis unten zu betrachten. Eigentlich wollte sie diesem Kerl, der über eine halbe Stunde zu spät kam und sie bei dieser sengenden Hitze so lange warten ließ, ordentlich die Meinung geigen. Die richtige Stimmung dafür hatte sie. Nachdem er aber so eine hervorragende Ausrede parat gehabt hatte, sah sie sich gezwungen, ihren Ärger hinunterzuschlucken.

»Nun, ich bin gespannt auf die Wohnung, und der vierte Stock ist kein Problem für mich. Also. Meinetwegen kann es losgehen.« Ihre Augen funkelten herausfordernd.

Mit dem Schlüssel in der Hand schloss er auf. Schwungvoll schwang die Tür nach innen auf.

»Bitte, nach Ihnen.«

Dicht gedrängt an Herrn Schlüter vorbei betrat sie das Treppenhaus. Es war ihr unangenehm, dass sie so verschwitzt war. Das Gebäude war heruntergekommen und klein.

»Ja, ja. Das Treppenhaus ist nicht im besten Zustand, aber dafür grundsolide. Lassen Sie sich davon nicht beirren«, sagte Herr Schlüter, dem Lolas Gesichtsausdruck nicht entgangen war. »Es gibt nur die Treppe, also«, bemerkte er nun doch etwas unsicher.

Seufzend blickte sie auf die schier endlos wirkende Treppe und ging als Erste hinauf. Gleich darauf ärgerte sie sich darüber. Sie spürte, wie seine Blicke auf ihrem Hintern ruhten. Also beschleunigte sie ihr Tempo, um so schnell wie möglich den vierten Stock zu erreichen.

Oben angekommen rieb sie sich in einem kurzen, unbeobachteten Moment nach Atem ringend den Schweiß von der Stirn. Herr Schlüter war im Begriff, die letzten Stufen mit einer Leichtfüßigkeit zu erklimmen, die sie als überaus unverschämt empfand.

»Mein lieber Mann. Sie sind vielleicht die Treppen hinaufgeflogen. Also, um Ihre Kondition mache ich mir keine Sorgen«, setzte er lachend noch einen drauf. Gequält erwiderte sie sein Lächeln, ohne zu wissen, ob es ernst gemeint war oder ob er sich über sie amüsierte.

Während Lola darüber nachdachte, schloss er die Wohnungstür auf der linken Seite auf. Aus der Wohnung auf der rechten Seite drang scheppernde Musik. Der Makler beachtete es nicht und hoffte wohl, sie würde es nicht ansprechen.

»So, das wäre die Wohnung. Falls sie Ihnen zusagt, sie wäre sofort frei.« Mit diesen Worten legte er ihr seine Hand auf den Rücken, schob sie sanft in den Flur der Wohnung und schloss hinter ihr schnell die Tür. Der Lärm aus der Nachbarwohnung war jetzt nur noch ganz leicht zu hören.

Normalerweise hätte sie sich solch ein Benehmen verbeten. Der Schauer aber, den die kurze Berührung des Maklers in ihr ausgelöst hatte, ließ sie erstarren wie eine Salzsäule.

Souverän ging Herr Schlüter vorweg und deutete mit einer Handbewegung nach rechts.

»Hier haben wir das kleine Bad mit Wanne und Fenster. Es ist genügend Platz für eine Waschmaschine. Eine Gelegenheit zum Trocknen Ihrer Wäsche zeige ich Ihnen später im Keller, wenn Sie möchten. Ich würde davon abraten, die Wäsche in der Wohnung zu trocknen.«

Skeptisch ließ sie ihre Augen in seine Richtung schweifen. Dieser Typ irritierte sie. *Was geht den meine Wäsche an?* Schnell sah sie in eine andere Richtung, als sie bemerkte, wie ihr das Blut in die Wangen schoss.

»Hier drüben kommen wir dann auch direkt in den Wohn- und Essbereich mit Kochgelegenheit. Ich persönlich finde den kleinen Balkon bereichernd für die Wohnung. Doch schauen Sie selbst«, bemerkte der Makler, während er in den überschaubaren Wohnraum eintrat. Er blieb mitten im Raum stehen und lächelte sein wohl charmantestes Maklerlächeln.

Lola riskierte einen Blick nach links in die Kochecke. Es war eine winzige Puppenküche. Nicht sehr viel Platz, aber das Wichtigste war vorhanden. Die Wohnung gefiel ihr.

Den Blicken seiner Kundin folgend, schien Herr Schlüter es nun vorzuziehen, die Wohnung ohne Worte auf Lola wirken zu lassen. Erst nachdem sie ausführlich alles inspiziert hatte, richtete er das Wort wieder an sie.

»Nun, wie gefällt es Ihnen?«

»Ich habe schon schlechtere Wohnungen gesehen.« Ihr Blick ging weiter durch das Zimmer.

»Ja. Sie müssen bedenken, im Moment ist der Wohnungsmarkt wie leergefegt. Ich habe vorhin noch einen schnellen Blick in meinen Computer gewagt, aber so kurzfristig, wie Sie suchen, haben wir derzeit wirklich keine weiteren Wohnungen im Angebot.«

»Ich weiß«, entgegnete sie gereizt. »Ich denke, ich werde die Wohnung wohl auch nehmen müssen.«

Ein Handy klingelte. Herr Schlüter zog sein Telefon aus der Hosentasche und sah drauf.

»Entschuldigen Sie mich bitte für einen Moment, Frau Brandstedter. Da muss ich rangehen.« Ohne sie weiter zu beachten, betrat er den Balkon.

Erst jetzt fiel ihr auf, wie gut er aussah. Mit schief gelegtem Kopf und verschränkten Armen betrachtete sie ihn. *Mmh. Wie alt der wohl ist? Vielleicht 45, oder so ähnlich?*

Eine Hand am Handy, die andere lässig in der Hosentasche, stand er mit dem Rücken zu ihr auf dem Balkon und hätte als James Bond durchgehen können. Es fehlten nur noch die Backgroundmusik, der Hubschrauber in der Luft und die explodierenden Hochhäuser um ihn herum.

Jetzt nicht so der Pierce-Brosnan-Typ. Nein. Eher der Daniel-Craig-Typ. Ja, genau. Äußerst amüsiert über diesen Vergleich, stimmte sie sich innerlich selbst zu. Sein Haar war kurz, das Gesicht markant und der Anzug saß, wie man neidlos anerkennen musste, wie angegossen.

Lola konnte den Blick nicht von ihm wenden. Sie fragte sich, ob er ohne seinen Anzug immer noch wie Daniel Craig aussehen würde. Krampfhaft versuchte sie sich den letzten James-Bond-Film ins Gedächtnis zu rufen.

Mensch, Lola. Die Hitze setzt dir ganz schön zu. Zum Glück hatte sie die Cosmopolitan noch in der Hand. Mit der fächerte sie sich etwas Abkühlung zu. Und verdammt. Ihm schien die Hitze nichts auszumachen. Wer trug denn bei diesem Wetter freiwillig einen Anzug? Wieder wischte sie sich die Schweißperlen von der Stirn.

Entschieden zwang sie sich, den Blick von ihm zu wenden, um sich wieder der Wohnung zu widmen. Direkt über der Wohnzimmertür entdeckte sie eine kleine Nische und hatte sofort eine Idee. Vielleicht war dort oben genügend Platz für eine Schlafgelegenheit.

Gepackt von ihrem Geistesblitz, zog sie sich einen alten Stuhl heran und stellte sich darauf. Viel konnte sie nicht erkennen, doch für eine Matratze schien es zu reichen. Ganz in Gedanken war sie bereits dabei, dieses kleine Paradies ihren Wünschen nach einzurichten. *Mal überlegen. Ich werde eine Leiter brauchen.*

»Oh, Sie haben die Nische dort oben also schon entdeckt«, hörte sie Herrn Schlüter direkt neben sich. Vor Schreck fiel sie fast vom Stuhl. Hektisch und unbeholfen wollte sie herunterklettern, geriet dabei aber ins Straucheln. Herr Schlüter konnte sie gerade noch auffangen.

»Vorsicht, junge Dame«, stammelte er, während er Lola im Arm hielt. Er war ihr nun ganz nahe. Die Welt drehte sich für einen Augenblick. Sie konnte förmlich seinen Atem spüren. Förmlich? Zum Teufel noch mal! Sie konnte seinen Atem spüren. James Bond hielt sie, Lola, in seinen Armen! Ein markanter Duft ging von ihm aus, der betörend in ihre Nase zog und sie tief einatmen ließ.

»Ich, ich …«, stotterte sie. Dabei sah sie in seine Augen. Gefesselt von seinem Blick, konnte sie ihre Augen nicht von ihm abwenden. »Ich, ich glaube, ich nehme die Wohnung.« Nicht imstande, sich auch nur einen Millimeter zu bewegen, verweigerten ihr die Muskeln den Gehorsam.

Fast schien es, als hätte er gar nicht zugehört. Verdattert schüttelte er kurz den Kopf und kniff die Augen für einen Augenblick zu.

»Bitte was?«, fragte er plump.

»Ich glaube, ich nehme die Wohnung«, sagte Lola noch einmal langsam, damit er sie dieses Mal auch wirklich verstand.

»Das ist gut«, sagte der Makler. »Das ist sehr gut.«

Für einen kurzen Moment glaubte sie, jedoch konnte sie sich auch irren, der Makler käme mit seinem Gesicht ein kleines Stück auf sie zu. Fast so, als wolle er sie küssen. Aber nein. Das konnte nicht sein. Da musste sie sich einfach irren. Oder doch nicht? *Für wen hält der sich?*

Ihre Atmung hatte mittlerweile ausgesetzt. Machtlos, irgendetwas dagegen zu unternehmen, zog sein Blick den ihren weiterhin magisch an. Fest und glatt fühlte sie den Stoff seines Anzuges, der sich an ihren Oberkörper schmiegte. Die Umarmung seiner Hände brannte auf ihrem ohnehin erhitzten Körper. *Warum zur Hölle fühlt sich das so verdammt gut an?*

Ein Riesenkrach aus dem Treppenhaus drang zu den beiden herüber, der sie aus ihrer Trance erwachen ließ. Lola und Daniel Craig lösten sich erschrocken voneinander.

»Sieh zu, dass du Land gewinnst, du dämlicher Hurensohn. Lass dich hier nie wieder blicken! Ich hab endgültig die Schnauze voll von deinem Gelaber. Ich bin fertig mit dir!« Eine unverkennbar weibliche Stimme schrie grölend durchs Treppenhaus, dass es einem durch Mark und Bein ging.

Der Makler war genauso verdattert wie Lola selbst, ging aber zielstrebig zur Tür. Ein wenig enttäuscht über das rasche Ende dieser unfreiwilligen Umarmung folgte sie ihm. Allerdings etwas langsamer. Zu gerne hätte sie gewusst, was als Nächstes passiert wäre.

Sie sahen gerade noch, wie ein junger Mann mit ein paar Habseligkeiten unter dem Arm geknickt das Weite suchte. Er hatte wohl begriffen, hier heute nichts mehr ausrichten zu können.

Eine junge Frau, schwarz gekleidet wie die Nacht, schmiss einen ganzen Arm voll Klamotten und anderer Gegenstände über das Geländer. Der polternde Lärm, der daraufhin durchs Treppenhaus schallte, ließ Lola verschreckt die Augen zusammenkneifen.

Es wurde wieder leise im Treppenhaus.

»Hallo, ich bin Cordula«, wandte sich die dunkle Gestalt nun an Lola. »Und? Ziehst du hier ein oder habe ich dich jetzt verschreckt?« Sie fragte ganz ungeniert.

Noch überrascht und perplex von den Geschehnissen gerade eben, sah Lola die junge Frau an, die aussah, als sei sie direkt der Hölle entsprungen. Die Schwärze ihrer Haare, ließ sie augenblicklich an Ebenholz denken und hätte Schneewittchen mit Sicherheit vor Neid erblassen lassen. Ihr mystisches Augen-Make-up bildete einen perfekten Kontrast zu ihren strahlend hellblauen Augen, die so sanftmütig dreinblickten wie die Unschuld in Person. Eine Haut wie Porzellan und ein mit zarter Spitze besticktes, schwarzes Kleid komplettierten ihren Look. Mit der Widersprüchlichkeit, die von ihr ausging, war Lola vollends überfordert. Abgesehen von ihrem Äußeren, war sie ihr aber sympathisch.

»Ja, ich bin die Neue. Verabschiedest du alle deine Besucher auf diese Art? Nur, damit ich mich darauf vorbereiten kann, meine ich.«

Sie reichten sich die Hände. »Nur, wenn es solche Scheißkerle sind wie Hektor. Vor denen muss man sich nämlich gewaltig in Acht nehmen«, brüllte sie den zweiten Satz nach unten gerichtet durchs Treppenhaus, damit es nun auch wirklich die ganze Welt wusste.

Die junge Frau hielt sich nicht mehr lange im Flur auf, sondern hob die Hand zum Gruß.

»Man sieht sich.«

Gleich darauf war sie wieder in ihrer Wohnung verschwunden.

Lola und Herr Schlüter mussten schmunzeln.

»Nun«, sagte er, »scheint so, als würden Sie mit Ihrer neuen Nachbarin ganz gut zurechtkommen.«

Das stimmte. Sie mochte Cordula jetzt schon.

Zurück in der Wohnung zog der Makler mit nervösen Fingern eine Mappe aus seiner Aktentasche hervor, mit der er zur spärlichen Küchenzeile herüberging.

»Dann wollen wir uns jetzt den wichtigen Dingen zuwenden, nicht wahr? Ich brauche dann bitte Ihren Personalausweis, damit ich die Daten aufnehmen kann.« Er fummelte aus seiner Mappe ein Formular hervor. Danach suchte er in seiner Aktentasche nach einem Kugelschreiber.

»Nanu, vorhin hatte ich ihn doch noch«, grummelte er vor sich hin.

Lola wühlte ebenfalls in ihrer Tasche herum. Natürlich sollte der Perso im Portemonnaie sein, war er aber nicht.

Herr Schlüter hatte seinen Kugelschreiber gefunden. Ungeduldig wartete er auf den Ausweis.

Mit ihren Händen versuchte sie den verflixten Ausweis zu ertasten. Gequält lächelte sie dem Makler kurz zu, um dann die Nase erneut tief in die Tasche zu stecken. Schlussendlich kam sie mit einem großen Seufzer wieder hervor.

»Es hilft wohl nichts.«

Beherzt nahm sie die Tasche, ging einen Schritt zurück und leerte den gesamten Inhalt über dem Fußboden aus. Ein filmreifes Rumsen, Klappern und Rascheln hallte durch den Raum, während tausend Dinge langsam, aber sicher zu Boden fielen. Mit hochgezogener Augenbraue beobachtete Herr Schlüter skeptisch das Szenario.

»Einen Moment. Gleich hab ich ihn«, schmunzelte Lola und amüsierte sich königlich über das ungläubige Gesicht ihres Maklers. Er lehnte sich etwas vor, um sie beim Durchwühlen ihrer Sachen besser beobachten zu können.

»Aha, da ist er ja. Bitte sehr.«

Erleichtert schoss sie vom Boden auf und wollte den Ausweis an ihn weiterreichen. Ihr Mund war von seinem nur noch wenige Zentimeter entfernt. Nicht fähig, den Blick von seinen Lippen abzuwenden, atmete sie wieder diesen unverkennbaren Duft ein. Für einen Moment glaubte sie, sich in ihm zu verlieren.

Mit einem verschmitzten Lächeln und einem Augenaufschlag, der zum Niederknien war, nahm er den Ausweis entgegen. Ihre Fingerspitzen berührten sich leicht. Den Ausweis in den Händen haltend, ließ er die perplexe Lola stehen und fing an, auf der Küchenzeile alle wichtigen Daten abzuschreiben.

»Sie heißen also Eleonore Brandstedter, ja?« Sein Tonfall bekam einen amüsierten Klang.

»Ja! Wieso die dämliche Frage?«, giftete sie ihn an.

»Ach, nur so. Ein ungewöhnlicher Name. Hört man nicht mehr so oft.«

Mit der Anspielung auf ihren Namen hatte er einen wunden Punkt getroffen, und sie war nicht bereit, auch nur eine Sekunde weiter auf dieses Thema einzugehen. Ihr verbissener Gesichtsausdruck zeigte ihm das auch ganz deutlich.

»Tut mir leid«, sagte er, als er begriff, wie heikel dieses Thema war. Mit einem versöhnlichen Blick sah er ihr in die Augen.

»Aber alle nennen mich Lola«, hörte sie sich trotzig sagen. *Oh, nein. Wie dämlich!* Lola biss sich auf die Unterlippe. *Das interessiert hier doch nun wirklich keine Sau!* Vor Scham wäre sie am liebsten im Erdboden versunken.

»Kristof«, hörte sie den Makler sagen. »Mich nennen alle Kristof.« Er reichte ihr seine Hand.

Ihr stockte der Atem. »Angenehm.«

In dem Moment, als sich ihre Hände berührten, lief ihr ein wohliger Schauer über den Rücken und ihre Nackenhaare stellten sich auf. Herrn Schlüter, oder besser gesagt Kristof, immerhin waren sie jetzt per Du, schien es nicht anders zu gehen. Allerdings räusperte er sich schnell, entzog Lola rasch seine Hand und hielt sich an der Aktentasche fest.

»Nun, Lola. Ich werde die Papiere heute Abend noch fertig stellen, dann kannst du morgen bereits den Vertrag unterzeichnen.«

Kaum hatte sie den Ausweis wieder in ihre Tasche gestopft und ihre Habseligkeiten vom Fußboden verstaut, ging Kristof zur Tür.

Die Tür fiel hinter ihnen ins Schloss.

»Mein Wagen steht ein paar Meter vom Haus entfernt. Kann ich dich ein Stück mitnehmen?«

Lola wusste, sie hätte besser Nein sagen sollen. Aber bei dem Gedanken an die Herfahrt und die stickige Straßenbahn, die an solch einem heißen Sommertag wahrlich kein Vergnügen war, ließ sie sich hinreißen.

»Ja, gerne. Wieso nicht? Es wäre nett, wenn du mich zum Hostel fahren könntest. Du hast doch hoffentlich eine Klimaanlage im Auto?«

Amüsiert nickte Kristof ihr zu, während sie die Treppen hinabstiegen. Ihr Blick fiel auf den Ehering an seiner rechten Hand. Eigentlich überraschte es sie nicht mehr, dass der Ring eine Enttäuschung für sie war.

Lola saß auf dem ledernen Beifahrersitz eines dunkelblauen BMW und überlegte, wann sie das letzte Mal so nervös gewesen war. Mit einem Blick aus dem Fenster versuchte sie sich abzulenken, doch das brachte nichts. Kristof schien ihre Verzweiflung zu spüren.

»Was führt dich in unsere Stadt?«

Sie war dankbar über den Knochen, den er ihr zuwarf.

»Ich möchte hier studieren. Deshalb brauche ich die Wohnung auch ganz dringend. Nächste Woche soll es schon losgehen und ohne Bleibe hätte ich unter einer Brücke schlafen müssen.«

»Nun, ganz so schlimm wäre es wohl nicht geworden. Aber freut mich, dass ich dir so schnell helfen konnte.«

Er warf ihr ein unverschämt charmantes Lächeln zu. Irgendetwas faszinierte sie an Kristof. Ungläubig schüttelte sie den Kopf. Ihm blieb das nicht unbemerkt.

»Was ist?«

»Ach, eigentlich nichts«, erwiderte sie gewollt gelangweilt und spielte mit dem Henkel ihrer Handtasche herum. Ihr Herz klopfte.

»Ich habe mich gerade gefragt, wie alt du bist, und vorhin, als du mich aufgefangen hast, hatte ich das Gefühl, wir hätten uns fast geküsst. Dumm, oder?« Das war jetzt echt dreist, gab Lola gedanklich zu.

Sein Blick war fest auf den Verkehr gerichtet. Das Lächeln um seinen Mund herum war verschwunden. *Na toll! Jetzt ist es so weit. Jetzt fährt er rechts ran und schmeißt mich raus. Wohnung ade. Mensch, Lola! Halt doch einfach mal die Klappe.*

Aber Kristof fuhr nicht rechts ran. Kristof sagte kein Wort. Die ganze weitere Autofahrt über sagte er kein Wort! Ihr wurde es unheimlich. Sie starrte aus dem Fenster und hoffte, die Fahrt hätte bald ein Ende.

Als das Auto endlich auf dem Parkplatz vor dem kleinen Hostel parkte, verdunkelte sich über ihnen der Himmel. Es fing an zu regnen und dicke Regentropfen suchten sich entlang der Autoscheiben laut prasselnd ihren Weg. Der Motor verstummte.

Lola war nicht imstande, den Blick von ihm abzuwenden. Sie wusste, er würde noch etwas zum Besten geben, bevor er sie herauswarf. Sein Blick war fest nach draußen gerichtet.

»Ich bin im Mai 49 Jahre alt geworden«, legte er los. »In deinen Augen vermutlich ein alter Sack.« Bei dem Vergleich musste er grinsen, wurde aber sofort wieder ernst. »Und ja. Vorhin hätte ich dich beinahe geküsst. Frag mich bitte nicht, wieso, denn ich glaube, es wäre besser, dieses Thema nicht weiter zu vertiefen. Im Übrigen möchte ich mich für mein Verhalten bei dir entschuldigen. Dass ich verheiratet bin, hast du ja bereits bemerkt.«

Wie ein kleines Kind, das sich eine Strafpredigt anhören musste, lauschte sie seinen Worten. Dann hatte er vorhin den Blick auf seinen Ehering mitbekommen. *Boah, wie peinlich!*

»Beantwortet das deine Frage?« Mit messerscharfem Blick fixierte er ihre Augen.

Sie konnte seinen Blick nicht deuten und war mit seiner Reaktion auf ihre Frage überfordert. Sie hatte mit allem gerechnet, nur nicht damit.

»Ich …« Die Stimme versagte ihr. »Du, ist schon okay«, versuchte sie es erneut. »Ich meine …«

»Du kannst morgen früh gegen 9:30 Uhr in mein Büro kommen«, fiel er ihr ins Wort. »Bis dahin habe ich den Vertrag fertig.« Er drückte ihr eine Visitenkarte in die Hand.

Seine Stimme wurde sanfter. »Ich wünsche dir eine gute Nacht.«

Über Lola hinweggebeugt öffnete er die Beifahrertür. Diese Geste kam einem Rausschmiss gleich, doch Lola störte sich nicht daran. Sie genoss die Gegenwart von Kristof und spürte abermals dieses wohlige Gefühl, welches seine unmittelbare Nähe in ihr auslöste.

Wie er ihr so ungeniert auf ihre Frage antwortete. Sogar zugab, dass es ihm ähnlich ging wie ihr. Nämlich, dass auch er sich zu ihr hingezogen fühlte, um sie im gleichen Augenblick aus dem Auto zu werfen. Ja, also … irgendwie fand sie das sogar sexy.

»Bis morgen«, hauchte sie mit zittriger Stimme, während sie sich aus dem Auto stahl.

Als der Motor wieder startete, hielt sie für einen Moment inne. Dicke Regentropfen liefen ihr über Haar und Gesicht, doch sie beachtete es gar nicht. Das Auto fuhr an.

Erst als das Motorengeräusch in weite Ferne rückte, schaute sie sich um. Die Rücklichter des dunkelblauen BMW verschwanden hinter der nächsten Kurve. Dann ging sie, mittlerweile tropfnass, hinein.

Auf dem Weg zu ihrem Zimmer bemerkte sie, wie dieser Mann dabei war, sich gedanklich vollkommen in den Vordergrund zu drängen, und Lola überkam eine ungute Vorahnung. Ganz sicher hatte er nicht vor, diesen Platz so schnell wieder freizugeben.

Sie versuchte sich zu beruhigen, indem sie ihren Gefühlsausbruch dem unheimlich schwülen Wetter zuschrieb. Mit Männern wollte sie für die nächsten hundert Jahre nichts mehr zu tun haben. Wer war sie denn, sich den gleichen Müll direkt nach der Trennung von Dominik erneut anzutun?

»Zum Teufel mit euch blöden Gefühlen«, murmelte Lola.

Außerdem war er doch viel zu alt für sie. Immerhin war sie gerade einmal 21 Jahre alt. Also wirklich!

Dann war er auch noch verheiratet. Das jedoch wunderte sie überhaupt nicht. Ein Mann wie er. Mit dem Aussehen und Auftreten. Dieses markante Gesicht. Lola verdrehte die Augen. Dieser berauschende Duft, der von ihm ausging, drängte sich wieder in ihr Gedächtnis und vernebelte ihr alle Sinne. Sie überlegte, ob … *Nein! Halt! Schluss! Was ist hier denn los?* Von ihren eigenen Gedanken überrumpelt, tadelte sie sich selbst. *Böse Gedanken. Schreckliche Gedanken. Pfui!*

Verwirrt blieb sie stehen. Welche Zimmernummer hatte sie doch gleich? Ein Blick auf den Anhänger ihres Schlüssels verriet es ihr.

»Na toll, zu weit gegangen«, schnaubte sie verächtlich und drehte um.

Erschöpft lehnte sie sich rücklings gegen ihre Zimmertür und ließ die Tasche fallen. Mit einem dicken Seufzer rutschte sie nieder, um mit einem lauten Plumps auf dem Po zu landen. Alle viere von sich gestreckt saß sie da. Sie blickte nach links. Dort befand sich die heiß ersehnte Dusche. Dorthin, so beschloss Lola, würde sie als Allererstes gehen, um wieder einen klaren Kopf zu bekommen. Danach würde sie Mia anrufen und ihr von der neuen Wohnung berichten. Ihre Freundin musste unbedingt auf dem Laufenden gehalten werden. Das war ein Naturgesetz. Von dem Makler würde sie nichts erwähnen. Wozu auch?

Kaum war Lola am Morgen eingestiegen, fuhr die Straßenbahn mit einem unbarmherzigen Ruck an. Sie hatte ihre liebe Mühe, ihr Gleichgewicht zu halten und dabei noch den Ticketautomaten anzupeilen, der, wie sollte es auch anders sein, genau am anderen Ende der Straßenbahn montiert war. Auf ihrem Weg dahin konnte sie es nicht verhindern, mit dem einen oder anderen Fahrgast unbeabsichtigt auf Tuchfühlung zu gehen. Augenblicklich stieg ihr wieder dieser übel riechende, beißende Geruch in die Nase, den sie von den vorherigen Fahrten in brütender Hitze bereits bestens kannte.

Vergeblich versuchte sie am Schalter ihr Fahrticket in den Ticket-Terminal einzustecken. Sie hantierte erst in die eine, dann in die andere Richtung mit der Karte, doch es wollte ihr einfach nicht gelingen. Das Ding schien zu klemmen. Tapfer versuchte sie es weiter.

»Verdammter Mist. Blödes, dämliches Drecks… Wäre ja auch zu viel verlangt, wenn die blöden Dinger benutzerfreundlich … Aua!«

Zack, da war der Fingernagel auch schon ab. Klassischer Fall von »Das Dummerchen ist mit der Hand abgerutscht und hat sich blöderweise den Fingernagel abgebrochen«! Wütend über sich selbst und ihre Ungeduld schlug sie mit der flachen Hand gegen dieses Ungetüm, woraufhin ihre Hand augenblicklich anfing, stechend zu brennen.

Das Ticketproblem war jedoch immer noch nicht gelöst. Verzweifelt ging sie einen Schritt zurück. Erst jetzt bemerkte sie in einiger Entfernung einen jungen Mann, der an der Wand lehnte. Amüsiert sah er zu ihr herüber. Ein spitzbübisches Lächeln glitt ihm übers Gesicht. Ihre grünen Augen funkelten böse zu ihm herüber. Es war unübersehbar. Er genoss dieses Schauspiel, das sich ihm bot.

»Brauchst du vielleicht Hilfe?«, rief er ihr zu. An ihrem abgebrochenen Fingernagel knabbernd blickte Lola verächtlich in seine Richtung.

»Sehe ich etwa so aus?«

Ich? Hilfe? Niemals! Schon gar nicht von dieser Grinsekatze dort drüben.

Sie drehte ihm den Rücken zu. Mit einem Blick auf ihr Ticket in der linken Hand wurde ihr schmerzlich bewusst, dass sie sehr wohl Hilfe gebrauchen konnte. Ein leichtes Jammern konnte sie sich daher nicht verkneifen.

Der junge Unbekannte konnte dieses Trauerspiel nicht mehr länger mit ansehen. Er kam auf sie zu.

»Darf ich?«

Er zeigte auf ihre Hand. Lola resignierte. Sie gab ihm, was er verlangte. Er betrachtete kurz das Ticket, drehte es in die richtige Position und … oh, Wunder! Bei ihm funktionierte es auf Anhieb.

»Bitte sehr, junge Frau.« Stolz hielt er Lola die Karte hin.

Diese Prozedur hatte nicht länger als ein paar Sekunden gedauert. Verdutzt nahm sie die Karte entgegen und bemerkte, wie ihr Mund offen stand. Schnell schloss sie ihn. Es war ihr mehr als unangenehm, so einen peinlichen Auftritt hingelegt zu haben für nichts und wieder nichts.

Ihr Gegenüber strahlte über das ganze Gesicht und strich sich nebenbei eine widerspenstige braune Haarsträhne aus der Stirn. Diese Geste irritierte sie. Sie brachte Lola in einen Konflikt, den sie so nicht kannte. Obwohl er ihr so nett half und sie im Prinzip auch wirklich dankbar dafür war, beschloss irgendetwas in ihr, diese Grinsekatze nicht zu mögen. Dabei sah er sie mit so offenen, ehrlichen Augen an. Das Glitzern in seinem Blick hielt sie für einen kurzen Augenblick gefangen. Eigentlich war er ganz süß …

Gequält erwiderte sie sein Lächeln.

»Danke sehr«, brachte sie widerspenstig, aber dennoch artig über die Lippen, drehte sich entschlossen von ihm weg und suchte, so schnell es eben bei dieser wackeligen Fahrt möglich war, das Weite.

Etwas weiter abseits von dem Unbekannten konnte sie einen Sitzplatz ergattern. Angewidert fragte sie sich nun aber, wo dieser penetrante Schweißgeruch herkam, und drehte sich auf ihrem Sitz nach hinten um. Aber welcher von den mitfahrenden Personen die übel riechende Quelle war, konnte sie beim besten Willen nicht ausmachen.

Sie überlegte kurz, ob sie sich woanders hinsetzen solle. Da das Schicksal es nun aber so wollte, dass nur noch in unmittelbarer Nähe der dämlichen Grinsekatze von eben ein Plätzchen frei war, beschloss sie, jegliche unnötige Bewegung bei dieser Affenhitze zu vermeiden und fügte sich für die restliche Fahrt in ihr Schicksal. An der übernächsten Haltestelle musste sie ohnehin aussteigen. Von dort aus waren es nur noch ein paar Schritte bis zum Maklerbüro.

Eine junge Mitarbeiterin führte Lola vom Empfang aus in ein kleines Büro, das modern eingerichtet war.

Lola setzte sich. Ihr Blick glitt über den Schreibtisch. Sofort wurde ihre Aufmerksamkeit magisch von einem ihr abgewandten Bilderrahmen angezogen. Nur zu gern wäre sie sofort wieder aufgesprungen, um den Tisch herum gegangen und hätte dieses Bild begutachtet. Ahnte sie doch, dass auf dem Bild die Person war, die Kristof diesen Ring an den Finger gesteckt hatte.

Sie blickte sich kurz um und zupfte nervös an ihrem Kleidersaum herum. Dabei trippelte sie mit den Füßen.

Nein, Lola! Benimm dich. Du willst diese Wohnung haben. Versau es jetzt nicht auf den letzten Metern. Überhaupt. Was geht es dich an?

Geduldig würde sie warten, beschloss sie. Souverän würde sie den Vertrag unterschreiben, ihm noch einen schönen Tag wünschen und dann mit ihren neuen Wohnungsschlüsseln das Büro verlassen. Niemals im Leben würden sie sich wiedersehen. Warum sollte sie also das Bild so sehr interessieren?

Sie wartete, wartete, wartete und wartete. Die Beine übereinanderschlagend blickte sie auf ihre Armbanduhr. Mittlerweile wartete sie schon mehr als zehn Minuten. Lola ärgerte sich über sich selbst. In der Zwischenzeit hätte sie schon tausendmal dieses dämliche Bild ansehen können und niemand hätte es bemerkt.

Resigniert ließ sie sich nach hinten in den Stuhl fallen, warf den Kopf in den Nacken und drückte sich ihre Tasche fest an den Bauch. In diesem Moment ging die Tür auf und Kristof trat herein.

Lola erschrak.

Sie setzte sich kerzengerade hin, während Kristof noch eine ganze Weile hinter ihr im Regal herumkramte. Ganz nervös machte er sie damit. Ihre Füße fingen wieder an, hin und her zu trippeln. Gerade heute war das Fußtrippeln aber äußerst ungünstig, denn bei jedem Trippel-Trappel hörte man die Nieten und Laschen ihrer Römersandalen klimpern. Jeder Blinde hätte in diesem Augenblick bemerkt, dass Geduld nicht Lolas Stärke war. Insgeheim hatte sie den leisen Verdacht, auch Kristof könnte dies schon aufgefallen sein.

Langsam, in ein Schriftstück versunken, ging er an ihr vorbei und nahm ihr gegenüber am Schreibtisch Platz. *Scheiße. Wie souverän der ist.* Ihre Geduld war am Ende.

Irgendwie musste er dies gespürt haben, denn er ließ das Blatt Papier, welches zuvor so sehr seine Aufmerksamkeit erregt hatte, auf den Tisch fallen und sah sie direkt an. Energiegeladene Blitze pfiffen zwischen ihren Augen hin und her. Feurige Wärme nahm von Lola Besitz und ließ ihr ganz wohlig ums Herz herum werden. Die Wärme lullte sie vollständig ein, bis sie das Gefühl hatte, im Universum zu versinken.

Lola, aufwachen! Er spricht mit dir! Ihr Unterbewusstsein versuchte sie aus ihrer Trance zu holen. Verdattert schaute sie ihn an.

»Hast du gut hergefunden?«, wiederholte er.

»Ähm, ja. Ich denke schon«, stammelte Lola verlegen.

»Sehr schön«, erwiderte er und widmete sich dem Schriftstück.

»Ich habe hier, wie versprochen, den Mietvertrag. Du musst ihn nur noch unterzeichnen. Danach können wir uns direkt auf den Weg zur Wohnung machen. Der Hausbesitzer ist heute Vormittag vor Ort und wir können gleich die Schlüsselübergabe hinter uns bringen. Ich denke, in Anbetracht der Kürze der Zeit, die dir für den Umzug zur Verfügung steht, dürfte das in deinem Interesse sein.«

Nachdem er geendet hatte, schob er ihr die Papiere über den Schreibtisch zu und legte ihr seinen Kugelschreiber hin.

Lola räusperte sich und rutschte auf ihrem Stuhl umher. Sie hatte kaum ein Wort wahrnehmen können, da genau in dem Moment, als er zu sprechen anfing, eine frische Brise durchs Fenster an Kristof vorbeigeweht war und den Weg direkt zu ihrer Nase gefunden hatte. Erneut hatte sie diesen hinreißenden, markanten Duft vernommen, der ihr abermals alle Sinne zu rauben schien. *Wie kann ein Mensch nur so gut riechen?*

Also noch mal langsam zum Mitschreiben. Wohnung. Vertrag. Schlüsselübergabe. Heute. Heute? Wir? Heißt das, ich fahre gleich mit ihm in die Wohnung? Oha, das kann ja was werden! Aber dann hätte sie es in einem Aufwasch hinter sich und musste ihn nie mehr wiedersehen. *Gefühlschaos ade!* Diesen Gedanken galt es jetzt im Auge zu behalten.

Sie setzte sich also noch ein wenig gerader hin, als sie ohnehin schon saß, überflog entschlossen den Vertrag und ignorierte die Blicke, die er ihr zuwarf. Die ganze Zeit, wohlgemerkt. Trotzig aufs Papier starrend las sie brav bis zum Ende und unterzeichnete. Zum Schluss legte sie den Kuli wieder auf den Tisch und hielt ihm die Blätter unter die Nase.

Ein triumphierendes Grinsen huschte über ihr Gesicht. Sie hatte es tatsächlich geschafft! Sie hatte nicht nur Dominik, diese Lusche, aus ihrem Leben verbannt, sondern hatte zudem wahrhaftig mitten im Semester einen Studienplatz weit, weit weg von zu Hause ergattert und in der Kürze der Zeit nun auch noch eine Wohnung.

Zufrieden ließ sie sich nach hinten in den Stuhl plumpsen. Sie bemerkte, wie Kristof sie amüsiert beobachtete. Ihm schien ihre vor Lebensfreude strotzende Art zu gefallen.

»Nun, ich gratuliere dir.«

Er stand auf und sie reichten sich die Hände.

Der Anfang war gemacht.

Kapitel 2

Ankommen

Es wäre überaus dämlich gewesen, jetzt, da sie so eine hübsche Bleibe ihr Eigen nennen durfte, die folgende Nacht noch im ungeliebten Hostel zu verbringen, daher war Lola ins Hostel hinüber gefahren, um ihre paar Habseligkeiten in die neue Wohnung zu schaffen. Sie wollte lieber die letzte Nacht vor ihrer Heimreise in der neuen Wohnung verbringen. Auch wenn das jetzt bedeutete, Luftmatratze und Schlafsack organisieren zu müssen.

Mit all ihrem Gepäck war sie vor ihrer neuen Wohnungstür zum Stehen gekommen und hatte ihre Sachen mit einem lauten Plumps auf den Boden fallen lassen. Sie war noch gar nicht wieder zu Atem gekommen, da steckte Cordula ihre Nase durch die Tür. Das Plumpsen von ihren Habseligkeiten musste sie angelockt haben.

»Herzlich willkommen, Nachbarin«, rief sie keck und schloss Lola in die Arme. Völlig überrumpelt von so viel Herzlichkeit erwiderte Lola diese Begrüßung. Sie war einfach zu erschöpft, um zu widersprechen.

»Mensch, du bist ja völlig fertig von der Schlepperei«, bemerkte Cordula mit einem Blick auf die Gepäckstücke rings umher.

»Komm doch erst einmal auf einen Sprung zu mir herüber. Ich mach uns eine schöne Flasche Wein auf, wenn du magst. Ich wollte gerade zu Abend essen. In Gemeinschaft isst es sich doch viel schöner, oder hast du heute noch was vor?« Während Cordula so vor sich hin schnatterte, schob sie sie vor sich her in ihre Wohnung.

»Aber meine Sachen«, protestierte Lola lautstark.

»Ach, lass nur«, winkte Cordula ab. »Die klaut schon keiner. Wir sind hier ganz oben. Nachher helfe ich dir beim Hereintragen.«

Lola gab auf. Schon nach kurzer Zeit waren die beiden Frauen, so verschieden sie auch sein mochten, in ein anregendes Gespräch vertieft. Der Abend verlief sehr ungezwungen und harmonisch. Mittlerweile saßen die Mädels bei der zweiten Flasche Weißwein.

»Und? Worauf wirst du heute Nacht schlafen? Ich habe vorhin keinen Schlafsack bei dir gesehen, oder täusche ich mich da?« Ihre neue Nachbarin nippte an ihrem Glas.

»Eine sehr gute Frage. Ich wollte eigentlich noch Schlafsack und Matratze besorgen, doch dann bist du mir über den Weg gelaufen und hast mich aufgehalten.« Ein Blick auf die Uhr verriet, dass die Läden seit geraumer Zeit geschlossen waren.

Cordula hatte eine zündende Idee parat. »Du, da kann ich helfen. Ich hab irgendwo im Keller noch meinen ganzen Campingkram herumliegen. Da ist ein Schlafsack dabei, und eine Gästematratze kannst du auch von mir haben. Immerhin bin ich schuld an deinem Leid, oder?« Froh über die Lösung, die sie ihrer neuen Freundin vermelden konnte, klopfte Cordula sich kurz auf die Oberschenkel. Zielstrebig stand sie auf. Auf Lola achtete sie nicht weiter.

»Das wäre eine Möglichkeit. Wenn es dir keine zu großen Umstände bereitet, dann …«

Mit einem lauten Krach fiel die Tür ins Schloss und Lola kniff vor Schreck die Augen zusammen. Cordulas Schritte verhallten auf dem Weg in den Keller.

»Na, das nenne ich mal Entschlossenheit«, bemerkte sie trocken, lehnte sich zurück und nahm einen Schluck Wein, während sie auf Cordula wartete.

Weit nach Mitternacht wälzte Lola sich immer noch in ihrem Schlafsack. Sie war gerade dabei, einzuschlafen, als sie ein leises Klopfen vernahm. Sie horchte auf. Hatte sie richtig gehört? Zu neu waren all die ungewohnten Geräusche in der Wohnung. Vor allem dieses kaum wahrzunehmende tick-tsch, tick-tsch, welches alle paar Minuten ganz leise durch den Raum schwebte, Lola aber nicht zuordnen konnte, trieb sie seit über 45 Minuten schier in den Wahnsinn.

Das Klopfen verstummte. Erneut legte sie ihren Kopf auf die Matratze, schloss die Augen und zwang sich zur Ruhe.

Nach kurzer Zeit war das Klopfen wieder da. Dieses Mal etwas beherzter. Lola setze sich in ihrem Schlafsack auf. War jemand an der Haustür? Vielleicht Cordula?

Es klopfte erneut. Nun war es deutlich zu hören.

Mit einem lauten Seufzer beschloss sie, der Sache auf den Grund zu gehen. Sie schälte sich aus dem Schlafsack und tapste leisen Schrittes barfuß bis zur Haustür. Durch den Türschlitz konnte man schwach das Licht des Treppenhauses durchschimmern sehen. Eine Stimme flüsterte leise ihren Namen.

»Lola? Bist du da?«

Ohne Vorankündigung fing ihr Herz an, wie wild zu schlagen. Es raste förmlich im Galopp. Schnappatmung setzte ein und es lief ihr eiskalt den Rücken hinunter.

»Kristof?«, flüsterte sie ungläubig. Natürlich. Wer denn sonst? Sie kannte doch sonst niemanden in der Stadt. Aber was wollte er hier? Mitten in der Nacht.

Schier endlos lange Sekunden verstrichen und Lola war hin und her gerissen. Sie wusste nicht, ob sie einfach wieder in den Schlafsack krabbeln oder den Mut aufbringen sollte, Kristof die Tür zu öffnen, also blieb sie mucksmäuschenstill hinter der Tür stehen.

»Wahrscheinlich ist sie gar nicht da«, sprach er auf der anderen Seite der Tür zu sich selbst. Die Schritte im Treppenhaus entfernten sich langsam.

Nervös biss sie sich auf die Unterlippe. Warum nur wollte sie nicht, dass er jetzt wieder ging? Es ergab keinen Sinn. Er war ein fremder Mann. Zugegeben, ein recht gut aussehender fremder Mann, der unwahrscheinlich anziehend auf sie wirkte, aber sie wusste rein gar nichts über ihn. Er könnte ein gottverdammter Psychopath sein.

Ihre Gedanken waren zwiegespalten. Da gab es dieses unmissverständliche Verlangen danach, ihm nah zu sein. Sie wollte ihn kennen lernen, auch wenn sie den Grund dafür nicht verstand. Doch sie wollte auch ihre guten Vorsätze nicht komplett aufgeben. Schließlich war sie in eine andere Stadt gezogen, um sich voll und ganz auf ihr Studium konzentrieren zu können.

Nein. Sie wollte keine neue Beziehungskiste. Eigentlich wollte sie nicht einmal einen verdammten One-Night-Stand, und schon dreimal wollte sie kein Verhältnis mit einem verheirateten Mann! Okay, nun mal ruhig Blut mit den jungen Pferden, hätte ihr verstorbener Opa jetzt zu ihr gesagt. Gleich von einem Verhältnis zu sprechen, wäre wohl an den Haaren herbeigezogen. *Trotzdem ist es nicht richtig!*

Andererseits fragte sie sich – und indirekt, da sie ihn nun schon einmal mit ins Boot geholt hatte, auch ihren Opa: Was spricht gegen ein unbefangenes Kennenlernen? Dabei könnte sie auch mehr über die ehelichen Verhältnisse dieses Mannes in Erfahrung bringen. Sie müsste ihm ja nicht gleich ihre Zunge … Aber lassen wir das. *War nicht so gemeint, Opa!*

Vor Aufregung fing ihr Herz wild an zu pochen. Es schlug energisch von innen gegen ihren Brustkorb. Eine Gänsehaut zog über ihren Körper hinweg, die ganz bestimmt nicht von der Kühle der Nacht herrührte, sondern vielmehr von dem Entschluss, den sie soeben getroffen hatte. *Ach, scheiß drauf!*

Energisch drehte sie den Schlüssel im Schloss herum. Es knackte laut in die Stille hinein. Sie erschrak selbst vor dem lauten Geräusch und hielt inne.

Sie horchte. Die Schritte im Treppenhaus verstummten für einen Augenblick, dann kamen sie langsam wieder näher.

»Lola, bist du da? Hier …« Er stockte kurz. »Ich bin es, Kristof.« Seine Stimme klang nervös und holprig.

Ein Schatten verdeckte das Licht, das durch den Türspalt am Fußboden schien, und sie wusste, er stand jetzt wieder vor ihrer Tür. Sie hörte ihn sachte hin und her wippen.

Langsam drückte sie die Türklinke herunter und öffnete einen Spalt weit. Vor ihr stand ein ziemlich verunsicherter Kristof. Doch sogar jetzt, um diese Uhrzeit, trug er immer noch Anzug und Hemd. *Wahrscheinlich geht er mit den Dingern auch schlafen.* Mit treudoofen Augen sah er sie an.

Sie rieb sich die Augen. »Kristof, was willst du hier? Noch dazu um diese Uhrzeit?«

Urplötzlich war sie wirklich müde und hätte im Stehen einschlafen können. Warum tat sie es nicht? Ach ja, Kristof. Vor der Tür. Mitten in der Nacht. Sie nahm die Hand vom Gesicht und blinzelte ihn an. Ihre Augen hatten sich noch nicht ganz an das Licht im Flur gewöhnt.

Wie ein kleiner Schuljunge druckste Kristof herum. »Lola, kann ich bitte kurz mit dir reden? Ich weiß, die Uhrzeit ist ungünstig und ich hätte wohl besser vorher anrufen sollen, aber ich habe das dringende Bedürfnis, mit dir zu sprechen. Nur ein Wort von dir und ich gehe sofort wieder. Versprochen.« Als würde er einen auswendig gelernten Text aufsagen, sprudelten die Worte aus ihm heraus.

Panisch zeigte er mit der Hand die Treppe hinunter. »Du sollst jetzt bitte nicht das Gefühl bekommen, ich wäre ein verdammter Psychopath oder so!«

Lola war sich nicht sicher, was sie davon halten sollte, zuckte mit den Schultern und ließ ihn herein.

Als die Tür ins Schloss fiel, war es stockfinster. Der Flur war schmal und es gab noch kein Licht, also beschloss Lola, ihr verdammtes Kribbeln im Bauch – ja, es war wieder da, welch Überraschung – einfach zu ignorieren und sich an Kristof vorbei ins Badezimmer zu hangeln. Sie spürte seinen Atem dicht vor ihrem Gesicht und den Stoff seines Hemdes auf ihrem nackten Oberarm, als sie an ihm vorbeihuschte. Kristof schien geradezu apathisch Luft zu holen.

Im Bad angekommen drückte sie auf den Schalter und die Dunkelheit verschwand. Den Blick auf den Boden heftend, huschte sie erneut an ihm vorbei, tapste direkt in die Küche, um dort das Licht der Dunstabzugshaube anzustellen. Das war die zweite Lichtquelle in der Wohnung. Mehr Beleuchtung gab es noch nicht.

Lola stützte sich an der Küchenzeile ab und versuchte ihre Gedanken zu ordnen. *Also: Kristof steht wahrhaftig zur nachtschlafenden Zeit vor meiner Tür und will etwas mit mir besprechen.* Angestrengt dachte sie nach. *Etwas besprechen. Was denn bitte besprechen? Liegt doch auf der Hand, was der will! Oder nicht?*

Langsam betrat Kristof den Raum. Eine Gänsehaut überkam sie. Wortlos blieb er dicht hinter ihr stehen und wartete darauf, dass sie sich umdrehte.

War dies der Moment, in dem sie sich mal wieder in das größte Chaos stürzen würde? Und, was viel wichtiger war: Wollte sie das überhaupt? Sie bemerkte den Duft, der von ihm ausging. Ein Schnupfen wäre jetzt äußerst hilfreich gewesen. Dann hätte sie bei Weitem klarer denken können.

Sie schloss ihre Augen und traf eine Entscheidung. Sie würde sich jetzt umdrehen und ihn freundlich, aber entschieden bitten zu gehen. *Huch. Wo ist er?*

Kristof stand nicht mehr am selben Platz wie eben. Mittlerweile ging er nervös im Zimmer auf und ab. Während er dies tat, fuhr er sich immer wieder mit beiden Händen durch die Haare.

Als sich Lolas Aufmerksamkeit auf ihn richtete, hielt er in der Bewegung inne. Mit einem Augenaufschlag, der zum Dahinschmelzen war, sah er ihr in die Augen. Alles schön und gut, dachte Lola, doch so langsam wurde ihr das Ganze zu bescheuert. Hier stand ein Mann in den mittleren Jahren zu nachtschlafender Zeit vor ihr und schaffte es nicht, den Mund aufzubekommen. Es reichte.

»Also, entweder erzählst du nun langsam mal, was du auf dem Herzen hast, oder du verschwindest wieder. Ich bin müde und habe keine Lust, hier noch lange herumzustehen.«

Er stand ganz schön unter Druck. Sie merkte, wie er förmlich nach Worten rang.

»Gott, ich hasse mich für das, was ich hier tue«, hörte Lola ihn mehr zu sich selbst sagen.

»Was?«, fragte sie entgeistert.

Völlig ferngesteuert ging Kristof auf sie zu, um kurz vor ihr stehen zu bleiben. Mit großen Augen sah sie ihn an und wusste nicht, was sie davon halten sollte. Sie wollte etwas sagen, kam aber nicht dazu. Kristof schien den Plan, den er sich zurechtgelegt hatte, weiter in die Tat umsetzen zu wollen. Er kam noch ein Stück näher und hob beide Hände, als wolle er Lolas Gesicht berühren. Voller Panik wich sie ein gutes Stück zurück. Fest presste sie sich rücklings an die Küchenzeile.

»Was machst du da?«, brachte sie im Flüsterton hervor.

Ihr Blick glitt von seinen Augen zu seinem Mund, der ihr nun gefährlich nahe kam. Lola spürte, wie sich seine Fingerspitzen auf ihre Wangen legten und er ihr Gesicht sachte in seine Hände nahm. Ihr Blick ging wieder zu seinen Augen, die sie feurig ansahen.

»Dich küssen«, hauchte Kristof ihr zu, und das Zittern seiner Stimme ließ eine leichte Nervosität seinerseits erahnen.

Eine wohlige Wärme legte sich um Lola. Das Blut schoss ihr in die Wangen und ihre Hände wurden vor Aufregung ganz schwitzig. Sie wollte protestieren, doch eigentlich auch wieder nicht.

Er kam ihr noch ein Stückchen näher und Lola spürte seinen Atem auf ihrem Gesicht. Ehe sie sich versah, küsste Kristof zart ihre Unterlippe. Er traute sich nicht, die Augen zu schließen, schien immer auf dem Sprung. Wusste nicht, wie weit er gehen durfte.

Lola schloss für einen kurzen Augenblick ihre Lider und genoss die zärtliche Berührung auf ihren Lippen. Dann besann sie sich schlagartig und öffnete blitzschnell die Augen.

Kristof wagte einen zweiten Versuch, dieses Mal jedoch schon deutlich intensiver. Seine Hände hielten sie im Nacken fest und er trat so nah an sie heran, wie es eben ging. Sie kam nicht darum herum, seinen Kuss zu erwidern. Ein ganz kleines bisschen jedenfalls. Mehr nicht. Immer leidenschaftlicher und drängender wurde er, während er seinen Körper fest an ihren drückte.

Dann lösten sich ihre Lippen wieder voneinander. Lola hatte keine Ahnung, wie das geschehen konnte. Sie wich seinem Blick aus und suchte nach passenden Worten.

Doch Kristof ließ nun Taten folgen. Erneut fing er ihren Blick ein und zog sie mit Nachdruck zu sich heran. Nun fühlte sie sich schon ein wenig überrumpelt. Die Intensität des Kusses zwischen ihnen brachte sie durcheinander. Immer drängender wurden seine Küsse, die sich so gut anfühlten, dass Lola hin- und hergerissen war. Sie konnte ihre Erregung nicht länger leugnen, geschweige denn verbergen.

Ihr innerer Widerstand schmolz dahin. Zu sehr wurde sie von diesem prickelnden Gefühl wie ein Surfer auf einer Welle hinfortgetragen. Sie erwiderte seinen Kuss genauso intensiv. Dabei schlang sie ihre Arme um ihn und ließ ihren Gefühlen freien Lauf. Kristofs Verlangen nach ihr war ebenso deutlich. Jede Faser seines Körpers war angespannt.

Ihre Finger suchten seine Hand. Stattdessen fühlte sie einen harten Gegenstand. Ihr wurde schlagartig bewusst, was sie dort ertastet hatte.

Abrupt hielt sie in der Bewegung inne. Kristof schien nicht zu verstehen. Völlig perplex von ihrer plötzlichen Reaktion sah er sie fragend an. In diesem Moment schubste Lola ihn heftig mit den Händen von sich weg.

»Du Blödmann! Was fällt dir ein?«

Mit einem Mal war sie wieder ganz im Hier und Jetzt angekommen. Erschrocken wurde ihr bewusst, was sie beide gerade getan hatten, und sie wartete mit verschränkten Armen auf eine Antwort.

Völlig vor den Kopf gestoßen taumelte Kristof ein Stück rückwärts und wusste nicht, wie ihm geschah.

»He, sage mal. Was soll denn das jetzt?«

»Was das soll?«, wiederholte Lola ungläubig. »Du fragst mich ernsthaft, was das soll? Herrje, ich hätte es gar nicht so weit kommen lassen dürfen«, rief sie verzweifelt und wuschelte sich mit den Händen durch die kupferroten Haare. Sie drehte sich ein Stück von ihm weg. »Ich hätte dich gar nicht erst hereinlassen dürfen. Wie konnte ich nur so blöd sein?«

»Ich kann dir nicht folgen.« Zaghaft ging er einen Schritt auf sie zu. »Ich dachte, du würdest ähnlich fühlen? Ich hätte doch niemals den Versuch gewagt, dich zu küssen, wenn ich nicht das Gefühl gehabt hätte, du würdest genauso empfinden.« Verzweiflung sprach aus seinen Augen. »Deine Blicke, deine Gestik, das alles soll ich falsch interpretiert haben? Und was ist mit dem Kuss gerade?« Seine Haltung und sein Blick wurden beinahe euphorisch. »Der Kuss. Also, du kannst nun wirklich nicht leugnen, dass das unbeschreiblich war.« Immer noch wartete er auf eine Reaktion von ihr. »Lola, ich bitte dich«, flehte er. »Du hast mich doch auch geküsst!«

Lola war baff. Ihr fehlten die Worte. Hatte sie überreagiert? Sein Vortrag hatte seine Wirkung jedenfalls nicht verfehlt.

»Aber darum geht es doch gar nicht.« Verlegen sah sie weg.

Kristof kam abermals ein Stück auf sie zu. »Worum geht es dann?«

Er wartete auf eine Antwort, bekam sie aber nicht. Ihr Blick war fest in die Nacht hinaus gerichtet.

»Lola, ich würde dich so gerne verstehen und wissen, was ich falsch gemacht habe. Bitte, sprich mit mir. Ich weiß, ich hätte dich heute Nacht nicht so überfallen dürfen. Ich habe aber mit einem Mal so eine fürchterliche Sehnsucht nach dir verspürt.«

Sie hörte seine Stimme dicht an ihrem Ohr. »Ich hatte das unaussprechliche Verlangen danach, dir ganz nah zu sein. Ich möchte dich kennen lernen, Lola. Wenn du mich lässt.«

Sein Blick ruhte auf ihr. Seine Worte und seine Stimme gingen ihr runter wie Öl. Nur zu gern hätte sie alle guten Vorsätze in den Wind geschossen und wäre auf ihn eingegangen, hätte das Gleiche erwidert. Denn so empfand sie doch auch.

Sie seufzte, gab sich einen Ruck und blickte zu ihm auf. Sie wollte etwas erwidern, aber die Worte blieben ihr im Halse stecken. Unwillkürlich glitt ihr Blick zu seiner rechten Hand hinunter. Er folgte ihrem Blick. Langsam fing er an zu verstehen. Beschämt sah Lola zur Seite.

»Es ist, weil ich verheiratet bin, oder?« Kristof traute sich auszusprechen, was ohnehin in der Luft lag. Bei seinen Worten krampfte sich ihr Herz zusammen.

»Ich möchte nicht diejenige sein, die deiner Frau das Herz bricht.«

Ihre Augen wurden ein wenig feucht, so sehr kamen jetzt die Gefühle aus jüngster Vergangenheit wieder in ihr hoch, die sie doch so tief in ihrem Innersten verborgen geglaubt hatte. Sie fragte sich, ob dieser Schmerz je vergehen würde.

Kristof war einen Augenblick sprachlos. Es dauerte einen Moment, bis er seine Stimme wiedergefunden hatte.

»Bitte, glaube nicht, dass ich so etwas öfters mache. Ich habe meine Frau in all den Jahren nicht ein einziges Mal betrogen!«

Lola drehte sich langsam zu ihm um. »Gerade eben hast du es getan.« Die einzelne Träne, die sich in ihrem Auge gebildet hatte, ließ sich nicht länger zurückhalten und lief ihre Wange hinunter.

Trotzig versuchte sie, seinem Blick standzuhalten. K. o. in der ersten Runde. Es gab nichts, was er jetzt noch sagen konnte. Sie hatte ihm jeglichen Wind aus den Segeln genommen.

Zärtlich strich er Lola noch einmal wie in Zeitlupe über die Wange und verwischte dabei die Spur ihrer einzelnen Träne. Ohne ein weiteres Wort wandte er sich von ihr ab und verließ die Wohnung. Die Tür fiel mit einem leisen Klacken ins Schloss.

Nach geschlagenen zwei Stunden Höllenfeuer kam der Transporter Sonntagmittag vor der neuen Wohnung zum Stehen. Endlich konnten Lola, ihr Vater und Mia dieser brütenden Bestie von Fahrerkabine entkommen. Warum nur hatte dieses schäbige Ding keine Klimaanlage?

Erleichtert trat Lola auf den Gehweg und sah sich um. Ihr Shirt klebte am Rücken fest. Ihre beste Freundin stand direkt neben ihr. Sie tippte ihr auf die Schulter, um im Anschluss mit dem Finger die Außenfassade emporzufahren.

»Dort oben, Mia. Die zwei kleinen Fenster in der Dachschräge. Das ist das Wohnzimmer. Kannst du es sehen?« Stolz sah sie ihre Freundin an, die nun ebenfalls hochsah.

»Na, da haben wir ja einen ganz schönen Aufstieg vor uns, was?« Mia feixte und knuffte Lola in die Seite.

Bernd, ihr Vater, gesellte sich zu ihnen und tupfte sich die Stirn mit einem Taschentuch ab.

»Ich hoffe nur, ich bekomme erst einen Herzinfarkt, wenn der ganze Plunder oben angekommen ist.«

»Papa!« Lola war entsetzt. Sie mochte es nicht, wenn ihr Vater solche makabren Witze machte. Tadelnd hob sie den Finger.

Er klatschte in die Hände. »Auf geht's, Mädels.«

Grinsend legte er los. Bei hochsommerlichen Temperaturen in der Mittagshitze würde der Umzug kein Zuckerschlecken werden.

Nach einer halben Stunde waren sie schier am Verzweifeln. Der Transporter wollte einfach nicht leer werden.

»Ich wusste ja gar nicht, wie viel Krempel du hast, Lola.« Mia war völlig aus der Puste. Sie ließ sich auf eine Kiste plumpsen, um eine Pause einzulegen. Ähnlich der Dehydrierung nahe, zog Lola eine Flasche Wasser aus der Fahrerkabine hervor und tat es ihrer Freundin gleich. Die beiden Frauen ließen die Wasserflasche hin und her gehen.

Mias Blick glitt über die befahrene Hauptstraße. Fasziniert sah sie der Straßenbahn nach.

»Ich bin noch nie Straßenbahn gefahren«, gab sie zu.

Lola folgte ihrem Blick. »Das können wir heute noch ändern.«

Lustlos sah sie den Fahrgästen beim Aussteigen zu, bis ihr Blick bei zwei jungen Männern hängen blieb, die soeben die Bahn verließen. Plötzlich stutzte sie. Einer der beiden kam ihr bekannt vor. Während die Männer sich auf den Weg in ihre Richtung begaben, kam es ihr wieder in den Sinn. Hastig stand sie auf und stupste Mia an.

»Du, wir müssen ganz schnell hier weg. Komm schon, beeil dich.«

Ihre Freundin verstand nicht und drehte sich aufgeregt um, um zu sehen, was Lola so in Aufregung versetzt hatte, konnte aber nichts erkennen. Lola wiederum schnappte sich ruckzuck eine Kiste, um so schnell wie möglich im Hausflur verschwinden zu können. Aus dem Augenwinkel heraus sah sie die Männer näher kommen. Dank ihrer Unterhaltung miteinander hatten sie die Frauen noch nicht bemerkt.

»Nun komm«, schnauzte sie Mia schroff von der Seite an, die empört aufstand und ebenfalls versuchte, eine Kiste hochzuheben.

»Ja doch«, plärrte sie zurück.

Gerade noch rechtzeitig schaffte Lola es in den Hausflur. Jetzt wartete sie auf ihre Freundin, die es ihr gefälligst gleichtun sollte. Die beiden Männer waren mittlerweile in Hörweite. In diesem Moment vernahm sie die Stimme ihrer liebsten Freundin.

»Lola, ich kriege die Kiste hier nicht hoch. Komm doch bitte zurück und hilf mir mal eben. Ich hebe mir gleich noch einen Bruch.«

Oh, Nein. Lola schlug sich mit der einen Hand gegen die Stirn, während sie mit der anderen Hand verkrampft die Kiste hochhielt. *Du Dummerchen!*

»Kann ich dir vielleicht helfen? Die Kiste sieht wirklich schwer aus.«

»Sag nein!«, flüsterte sie beschwörend. »Gott, bitte. Sag nein!« Aber wem machte sie hier eigentlich etwas vor?

Resigniert ließ sie sich abermals auf die Kiste plumpsen. Die Hände tief in den Haaren vergrabend wartete sie auf die Dinge, die nun kommen würden. Und sie sollte Recht behalten.

»Oh ja, das wäre wirklich ganz reizend von dir«, hörte sie Mia trällern.

Lola verdrehte die Augen.

»So ein paar starke Männerhände könnten wir tatsächlich gut gebrauchen. Wir versuchen schon eine ganze Zeit lang, den Berg Kisten hier hochzuschleppen, aber wir sind völlig machtlos dagegen.«

Vor ihrem inneren Auge konnte Lola sehen, wie Mia die Jungs mit ihrem Charme um den Finger wickelte. Sie wusste um die Wirkung ihrer Freundin auf das männliche Geschlecht nur zu gut.

»Mia, warum tust du mir das an?« Murmelnd schickte sie ein Stoßgebet zum Himmel hinauf.

»Na, dann wollen wir mal mit anfassen. Wirst schon sehen. Im Nu haben wir die paar Kisten hier nach oben geschafft. Ich bin übrigens Manuel, das ist Tristan. Und wie heißt du?«

Lola hörte, wie der andere sich ebenfalls eine Kiste aus dem Transporter schnappte.

»Ich bin Mia. Vielen Dank, Jungs. Lola wird begeistert sein, wenn es jetzt schneller vorangeht.«

Zusammen mit den Jungs betrat Mia den Hausflur. Allen vorweg Manuel, der, als er Lola vor sich sah, verblüfft schaute und stehen blieb. Ein Grinsen huschte über sein Gesicht, als er erkannte, wer vor ihm stand.

»Ach nee, das gibt es ja nicht. Die aufbrausende Schönheit aus der Straßenbahn.« Manuel drehte sich zu seinem Kumpel um.

»Schau, sie heißt Lola.« Triumphierend blickte er ihr wieder in die Augen.

»Ihr kennt euch bereits?«, schaute Mia verwundert. Nachdem Lola eisige Lichtblitze in Mias Richtung geschossen hatte, fing diese ganz allmählich an zu verstehen, dass genau die zwei Männer es waren, vor denen sie gerade eben noch versucht hatte zu flüchten. Beschämt schaute Mia drein, während Manuel das Wort ergriff.

»Aber klar kennen wir uns. Nicht wahr?« Er sah ihr direkt in die Augen.

»Wir haben uns vor ein paar Tagen in der Straßenbahn kennen gelernt«, erklärte er weiter. »Da hatte sie einen kleinen Disput mit ihrem Ticket, und da ich das

Elend nicht mit ansehen konnte, man hat ja schließlich ein Herz, habe ich ihr dann geholfen, das …«

»Ja, das ist alles wirklich sehr witzig«, unterbrach Lola ihn schroff. Diese Geschichte war ihr unangenehm.

»Vielleicht lache ich später auch noch ein wenig darüber. Aber jetzt sollten wir uns wirklich ein paar Umzugskisten vornehmen, bevor der Abend hereinbricht. Deswegen seid ihr doch jetzt hier, oder?« Entschlossen stand sie auf und hievte ihre Kiste wieder hoch. Irgendwie ärgerte es sie, dass der Typ jetzt wusste, wo sie wohnte.

Manuel stimmte ihr zu und ging mit seiner Kiste vorweg.

»Ihr habt es gehört, Leute. Welches Stockwerk?«, fragte er im Vorbeigehen. Geschwind huschte er die erste Treppe hinauf.

»Ganz oben«, brüllte sie ihm hinterher.

»Hab ich mir schon fast gedacht«, hörten sie ihn vom zweiten Stockwerk aus gelassen zurückrufen. Die anderen beiden grinsten amüsiert, doch Lola kochte vor Wut. Warum, wusste sie selbst nicht so genau.

Eine weitere halbe Stunde später hatten alle Kartons den Weg in die Wohnung gefunden. Manuel und sein Kumpel hatten dann wie selbstverständlich damit begonnen, die Möbel hinaufzutragen.

Mit Blick aus dem Dachfenster sah Lola, wie Manuel ihrem Vater auf die Schulter klopfte und ihn zur Seite schob, als dieser im Begriff war, beim Sofa mit anzupacken. Ein Lächeln huschte über ihr Gesicht. Recht so, dachte sie, und empfand in diesem Augenblick eine große Sympathie für Manuel, der erkannt hatte, wie fertig ihr Vater nach den ganzen Strapazen war.

Wenig später griff Lola zu ihrem Handy.

»Was meinst du?«, fragte sie ihre Freundin, während sie wählte. »Was soll ich an Pizzen bestellen? Einmal querbeet?«

Mia deutete auf die Eingangstür. »Frag sie doch selbst. Sie kommen gerade die Treppe hoch.«

Manuel betrat als Erster mit dem schweren Sofa bepackt rückwärts das Wohnzimmer. Seit Atem ging hastig.

»Was fragen?«, japste er. Er bugsierte das schwere Ding um die Ecke. Dabei war er in ständiger Kommunikation mit Tristan, dem anderen Packesel.

»Ich will Pizza bestellen«, rief sie etwas lauter. »Irgendwelche Sonderwünsche? Wenn nicht, bestell ich querbeet.« Das Gemurmel vom Sofa her ließ sie zu dem Entschluss kommen, dass die Querbeet-Bestellung abgesegnet war. Im Hintergrund quietschte das Sofa, welches gerade über den Fußboden schleifte.

»Wo soll das Ding denn nun hin?«, fragte Manuel, nachdem Lola ihre Bestellung per Telefon durchgegeben hatte.

Die beiden Jungs sahen völlig fertig aus. Erschöpft stützte Manuel sich an der Sofalehne ab. Tristan bot ein ähnlich bemitleidenswertes Bild.

»Jungs, macht doch erst mal eine Pause. Das Sofa steht schon fast richtig. Im Kühlschrank ist Bier. Bedient euch«, wies Lola die beiden armen Kerle an, während sie sich auf das Sofa fallen ließ. Sofort machte Tristan sich über das kühle Nass her und gesellte sich zu ihrem Vater. Die beiden gerieten auf Anhieb ins Gespräch.

Immer noch gegen die Couch gestützt, schaute Manuel Lola weiter an. Er schien sie zu beobachten. Erst als er merkte, wie sehr er sie damit in Verlegenheit brachte, senkte er den Blick und holte sich auch ein Bier aus dem Kühlschrank. Anschließend ließ er sich ebenfalls auf das Sofa fallen, das wie ein Schiff auf großer See mitten im Raum stand. Während er die Flasche zum Trinken ansetzte, blieb sein Blick an der Leiter hängen, die an der Wand lehnte.

»Wofür brauchst du die denn?«

»Na, was denkst du denn, wofür man hier wohl eine Leiter brauchen könnte?«

Sein Blick verweilte für einen Moment auf der Leiter.

»Wahrscheinlich, damit ich nachts bei dir durchs Fenster klettern kann, wenn meine Sehnsucht zu dir unendlich groß wird«, antwortete er frech. »Hab ich Recht?«

Ein Grinsen huschte über sein Gesicht. Empört knuffte sie ihn mit der Faust in die Seite. Manuel versuchte lachend, sich vor ihr zu schützen.

»Also, ich muss doch sehr bitten. Natürlich nicht. Schäm dich.«

Sie bemerkte, wie die anderen sie beobachteten. War es denn zu fassen? Manuel flirtete mit ihr.

»Na, nun mal Spaß beiseite.« Sie deutete auf die Empore über ihm.

»Ich will die Leiter neben der Tür anbringen, um dort oben mein Schlafzimmer einzurichten.«

Anerkennend sah er nach oben. »Keine schlechte Idee.« Er ging auf die Leiter zu, zog sie hoch und lehnte sie oberhalb des Türrahmens gegen die Wand. Lola beobachtete das Schauspiel. Damit war sie nicht alleine, doch Manuel schien von alledem nichts mitzubekommen. Geschwind kletterte er die Leiter empor und verschwand oben im abgedunkelten Bereich. Es rumpelte gewaltig.

»Wo ist denn dein Werkzeugkasten?«

Als wäre dies sein Stichwort, sprang Bernd auf und verschwand nach draußen.

»Warte, mein Junge. Ich bringe dir, was du brauchst. Ich habe einen im Auto.«

»Alles klar. Ich komm erst mal wieder runter.«

Entspannt lehnte sich Lola zurück und genoss es geradezu himmlisch, wie sich die Dinge von selbst erledigten.

Mia nutzte die Gelegenheit, um sich zu Tristan zu gesellen und ungeniert draufloszuquatschen. Dabei umspielte sie mit ihrem Zeigefinger keck eine Locke ihrer Haare und ließ diese immer wieder vom Finger springen. Lola verdrehte die Augen. *Alles klar. Mia ist also auch im Flirtmodus angekommen.*

Ding-dong. Es klingelte an der Tür.

»Pizza ist da!«, riefen alle im Chor.

Nach dem Essen bekam Lola am Rande mit, wie Mia Tristan heimlich einen kleinen Zettel zusteckte. Tristans Blick sprach Bände. Als würde er den FIFA-Pokal der Champions League höchstpersönlich in den Händen halten. Lola fing Manuels Blick ein und bemerkte, dass auch er die Szene an der Tür wohlwollend verfolgte. Tristan strahlte über das ganze Gesicht, als er sich verabschiedete.

Nun half Mia Lola dabei, ihre Kleidungsstücke in den kleinen Schrank einzusortieren.

»Irgendwie finde ich es schade, wie alles gekommen ist. Du nicht auch?« Sie sortierte T-Shirt auf T-Shirt.

»Ach Mensch, Mia. Was soll das jetzt schon wieder? Es hilft doch wirklich niemandem, wenn du das Thema ständig wieder vor die Tür kramst. Ich bin es leid, so leid. Wirklich«, sagte Lola und packte einen Stapel Jeans ins Fach.

»Und was ist mit Sophie? Wirst du sie denn gar nicht vermissen?«

Böse funkelten ihre Augen zu Mia herüber.

»Bitte verstehe mich nicht falsch«, versuchte Mia, sie zu beruhigen. »Ich stehe natürlich weiterhin hundertprozentig hinter dir und ich finde es auch total schäbig, wie sie sich benommen hat. Aber …«, redete sie nun auf Lola ein, »ich glaube schon, dass sie dir nicht absichtlich wehtun wollte und du ihr wirklich schrecklich fehlst.«

Mit skeptischem Blick durchbohrte Lola ihre Freundin. »Woher willst du denn das so genau wissen? Hast du etwa mit ihr gesprochen?«

Mia fühlte sich ertappt. »Ja, verdammt. Was ist daran so schlimm? Sophie ist schließlich auch meine Freundin. Ich stehe da schon zwischen den Stühlen.«

Lola war wütend, obwohl sie Mia bis zu einem gewissen Punkt sogar verstand. Mia, Sophie und sie waren seit dem Kindergarten unzertrennlich gewesen.

»Natürlich kann ich dir nicht verbieten, dich weiterhin mit Sophie zu treffen«, riss sie sich wieder aus ihren Gedanken, »aber was mich angeht, ist diese Freundschaft endgültig vorbei. Daran ist nicht mehr zu rütteln. Du wirst damit klarkommen müssen.«

Obwohl Mia gehofft hatte, dass das Gespräch anders verlaufen würde, schien sie aufzugeben.

»Gut.« Sie fing wieder an, T-Shirt auf T-Shirt zu stapeln. »Ich werde das Thema in Zukunft ruhen lassen, bis du von selber darüber reden möchtest.«

Dankbar wollte sich Lola wieder den Jeans widmen, doch so schnell ließ ihre Freundin dann doch nicht locker.

»Aber eines möchte ich vorher noch von dir wissen, bevor ich dich endgültig in Ruhe lasse. Einverstanden?«

Lolas Blick sprach Bände. Sie hatte keine Lust, weiter über dieses leidige Thema zu diskutieren, nickte aber. Was blieb ihr anderes übrig? Mia würde ja doch nicht eher den Mund halten.

»Warum hast du dich so abrupt dafür entschieden, gleich die Stadt zu verlassen? Ich meine, du hast nicht einmal mit mir darüber geredet und willst es anscheinend auch immer noch nicht. Ich hatte ja gar keine Chance, es dir auszureden …«

»Genau das ist der Punkt, Mia«, platzte Lola der Kragen. »Du hättest versucht, es mir auszureden, weil du nämlich so gar keine Ahnung hast, wie ich mich fühle.« Ihr Blick wurde sanfter. »Herrje, Mia. Verstehst du denn gar nicht? Ich konnte nicht bleiben. Doch nicht dort, wo ich ihnen jeden Tag über den Weg gelaufen wäre. Jeden gottverdammten Tag! Hast du überhaupt eine Vorstellung davon, wie weh das tut?« Die Augen wurden ihr feucht.

Fest nahm Mia sie in den Arm.

»Tut mir leid, Süße. Natürlich kann ich verstehen, wie furchtbar es für dich sein muss, aber ich habe einfach Angst. Was ist, wenn du in ein paar Monaten begreifst, dass du überreagiert hast, und Heimweh bekommst? Außerdem werde ich dich schrecklich vermissen. Ich werde uns drei vermissen.« Sie hatte jetzt selbst Tränen in den Augen.

»Ich doch auch, Mia. Ich doch auch. Aber glaube mir, ich werde es nicht bereuen. Es ist das einzig Richtige, was ich tun kann. Völlig neu anzufangen wird mir helfen, mein Leben wieder in die richtigen Bahnen zu lenken. Und außerdem.« Lola schmunzelte. »Du wirst doch sowieso in der nächsten Zeit ständig bei mir abhängen.«

Da Mia nicht verstand, half Lola ihr auf die Sprünge.

»Mensch, ich hab gesehen, wie du Tristan einen Zettel zugesteckt hast.« Sie knuffte Mia leicht in die Seite. Die folgende Bemerkung konnte sie sich einfach nicht verkneifen.

»Wenn sich da mal nicht was anbahnt, oder?«

»Erwischt«, meinte Mia trocken und lächelte bis über beide Ohren.

»Ich glaube allerdings, dieses Thema müssen wir beim nächsten Mal ausführlicher bequatschen. Dein Vater sieht aus, als ob er nach Hause fahren möchte.«

Bernd hatte seine Schlüssel bereits in der Hand.

»So, ihr Lieben. Ich glaube, wir müssen dann mal. Ich trenne euch nur sehr ungern voneinander, aber es hilft nichts.«

Wehmütig blickte er seiner Tochter in die Augen.

»Tschüss, Liebes.« Bernd breitete die Arme aus.

»Danke für alles, Paps. Das werde ich dir nie vergessen.« Sie drückte ihren Vater fest an sich.

»Jederzeit wieder, mein Schätzchen.«

Die Trauer über den Abschied von seiner einzigen Tochter spiegelte sich in seiner zittrigen Stimme wider.

Manuel, der sich dezent im Hintergrund gehalten hatte, verabschiedete sich als Letzter von Lola.

»Ich hoffe doch, wir waren nicht zu aufdringlich. Sehen wir uns wieder?«

»Ich denke schon. Alleine schon wegen Tristan und Mia.« Verstohlen blickte Lola in Mias Richtung. »Nein, ernsthaft. Vielen Dank für eure Hilfe. Übrigens, so ein Blödmann, wie ich am Anfang dachte, scheinst du gar nicht zu sein.«

Erleichtert atmete Manuel aus. »Für diese Erkenntnis hat sich der Nachmittag ja dann gelohnt.«

Lola machte sich gleich daran, die leeren Pappkartons einzusammeln und das schmutzige Geschirr zu säubern. Sie war gerade dabei, die Bierflaschen auszuspülen, als es an der Tür klopfte.

Manuel hielt ihren kleinen Nachtschrank in den Händen.

»Dein Vater hat mich gebeten, den noch kurz hochzubringen. Der stand ganz hinten auf der Ladefläche.«

Überrascht über das plötzliche Wiedersehen, nahm sie das Schränkchen entgegen.

»Danke. Das ist nett von dir.«

In diesem Moment stieg Cordula die Treppen hinauf. Mit skeptischem Blick ging sie an den beiden vorbei, um ihre Wohnungstür aufzuschließen.

»Sag mal, Lola. Zwei Männer in einer Woche! Ist das nicht ein wenig geschmacklos?« Mit einem fiesen Grinsen im Gesicht schloss sie heiter die Tür hinter sich, noch ehe Lola etwas erwidern konnte. Am liebsten wäre sie im Erdboden versunken. *Hat die sie noch alle?*

»Muss ich das jetzt verstehen?« Manuel zeigte mit seinem Finger auf Cordulas Haustür.

»Nein, Manuel. Das musst du nicht. Aber das Biest da drüben …«, sie nickte in Cordulas Richtung, »… das Biest wird büßen für diese Frechheit.«

Zum zweiten Mal verabschiedete Lola sich von Manuel. Ihm war anzumerken, wie gerne er noch einmal hereingekommen wäre, aber er akzeptierte sofort ihre Entscheidung.

Sie schloss die Tür und war angekommen. Angekommen in ihrem neuen Leben. Erste gedankliche Notiz in der neuen Heimat: *Cordula das Leben zur Hölle machen!*

Kapitel 3

Mittendrin

Am Abend kletterte Lola ihre neue Leiter hinauf. Dank der guten Arbeit, die Manuel und ihr Vater geleistet hatten, gelang ihr dies ohne Probleme.

Sie schaute noch eine Welle aus der kleinen Dachluke auf die Straße hinunter und musste wieder an Kristof denken. Nun, da der Tag dem Ende zuging, konnte sie den Gedanken an ihn nicht mehr verdrängen. Sie ärgerte sich über sich selbst, ihn überhaupt in ihren Kopf zu lassen. Warum nur fühlte sie sich so sehr zu ihm hingezogen? Sie kuschelte sich tief in ihr Kissen und fing an zu schwärmen. Denn, wenn Lola auch sonst nicht viel verstand, so erkannte sie doch, wie sehr sie sich nach ihm sehnte.

Die Uhr zeigte mittlerweile 22:18. Lola war enttäuscht. In den letzten Tagen hatte er ihr immer gegen 22 Uhr eine Nachricht übers Handy geschickt. Sie war davon ausgegangen, auch heute wieder von ihm zu hören. Gut, gestand Lola sich ein, vielleicht hätte sie auch einmal zurückschreiben sollen. Das hätte es ihm vermutlich leichter gemacht, ihr heute Abend wieder zu schreiben.

Sie überlegte, ob sie sich zur Abwechslung einmal bei ihm melden sollte, doch was wäre, wenn er nicht alleine war? Schließlich war er ein verheirateter Mann. *Ach! Zum Teufel mit dieser Frau!* Verzweiflung machte sich in ihr breit. Wild schlug sie kurz, aber heftig auf ihr unschuldiges Kopfkissen ein. Sie war hin- und hergerissen zwischen Anstand und Moral und dem Drang, endlich nachzugeben. Nur zu gerne würde sie ihm ein Zeichen zukommen lassen. Doch sie wusste auch, für ihre verbotenen Fantasien könnte sie ohne weiteres in die Hölle kommen. Was würde ihr verstorbener Opa dazu sagen, wenn sie zu gegebener Zeit eine andere Abzweigung nehmen würde? Doch der Reiz des Verbotenen war stark.

Sie dachte an ihr eigenes Schicksal und wurde bockig. Als es um ihre Gefühle ging, hatte auch niemand darüber nachgedacht, ob sie verletzt wurde. Alle waren auf ihren Gefühlen herumgetrampelt. Keiner hatte sich darum geschert, wie es ihr dabei ging. Betrogen zu werden ist ein schreckliches Gefühl, ohne Zweifel, doch wollte sie nicht mehr die Vernünftige sein, die immer alles verstand und zugunsten der anderen zurücksteckte. Sie wollte leben. Genau so, wie es ihr in den Kram passte. Sie wollte ihre Gefühle ausleben, ohne Rücksicht auf das, was kommen mochte.

Ein leises Klingeln riss sie aus ihren Gedanken. Aufgeregt blickte sie auf ihr Handy und merkte, wie erleichtert sie nun war, als sie eine neue Nachricht von Kristof vor sich sah. Wie ein kleines Kind zu Weihnachten richtete sie sich in ihrem Bett auf und öffnete den Nachrichtenordner:

Hallo Lola. Ich habe lange überlegt, ob ich dir noch ein letztes Mal schreibe oder es für immer sein lasse. Bitte triff dich mit mir! Du gehst mir nicht aus dem Kopf und ich verzweifle bei dem Gedanken, nicht die Chance bekommen zu haben, dich näher kennen zu lernen. Ich weiß auch um die äußeren Umstände, die das Ganze nicht leichter machen. Trotzdem bitte ich dich. K.

Diese SMS war anders als die vorherigen. Niemals hatte er so ausführlich geschrieben. Diese Worte offenbarten seine Sehnsucht nach ihr.

Hellwach und unschlüssig, wie sie reagieren sollte, ging ihr Blick aus dem kleinen Fenster auf die Straße hinunter. Sie schaute den einzelnen Autos nach, die um diese Uhrzeit noch unterwegs waren. So lange, bis ihre Augen bei einem dunkelblauen BMW rechts am Straßenrand hängen blieben. Sie überlegte, kam aber zu dem Entschluss, sich zu irren.

Entschlossen sah sie weg.

Nur, um gleich darauf erneut einen Blick aus dem Fenster zu werfen. Für die nächsten fünf Minuten ließ sie den Wagen nicht mehr aus den Augen. Nichts bewegte sich oder schien darauf zu deuten, dass jemand darin saß. Doch es fing langsam an, dunkel zu werden, und das letzte Abendlicht spiegelte sich in den Autoscheiben. So sicher konnte sie sich gar nicht sein. Ihr Herz klopfte bis zum Hals. Sie schaffte es nicht, sich wieder zu beruhigen.

Trotzig wandte sie sich vom Fenster ab. Die Decke zog sie sich ganz fest bis zur Nasenspitze hoch und schloss krampfhaft die Augen. In dieser Position hielt sie es allerdings nicht lange aus. Es half alles nichts. An Schlaf war nicht zu denken, solange sie nicht wusste, ob dieser vermaledeite BMW dort unten Kristof gehörte oder eben nicht. Sie drückte sich ihr Kopfkissen vor den Bauch und wagte einen erneuten Blick aus dem Fenster. Der Wagen parkte immer noch an der gleichen Stelle. Entschlossen nahm sie ihr Handy zur Hand. Sie wollte jetzt um jeden Preis Klarheit:

Kristof, ist das dein Wagen, der vor meiner Haustür parkt?

Die Augen fest zusammenkneifend schickte Lola die SMS auf den Weg. Eine Sekunde später wurde ihr bewusst, was sie soeben getan hatte, und sie vergrub sich stöhnend unter der Bettdecke. Sie wusste, nun hatte sie sich für alle Zeiten zum Deppen der Nation gemacht. Wie konnte sie nur denken, Kristof stünde vor ihrer Haustür?

Nervös wartete sie auf ein Klingeln ihres Handys. Es war so still. Ihr Blut rauschte deutlich hörbar im Ohr. Jeder Thriller war ein Scheißdreck gegen das hier!

Es klingelte. Vor Schreck setzte ihr Herz einen Takt aus, bevor es schnell und pochend wieder seinen Dienst tat. Lola hielt den Atem an und drückte auf den Knopf, der die SMS öffnete. Hastig las sie:

Hilft es, wenn ich leugne? Wahrscheinlich nicht! Ehrlich gesagt frage ich mich gerade, was ich hier mache! Das ist so armselig. Sorry. Ich fahre jetzt weg. K.

Panisch schaute sie nach draußen. Der dunkelblaue BMW stand nicht mehr da. Enttäuschung machte sich in ihr breit.

»Herrje, Lola! Jetzt reiß dich aber mal zusammen«, ermahnte sie sich. Das Kribbeln im Bauch wurde stärker bei dem Gedanken daran, wie Kristof vor ihrer Haustür Wache geschoben hatte. Die Situation hatte etwas Beängstigendes an sich, aber zugleich auch etwas Niedliches. Er schien tatsächlich ihre Nähe zu suchen. Bei genauerem Hinsehen war sein Verhalten jedoch echt krank, das musste Lola zugeben.

Sie wollte trotzdem nicht, dass er wegfuhr. Es wurde ihr mit einem Mal ganz klar. Wie ferngesteuert tippte sie eine erneute SMS in ihr Handy ein und schickte sie genauso schnell ab wie die vorherige. Ihre Aufregung stieg ins Unermessliche. Die Gedanken schwirrten in ihrem Kopf völlig durcheinander, als sie die SMS noch einmal las:

Bitte komm zurück und lass uns reden! Lola

Sie schüttelte den Kopf. *Das ist Wahnsinn! Warum tue ich das? Das ist so ein Selbstbeschiss!*

Panisch stürzte sie die Leiter hinunter und suchte sich etwas zum Anziehen. Ein Blick in den Spiegel verriet, dass in der Kürze der Zeit nicht mehr viel zu beschaffen war, also kämmte sie sich nur schnell die Haare und legte Lipgloss und Deo auf. Ihre Hände kramten schnell im Karton nach einer CD. Etwas Rockiges kam immer gut, beschloss sie. Der Tee vom Abend stand noch auf dem Tisch. Er war mittlerweile kalt, aber sie bemerkte, wie trocken ihr Mund war, und nahm hastig einen großen Schluck aus der Tasse.

Jeder folgende Blick aufs Handy verunsicherte sie mehr. Vielleicht kam er gar nicht zurück? Was wäre, wenn er die SMS erst lesen würde, wenn er wieder zu Hause war und nicht mehr umkehren konnte?

Lola fühlte sich elend. Sie legte das Gesicht in ihre Hände.

Es läutete an der Wohnungstür. *Endlich!* Mit einem Sprung war sie an der Tür, um auf den Knopf für die Gegensprechanlage zu drücken.

»Ja?«

»Hier ist Kristof«, hörte sie seine Stimme durch die Gegensprechanlage. Ein Lächeln huschte ihr übers Gesicht, als sie auf den Summer drückte. Sie konnte es kaum erwarten, ihn endlich wiederzusehen.

Er stieg die letzten Treppenstufen zu ihr herauf.

»Komm doch rein«, sagte Lola.

Als er im Flur stand, zog er sich seine Schuhe aus und hing seine Anzugjacke an die überfüllte Garderobe. Lola war bereits in der Küche und holte eine Flasche Wasser mit zwei Gläsern, mit denen sie zum Sofa ging. Während sie die Gläser füllte, stand Kristof im Raum und sah sich um.

»Du hast es dir sehr hübsch eingerichtet. Es sieht viel größer aus als noch vor ein paar Tagen, als ich das letzte

Mal hier war.« Er stockte. Beschämt sah er weg. Wahrscheinlich dachte er genau wie Lola gerade an ihr letztes Aufeinandertreffen.

»Setz dich doch«, sagte sie gezwungen heiter, um die aufkommende drückende Stimmung möglichst gleich im Keim zu ersticken. Sich neben Lola auf das Sofa zu setzen schien ihm nicht passend zu sein, also setzte er sich auf den kleinen Hocker und nahm das Wasserglas in die Hand. Er trank einen ordentlichen Schluck.

Lola hatte sich vorgenommen, nicht als Erste das Gespräch zu beginnen, und wartete.

»Also«, begann er, »ich kann dir gar nicht sagen, wie unangenehm mir das ist. Da stehe ich wahrhaftig vor deiner Tür und beobachte das Haus, in dem du wohnst. Ich schwöre dir, wenn du mich nicht zurückgebeten hättest, ich hätte nie wieder versucht, dich zu bedrängen.« Sein Blick wanderte von seinem Wasserglas zu Lola herüber und ruhte für einen Augenblick auf ihr.

»Ich weiß gar nicht, wie ich es so recht ausdrücken soll, aber alles, was ich dir vorhin geschrieben habe, ist wahr. Du faszinierst mich und ich komme nicht von dir los. Dabei dachte ich, ich hätte in meinem Leben alles schon gesehen und erlebt, aber nichtsahnend stehst du plötzlich vor mir und stellst mein ganzes Leben infrage.«

Er stand auf und ging im Raum herum.

»Ich bin etwas irritiert. Ich dachte eigentlich, du würdest mir als Allererstes den Kopf abreißen und mich dann den Vögeln zum Fraß vorwerfen, aber du sitzt dort seelenruhig auf dem Sofa und hörst mir zu.« Sein Blick war herausfordernd. »Mensch Lola, nun sag doch bitte irgendetwas. Beschimpfe mich, scheuer mir eine – verdient hätte ich es. Sag, dass ich ein riesiges Arschloch bin. Aber bitte, rede mit mir und hilf mir, das Ganze zu verstehen.« Flehend schauten seine Augen auf Lola hinab. Es war jetzt an ihr, etwas zu sagen.

»Nun, Kristof. Bitte. Um Himmels willen, setz dich wieder hin. Ich bekomme sonst kein Wort heraus.« Sie wartete, bis Kristof sich wieder auf dem Hocker niedergelassen hatte.

»Ich habe nicht ohne Grund meine Heimat verlassen und ich bin mir gar nicht so sicher, ob ich dir das alles erzählen sollte. Dir, einem wildfremden Mann.«

Er schien zu verstehen, was sie meinte. Beide lächelten über diese unwirkliche Situation, in die sie miteinander geraten waren.

»Wie dem auch sei«, fuhr sie fort. »Das Letzte, was ich jetzt gebrauchen kann, ist eine neue Beziehungskiste. Das sag ich dir ganz offen und ehrlich. Deswegen habe ich auch auf keine einzige von deinen SMS geantwortet. Ganz davon abgesehen wäre es für mich ein Unding, etwas mit einem verheirateten Mann anzufangen.«

Kristof wurde verlegen.

»Ich frage mich sowieso, was in dir vorgehen muss. Entweder, deine Frau ist ganz furchtbar und du willst sie so schnell wie möglich verlassen, oder du bist einer dieser dämlichen Fremdgeher, die ich nicht leiden kann. Also, ich habe keinen Schimmer, was ich von dir halten soll! Ich weiß nur …« Ihre Hände fummelten nervös an der Wolldecke herum.

»Ich weiß nur, mir geht es genauso«, sprach sie weiter. »Auch meine Gedanken kreisen ständig um dich. Kreisen um unsere paar Treffen. Ich frage mich ständig, ob ich dich noch einmal wiedersehen und deine Stimme noch einmal hören werde, und herrje …« Sie strich sich eine kupferrote Haarsträhne nach hinten. »Ich frage mich, ob ich dich noch einmal ganz nahe spüren werde und lauter solche Sachen. Ich komme damit noch viel weniger klar als du. Also frag mich bitte nicht, was nun geschehen soll. Ich habe auch meinen Stolz, und die Tatsache, dass du nun einmal verheiratet bist, macht es mir nicht gerade leichter.«

Sie sahen sich tief in die Augen. Mit einem großen Seufzer stellte Kristof sein Glas auf den Tisch.

»Wenn das so ist, dann sollte ich wohl besser gehen, oder?«

Lola fand, es klang eher wie eine Feststellung als eine Frage. Wollte sie, dass er jetzt ging, oder wäre es ihr lieber, wenn er bliebe? Sie musste sich langsam einmal entscheiden. Dieses Hin und Her würde zu nichts führen. Das Kribbeln in ihrem Bauch, welches sich während des Gespräches dezent im Hintergrund gehalten hatte, wurde stärker.

Schließlich überwand sie sich. Was hatte sie schon zu verlieren? Sie hatte doch bereits alles verloren. Lola stand auf und ging zum CD-Player, um eine Ballade abzuspielen. Sie fixierte Kristof, der irritiert dreinblickte.

Jetzt oder nie. Sie hatte sich entschieden zu leben, und das gänzlich, ohne Bedingungen oder Kompromisse. Und vor allem: ohne Rücksicht auf andere. Sie wollte einfach nur das machen, wonach sie sich sehnte.

Langsam, mit samtigen Bewegungen, ging sie auf Kristof zu und nahm seine Hände in ihre. Sie zog ihn zu sich hoch, um ihn dann langsam, aber bestimmt aufs Sofa zu ziehen. Kristof wollte etwas sagen, doch ihm blieben die Worte im Hals stecken. Beherzt drückte sie ihn aufs Sofa und setzte sich auf seinen Schoß. Sie genoss den Augenblick, das Gefühl, die volle Kontrolle über ihn zu haben. Er war machtlos. Wie Wachs in ihren Händen. Gefährlich nahe kam sie ihm mit ihrem Mund. Die Haarsträhne, die ihr ins Gesicht gefallen war, bändigte sie, indem sie sie hinter das Ohr strich.

»Was hast du vor?«, fragte er mit flüsternder Stimme.

Keck zog sie eine Augenbraue hoch. »Na, was denn schon? Dich küssen.«

Im nächsten Augenblick berührten sich ihre Lippen und Lola schloss die Augen. Augenblicklich erwiderte Kristof ihren Kuss und seine Arme schlossen sie fest in eine innige Umarmung. Stark und männlich war sein erregender Griff um ihre Hüfte. Kristofs Küsse wurden eindringlicher, fast drängend, während seine Hände den Rücken hinaufglitten. Lola bekam eine tierische Gänsehaut, die ihren ganzen Körper vor Wonne erschauern ließ. Immer leidenschaftlicher wurden seine Hände, die mittlerweile ungeniert ihren Körper erforschten. Von seinen Berührungen wurde ihr ganz schwindelig.

Vollkommen im gleichen Takt bewegten sich ihre Körper miteinander. Augenblicklich fing sie an, mit ihren Fingern unter sein Hemd zu schlüpfen. Sie wollte seine Haut unter ihren Händen spüren. Unter ihrer Berührung zuckten seine Muskeln zusammen und sein Bauch wölbte sich nach innen. Die Wirkung, die sie auf Kristof hatte, gefiel ihr. Hatte sie doch das erste Mal in ihrem Leben das Gefühl, selbst zu kontrollieren, was geschah.

Da Kristof sie gewähren ließ, wanderten ihre Hände langsam seinen Bauch hinauf. Ihr Kuss verschmolz zu einem wohligen Rhythmus, der beide nur umso mehr in Ekstase zu treiben wusste. Hektisch zog Lola ihre Hände unter dem Hemd hervor und fing an, die Knöpfe seines Hemdes zu öffnen. Kristof, der diese Geste verstand, richtete sich auf. Sein Mund suchte ihren Hals, um ihn mit Küssen zu übersäen.

Durch die Berührung seiner Lippen auf ihrem Hals wurde ihr jetzt so richtig heiß. Ihre Wangen glühten. Die Erregung nahm immer mehr von ihr Besitz. Das Atmen fiel immer schwerer. Als der letzte Knopf geöffnet war, fuhr sie mit der Hand darunter und schob das Hemd entschlossen zur Seite. Erneut zog sie ihn grob an sich und suchte seinen Mund mit ihren Lippen. Während sie sich küssten, griff sie nach seinem Hemd und zog es ihm über die Schultern nach hinten aus. Kristof folgte ihrer Bewegung und zog seine Hände ungestüm aus dem Hemd. Seine starken nackten Arme umschlangen Lola erneut und umarmten sie kraftvoll.

Plötzlich nahm er geistesgegenwärtig ihr Gesicht in seine Hände. Er schaute sie eindringlich an.

»Ist es das, was du wirklich willst?« Die Angst vor einer negativen Antwort stand ihm ins Gesicht geschrieben. Es gehörte eine gehörige Portion Mut dazu, in dieser Situation einen kühlen Kopf zu bewahren.

Ihr Blick war ernst. »Ja, genau das will ich«, flüsterte sie. »Für den Augenblick. Ich weiß nicht, was ich morgen will, oder übermorgen. Aber heute …«

Für einen Moment wurde es still zwischen den beiden.

»Für heute ist es das, was ich will. Ich will dir nahe sein und nicht darüber nachdenken, was morgen ist.« Jetzt war sie diejenige, die nervös wurde. Falls ihm ihre Antwort nicht gefiel, würde er jetzt aufstehen und gehen. Sie wusste jedoch, dass sie ihn nicht anlügen durfte.

Nach einer gefühlten Ewigkeit legte er den Kopf schief und hatte sich entschieden. »Damit kann ich leben. Für den Augenblick jedenfalls.«

Ein paar Tage später hing Lola über den Büchern und versuchte, sich von Kristof abzulenken. Seit ihrem One-Night-Stand hatte sie sich nicht mehr bei ihm gemeldet. Sie wusste auch gar nicht, wie sie sich weiter verhalten wollte. Seit nunmehr geraumer Zeit versuchte sie also, krampfhaft zu verstehen, was das Buch ihr mitzuteilen versuchte. Ihr rauchte mittlerweile ganz gehörig der Kopf, daher war sie froh über etwas Ablenkung, als ihr Telefon klingelte. Es war Mia.

»Moin, Lola. Sag mal, bleibt es bei Freitagabend?«

»Meinetwegen. Aber vor 18 Uhr bin ich nicht zu Hause. Ich muss nach der Uni noch einkaufen.«

»Alles klar. Dann bin ich um halb sieben bei dir. Falls du dann noch nicht da bist, kann ich doch auch bei deiner Nachbarin klingeln, oder?«

»Klar doch.« Lola war sich nicht ganz sicher, ob sie Cordula vorwarnen sollte. Verschmitzt grinste sie. Die würde sich wundern.

»Mensch, ich freue mich schon tierisch aufs Wochenende. Tristan schreibt mir jeden Tag mindestens tausend SMS. Er ist ja sooo süß. Ich glaube, ich hab mich so richtig verliebt.« Ein tiefer Seufzer kam durchs Handy geflattert. »Am Freitagabend ist bei denen übrigens eine Party. Da gehen wir doch zusammen hin, oder?«

»Ooch, Mia! Ich dachte, wir machen uns einen ruhigen Abend. Ich hab die ganze Woche über schon so viel Stress, da kommst du nun auch noch mit einer Party daher! Muss das sein?«

»Aber natürlich muss das sein. Immerhin bist du meine beste Freundin und Tristan hat uns beide eingeladen. Wirst sehen, das wird lustig. Außerdem brauchst du in deiner neuen Heimat dringend ein paar neue Freunde. Schließlich kannst du nicht unbegrenzt auf mich zurückgreifen, meine Süße. Uns trennen nun immerhin stolze 150 Kilometer Luftlinie, vergiss das nicht.«

Lola wusste längst, dass sie verloren hatte.

»Na, meinetwegen«, stimmte sie widerwillig zu. »Aber ich möchte vorher noch abendessen. Wenn ich schon zur guten Laune gezwungen werde, dann zumindest nicht mit leerem Magen, verstanden?«

»Aber sicher doch. Ganz, wie du wünschst. Ich koche für dich. Wie waren übrigens die ersten Tage an der Uni?«

Von Lolas Seite drang ein Schnauben durch den Telefonhörer. »Frag besser nicht. Mitten im Semester die Uni wechseln, ist definitiv kein Zuckerschlecken. Aber gib mir noch ein oder zwei Wochen, dann finde ich mich zurecht.«

»Alles klar. Du machst das schon, Babe. Bis Freitag dann. Ich freu mich.«

»Ja, bis Freitag. Tschau.«

Als Lola am Abend ins Bett ging, dachte sie wieder an Kristof, während sie langsam in einen unruhigen Schlaf glitt.

Genervt saß Lola in der Mensa und stocherte hektisch in ihrem Essen herum. Sie hatte gehörigen Zeitdruck. Es war Freitagmittag und gleich fand noch eine wichtige Vorlesung statt, die sie keinesfalls verpassen wollte. Während sie also versuchte, ihr Essen mit einer Coke light hinunterzuspülen, quatschte sie jemand von der Seite an.

»Dürfen wir uns dazusetzen?«

Es war Tristan, der sie vergnügt anlächelte. Als Lola ihren Blick weiterschweifen ließ, erkannte sie hinten bei der Essensausgabe auch Manuel. Er war noch dabei, sein Essen zu besorgen.

»Tretet ihr nur als Dreamteam auf oder kann man euch auch einzeln buchen?«, fragte sie patzig und schlang weiter ihr Essen herunter. Irgendwie hatte sie gehofft, Tristan würde sich wieder verziehen. Aber er dachte im Traum nicht daran, sondern setzte sich einfach auf den Stuhl neben Lola.

»Ich deute das als ein Ja, einverstanden? Hat Mia schon mit dir gesprochen?«

So wie es aussah, kam sie nicht darum herum, sich auf dieses Gespräch einzulassen. Sie legte die Gabel zur Seite.

»Ja, das hat sie. Sie hat mir auch von eurer Party erzählt, und obwohl ich so gar keine Lust habe, weil meine Woche echt anstrengend genug war, habe ich ihr versprochen, dass wir auf einen Sprung vorbeischauen werden. Du kannst also ganz beruhigt sein. Du wirst sie heute noch wiedersehen. Das war doch sicherlich die Antwort, auf die du gewartet hast.«

»Ja, genau das wollte ich hören.« Tristan grinste bis über beide Ohren. »Brave Lola. Ich danke dir sehr. Hast einen gut bei mir.« Anerkennend klopfte er ihr auf die Schulter, dann widmete er sich zufrieden seinem Mittagessen.

Mittlerweile war Manuel am Tisch angekommen.

»Hey, Lola.« Ein stummes Nicken war alles, was er von ihr bekam. In fünf Minuten ging die Vorlesung los und sie wusste mal wieder nur so ungefähr, in welchem Saal sie sich einfinden musste.

Fragend blickte Manuel zu Tristan herüber.

»Brauchst sie gar nicht mehr zu fragen. Hab ich schon gemacht. Sie kommen alle beide. Außerdem habe ich das Gefühl, Lola ist im Stress.«

Lautstark ließ Lola die Gabel auf den Teller fallen.

»Tut mir leid, aber das wärt ihr auch, wenn ihr keine fünf Minuten mehr zum Essen hättet und noch nicht einmal wüsstet, wo die nächste Lesung stattfindet. Ich werde noch irre in diesem Saftladen. Ständig lande ich im falschen Saal oder bin auf der falschen Etage. Das ist so schrecklich.« Resigniert ließ sie den Kopf in die Hände sinken.

Manuel begriff, in welcher Not sie sich befand.

»Wo musst du denn als Nächstes hin?«, fragte er. Wortlos reichte sie ihm einen zerknitterten, schon etwas abgegriffenen Zettel, auf dem sie sich Notizen gemacht hatte, zu welcher Uhrzeit sie sich in welchem Saal einfinden wollte.

»Mein lieber Schwan«, drang aus Tristans Kehle, als er den Zettel sah. »Warst du mit dem Lappen duschen? Der sieht aus, als würdest du ihn nachts unter deinem Kopfkissen aufbewahren.«

Böse warf sie ihm einen Blick über den Tisch hinweg zu.

Manuel ignorierte seinen Freund und glättete den Zettel, so gut es ging.

»Siehst du«, sagte sie. »Hier. Um 13 Uhr.« Lola beugte sich über den Tisch, um auf eine bestimmte Stelle zu zeigen.

»Alles klar, da kann ich dich hinbringen, wenn du magst. Ist gleich hier um die Ecke.« Im ersten Moment war Lola überrascht. Sie zögerte einen Augenblick.

»Aber ja, gerne. Aber ich muss direkt los und du hast noch nichts gegessen.«

Er faltete den Zettel zusammen, stand auf und reichte ihn Lola, während er um den Tisch herumging.

»Ich kann gleich weiteressen. Ich hab noch ein bisschen Zeit. Du kannst dein Tablett stehen lassen, wenn du magst. Ich bringe es nachher mit meinem zusammen weg.«

Na, wenn das so ist. Schnell stopfte sie den Zettel wieder in ihre Hosentasche, während sie sich auf den Weg machten.

Nebeneinander gingen sie die Gänge entlang. Dabei bemerkte sie, wie Manuel sie immer wieder verstohlen von der Seite betrachtete. Unsicher begann sie ein Gespräch.

»Es ist wirklich nett von dir, mir den Weg zu zeigen. Kann es sein, dass du mir immer wieder aus der Patsche hilfst, wenn wir uns begegnen? Erst in der Straßenbahn, dann beim Umzug und nun spielst du den Wegführer für mich. Irgendwie schon komisch, oder?«

»Wahrscheinlich ist es eher Schicksal.« Herausfordernd sah er sie an. Seine Hände hatte er in den Hosentaschen vergraben.

Lola spürte, wie ihre Wangen erröteten. »Na, nun übertreibst du aber maßlos. Schicksal. So ein Quatsch!«

»Abwarten«, konterte er. Über seine Lippen huschte ein Lächeln. Es war ihr unmöglich, seinem Blick standzuhalten. Schweigend gingen sie weiter.

»Spätestens in zwei Wochen findest du dich hier auch alleine zurecht«, ergriff Manuel ein paar Gänge später das Wort. »Ich find's übrigens super, dass ihr heute Abend kommen wollt, auch wenn ich das Gefühl habe, du gehst nur wegen Mia hin.«

Es war ihr unangenehm, wie durchschaubar sie war.

»Ich hatte nur eine stressige Woche. Ich möchte, ehrlich gesagt, auf gar keine Party gehen, aber was soll's. Wird bestimmt lustig.« Sie sah auf ihre Armbanduhr.

»Na, dann bin ich beruhigt. Ich dachte schon, du gehst mir aus dem Weg.«

Überrascht schaute Lola von ihrer Uhr auf. »Aus dem Weg gehen? Wie kommst du denn darauf? Wir sind uns doch gerade eben erst wieder über den Weg gelaufen.«

Manuels Gesichtszüge wirkten erst erstaunt, dann amüsiert. »Dann hast du mich also tatsächlich die ganze Zeit über nicht wahrgenommen und bist nicht absichtlich an mir oder Tristan vorbeigelaufen?«

»Nein«, überlegte Lola. »Wann soll das gewesen sein?«

Jetzt musste er wirklich lachen. »Sag mal. Hast du immer so einen Tunnelblick oder liegt es an der neuen Umgebung? Wir sind uns hier ständig begegnet. Tristan hat dich sogar einmal angesprochen, aber du bist einfach weitergelaufen. Den Blick von ihm hättest du sehen müssen.«

»Ich war wohl in Gedanken. Entschuldige bitte. Das war bestimmt keine Absicht. Manchmal bekomme ich ein bisschen wenig mit.«

»Ein bisschen. So, so. Lola, du kriegst gar nichts mit.« Er deutete auf eine Tür. »Wie auch immer. Hier wäre erst einmal deine nächste Vorlesung.«

Erstaunt, wie schnell sie am Ziel angekommen waren, blieb Lola stehen. Sie konnte es kaum fassen, tatsächlich pünktlich einzutreffen.

»Großartig! Kann ich dich für nächste Woche buchen? Wenn ich überall so schnell ankäme, hätte ich glatt drei Stunden täglich eingespart.«

Bei diesem Kompliment gewann Manuel gleich zwei Zentimeter an Größe. Verlegen fuhr er sich durch die Haare und strich eine braune Haarsträhne, die ihm in die Stirn gefallen war, mit der Hand zurück. Bei dieser Geste durchfuhr Lola ein unheimliches Déjà-vu. Zwar wusste sie nicht, woher das Gefühl stammte, trotzdem stellten sich ihr die Nackenhaare auf und sie erschauerte.

»Mal sehen, wie ich es nächste Woche einrichten kann. Ich kann dir aber nichts versprechen«, ging Manuel auf sie ein.

»Okay, dann bis heute Abend.« Zum Abschied hob Lola die Hand.

»Bis dann.«

Er drehte sich um und ging den Gang wieder zurück. Sie war froh, dass er ging. Warum, konnte sie nicht sagen.

Am Abend schleppte sich Lola die Treppen hinauf. Die große Handtasche über die Schulter geworfen und an beiden Händen je eine schwere Einkaufstasche hängend, schnaufte sie schwer.

Als sie oben ankam, stellte sie amüsiert fest, dass Mia tatsächlich bei Cordula geklingelt hatte. Ihre Stimme war eindeutig aus deren Wohnung zu vernehmen. Wenn sie sich nicht täuschte, roch es sogar ganz köstlich nach frisch gekochtem Essen.

Sie wollte noch schnell die Einkäufe wegräumen, doch da hatte sie die Rechnung ohne ihre Nachbarin gemacht. Cordula steckte bereits ihr Gesicht durch die Wohnungstür und zeigte mit dem ausgestreckten Finger drohend auf Lola.

»Du! Du bist so gut wie tot!«

Bei dem Gedanken, wie es Cordula wohl die letzte Stunde mit ihrer Freundin ergangen sein musste, musste Lola lachen.

»Wie kannst du es wagen, mir dieses kleine Monster auf den Hals zu hetzen? Das ist an Grausamkeit nicht mehr zu übertreffen!« Sie klang regelrecht verzweifelt.

Lola legte ein mitleidiges Gesicht auf. »Oh, bitte verzeih. Hab ich vergessen, dich vorzuwarnen? Das tut mir wirklich herzlich leid.«

Doch Cordula war noch nicht fertig. »Mit all ihren Tüten kam sie bei mir hereingestürmt und hat ihre Zutaten in meiner Küche verstreut.«

»Was kocht sie denn Schönes für uns?«

Ihre Nachbarin dachte überhaupt nicht daran, auf dieses Ablenkungsmanöver einzugehen.

»Komm mal gleich mit. Die Küche sieht aus wie ein Saustall. Also, ich mach das nicht wieder sauber.« Sie drängelte Lola in ihre Wohnung.

»Schon gut. Wir erledigen das nachher. Zu Mias Verteidigung muss ich sagen, sie kann wirklich super kochen. Alles, was sie in die Töpfe wirft, kommt als Gaumenschmaus wieder heraus.«

Wie ein Sausewind kam Mia um die Ecke geschossen und fiel Lola zur Begrüßung um den Hals. Ihre Wangen glühten vor Vorfreude auf den heutigen Abend.

»Hey, Lola. Ganz schön spät kommst du. Zum Glück war Cordie da und hat mich reingelassen.«

Ein Blick zu Cordula bestätigte Lola in der Annahme, dass ihrer Nachbarin der neue Spitzname nicht sonderlich gut gefiel. Die verdrehten Augen zeigten es deutlich, auch ohne Worte. *Cordie! Geiler Spitzname!* Innerlich bebte Lola vor Belustigung, doch sie riss sich zusammen. Sie wollte es Cordula nicht noch unangenehmer machen, als es schon war. Mia bekam von alledem nichts mit.

»Du, wir haben auch schon angefangen zu kochen. Ist gleich fertig. Wenn ich auf dich gewartet hätte, wären wir wahrscheinlich um Mitternacht noch nicht auf der Party und alles wäre im Arsch.«

Der dampfende Kochtopf auf dem Herd verströmte einen herrlichen Geruch. Mit Genuss lüftete Lola den Deckel und nahm eine Nase voll von den herrlichen Gemüse- und Kräuterdüften, die ihr entgegenstiegen.

»Mmh! Hühnersuppe. Lecker. Cordula, das wird dich für alles entschädigen. Ich verspreche dir, gleich morgen früh nach der Party räumen wir deine Küche wieder picobello auf. Du kommst doch mit, oder?« Nebenbei zog sie einen Löffel aus der Schublade hervor und probierte die Suppe. Dabei schaute sie neckisch zu ihrer Nachbarin herüber.

Cordula war wie vor den Kopf gestoßen. Der Mund stand ihr halb offen. Noch bevor sie die Gelegenheit zum

Antworten hatte, stieß Mia einen schrillen Schrei aus, der durch Mark und Bein ging.

»Ja, genau! Du kommst mit. Das ist eine super Idee.«

Für Mia gab es kein Halten mehr. Die Vorfreude auf die Party, das Wiedersehen mit Tristan und jetzt auch noch Cordula, die sie begleiten würde, ließen sie ganz euphorisch werden und wild auf und ab hüpfen.

»Oh, nein. Partys sind nichts für mich. Aber mal so gar nicht. Da hab ich nichts verloren. Sorry, Leute.« Das Gesicht zu einer Grimasse verzogen, wehrte Cordula entschieden ab. Für Mia völlig indiskutabel. Sie legte den Arm um Cordula und kniff ihr kurz in die Wange.

»Papperlapapp. Du kommst mit! Abgemacht.« Als ob die Sache beschlossen wäre, nickte sie kurz und heftig. »Wir drei! Das wird himmlisch.«

In Vorfreude schwelgend begann Mia den Tisch zu decken. Ohne Hemmungen öffnete sie eine Schranktür nach der anderen, bis sie alle nötigen Utensilien gefunden hatte.

Vor dem geistigen Auge war die Spur der Dampfwalze noch zu erahnen, die Cordula gerade eben überrollt hatte. Fast tat sie Lola leid. Versöhnlich gestimmt ging sie auf sie zu.

»Na, wie sieht es aus? Gib dir einen Ruck und komm mit. Dann sind wir wenigstens schon zwei, die keinen Bock auf Party haben.«

Ihre Nachbarin schien abzuwägen. »Hab ich denn noch eine Wahl?«

Lola schloss die Augen und schüttelte feierlich mit dem Kopf. Ihre Nachbarin gab auf.

»Also gut, ich komm mit. Aber nur, wenn es auch etwas Anständiges zu trinken gibt, sonst bin ich gleich wieder verschwunden. Klar?«

Lola nickte zufrieden.

»Essen ist fertig«, hörten sie Mia rufen, die bereits am Tisch Platz genommen hatte und dabei war, drei Teller mit Suppe zu befüllen.

Zu dritt zogen sie los. Die WG der drei Jungs lag nur ein paar Straßen von ihnen entfernt. Aufgeregt wie ein kleines Kind tänzelte Mia zwischen den beiden Frauen hin und her. Es gab nur noch ein Thema, das sie interessierte.

»Das muss ja ein echtes Prachtexemplar sein, so wie du von diesem Tristan schwärmst«, warf Cordula ein, während sie um die nächste Hausecke schlenderten.

»Das ist er auch, Cordie. Ganz unglaublich lieb und charmant, und er sieht unwahrscheinlich gut aus, nicht wahr, Lola? Ich kann gar nicht sagen, wann ich das letzte Mal so viele Schmetterlinge im Bauch hatte.« Ein rührseliges Glucksen tönte aus Mias Kehle, das Lola und Cordula dazu verleitete, sich mitleidvolle Blicke zuzuwerfen, während Mia weiter vor sich hin träumte.

Die drei Mädels standen bald vor einem Mehrfamilienhaus. Schon von der Straße aus konnten sie laute Musik von oben hören.

»Auf geht's«, hörten sie Cordula seufzen. Ungeduldig drückte Mia auf die Klingel.

Kaum waren sie eingetreten, da wusste Lola auch wieder, warum sie solch eine Abneigung gegenüber Hauspartys hatte – akuter und totaler Platzmangel. Hätte sie ein Messer bei sich getragen, hätte sie die Luft zerschneiden können, so stickig war es in der Bude. Diese vielen fremden Menschen schnürten ihr die Luft zum Atmen ab. Sie wollte gerade Mia ansprechen, als diese bereits Tristan am anderen Ende der Wohnung stehen sah und quietschend auf ihn zurannte. Danach verschwand sie mit ihm in einem der vielen Räume. Mit dem Ellenbogen knuffte Lola Cordula in die Seite.

»Da waren es nur noch zwei!«

Cordula blickte sich um und bemerkte ebenfalls Mias Abwesenheit.

»Toll«, entgegnete sie freudig. »Dann können wir ja wieder gehen, hab ich Recht?« Mit der einen Hand bereits auf der Türklinke, sah sie Lola hoffnungsvoll in die Augen.

»Nun. Ich glaube, ich muss jetzt wenigstens einmal Hallo sagen. Immerhin wissen alle, dass ich mit Mia herkommen wollte. Wir versuchen erst einmal, die Küche auszumachen, einverstanden? Mit einem Glas in der Hand lässt es sich bestimmt viel leichter ertragen, oder was meinst du?« Cordula war zwar nicht begeistert, legte aber doch ihre Hand um Lolas Schulter.

»Na, meinetwegen. Ich bin dabei. Ich schlage vor, wir drängeln uns an diesem Riesenbaby da vorne vorbei, um zu sehen, was sich dahinter verbirgt.«

Wie auf einer Expedition kamen sich die beiden Frauen vor, während sie sich lachend bis zur Küche durchschlugen. In der Küche angekommen quetschten sie sich an ein paar weiblichen Schnapsnasen vorbei, die ziemlich giftig dreinschauten.

»Keine Angst«, flüsterte Cordula verschwörerisch, »die tun nichts. Wahrscheinlich haben sie nur Angst um ihre Vorräte.«

Amüsiert wandte Lola ihr Gesicht ab und widmete sich der, wie sie anerkennend feststellte, recht großen Auswahl an alkoholischen Getränken, die wahllos auf dem Küchentisch platziert waren. Sie hob ein paar Flaschen an, um die Etiketten zu prüfen.

»Was bevorzugst du denn für gewöhnlich?«

Ihre Nachbarin beantwortete die Frage auf ihre Art. »Ab 30 % aufwärts können wir drüber reden.«

Entsetzt riss sie die Augen auf. »Ist das dein Ernst? Da kann ich aber nicht mithalten.«

Ein verschmitztes Grinsen legte sich auf das Gesicht ihrer Nachbarin. »Ach, was. War doch nur Spaß. Mix mal was Schönes zusammen. Wird schon schmecken.«

Hochkonzentriert füllte Lola zwei Gläser mit verschiedenen Flüssigkeiten, in der Hoffnung, hinterher etwas Wohlschmeckendes kreiert zu haben. Währenddessen ließ Cordula den Blick über die Gäste schweifen und versuchte, die Lage zu peilen.

»Sag mal. Ist das hier so 'ne verfickte Studentenparty, oder was?«

»Weiß nicht. Keine Ahnung. Warum fragst du? Hast du was gegen Studenten?«

»Nein, ich hab nichts gegen Studenten. Ich kann aber auch nicht viel mit ihnen anfangen. Die meisten von ihnen labern mir zu geschwollen daher. Ich bin mehr eine Frau der Taten, wenn du verstehst, was ich meine.«

Sie nahm Lola ein Glas aus den Händen und stürzte die Hälfte des Inhaltes in einem Rutsch ihre Kehle hinunter. Lola trank ebenfalls einen kräftigen Schluck, bevor sie trocken auf Cordulas Aussage einging.

»Ich verstehe, was du meinst.« Sie machte eine theatralische Denkpause und wartete, bis Cordula ihr Glas wieder zum Mund führte. »Aber ich kann dich beruhigen«, sprach sie weiter. »Beim Vögeln halten sie für gewöhnlich die Klappe.«

Wie eine Fontäne sprudelte der Schnaps aus Cordulas Mund. Amüsiert klopfte Lola ihr den Rücken, weil sie sich kräftig verschluckt hatte. Zum Glück hatte ihre Nachbarin Humor. Notdürftig tupfte sie ihr nass gewordenes Shirt mit einem Stück Küchenpapier ab.

»Lola, Lola. Wer hätte das gedacht. Siehst so unschuldig aus.«

Herausfordernd nahm Cordula den letzten großen Schluck aus ihrem Glas. »Dann wollen wir mal sehen, was sich für heute Abend so auftreiben lässt.« Sie blickte kurz auf ihre Armbanduhr. »In einer Stunde wieder hier an der Bar. Mal sehen, wer den besseren Fang macht!«

Noch ehe Lola reagieren konnte, war Cordula in der Menschenmenge verschwunden. Völlig baff blieb Lola allein zurück und schenkte sich noch einmal nach.

Mit einem gefüllten Glas in der Hand und der Handtasche über der Schulter, trat Lola auf den Balkon hinaus.

Sie drängelte sich an einem knutschenden Pärchen vorbei, um sich ganz hinten in der Ecke auf einer schäbigen Gartenbank niederzulassen. Erneut nahm sie einen Schluck aus ihrem Glas. Dann kramte sie ihr Telefon hervor und beschloss, Kristof eine SMS zu schicken. Mit ein bisschen angetrunkenem Mut schien ihr das viel leichter von der Hand zu gehen. Bevor sie die Nachricht abschickte, las sie sie noch einmal durch:

Hallo Kristof. Hänge auf einer Party ab. Bin einsam und verlassen auf dem Balkon gelandet. Jetzt, wo ich so ein knutschendes Pärchen vor der Nase habe, muss ich wieder an dich denken. Jeden Abend habe ich an dich gedacht, mir aber selbst verboten, dir zu schreiben! Sehen wir uns wieder? Kuss

Lola lächelte bei dem Gedanken an ihren Daniel Craig, der tatsächlich ohne Anzug genauso aussah wie in seinen Filmen. Sie trank den letzten Schluck, bevor das Glas erneut leer war. Majestätisch zog sie sich einen Glimmstängel hervor und zündete ihn feierlich an. Auf Partys konnte sie dem Drang nach einer Zigarette einfach nie widerstehen. Nach ein paar Zügen lullte sie ein leichter Schwindel ein. Erst das Klingeln ihres Handys riss sie aus ihrer Trance. Eine SMS von Kristof kam angeflogen:

Hey, mir geht es gut. Nur meine Sehnsucht nach dir ist unerträglich. Es fällt mir schwer, mich auf meine Arbeit zu konzentrieren. Was machst du nur mit mir? Natürlich sehen wir uns wieder. Wie ist die Party? Hast du Spaß? K.

Lola seufzte tief. Wie kitschig, doch auch so süß. Sie spürte, wie ein breites Grinsen ihr Gesicht in Beschlag nahm. In den letzten Tagen gab es den einen oder anderen Moment, in dem sie sich wirklich schäbig vorgekommen war. Bei dem Gedanken an seine Frau wurde ihr ganz weh ums Herz. Aber irgendwie bekam sie immer wieder die Kurve und redete sich alles schön. Sie wollte Kristof so schnell wie möglich wiedersehen.

Wann wollte Mia wieder nach Hause fahren? Es würde wahrscheinlich darauf ankommen, wie der heutige Abend mit Tristan verlief. Falls die beiden einen Weg zueinander fänden, würde sie sicherlich das restliche Wochenende bei Tristan verbringen. Falls der Abend für Mia nicht so rosig verlief, könnte es sein, dass sie die Trösterin spielen müsste. Bei dem Gedanken daran schickte Lola ein kurzes, heftiges Stoßgebet zum Himmel hinauf und bat ihren Opa eindringlich, dafür zu sorgen, ihre Horrorgedanken diesbezüglich nicht wahr werden zu lassen. Mia und Liebeskummer? Da möchte man lieber zu Fuß über glühende Kohlen gehen und dabei noch fröhlich ein Liedchen trällern. Sie schrieb zurück:

Da ich es vorziehe, mit dir zu simsen, kann die Party ja nicht so toll sein, oder? Ich habe Mia versprochen mitzugehen. Jetzt sitze ich hier und warte auf das Ende der Nacht. Falls die geplante Liaison zwischen Mia und ihrem Auserwählten heute Abend ihren Anfang findet, hätte ich morgen Zeit. Können wir uns dann sehen? Kuss

Schnell wurde es ihr zu kalt hier draußen. Lola nahm ihr Glas vom Fußboden hoch, drängelte sich ungeschickt an dem Pärchen vorbei und ging zurück in die Küche. Als sie sich am Küchentisch vorbeischlängeln wollte, um ihre Freundinnen zu suchen, überkam sie ein Gedanke: Ein Glas mehr oder weniger könnte nicht schaden. Daher machte sie schnell einen Abstecher an die Bar, deren Bestand sie mittlerweile ganz gut kannte. Sie mischte sich vergnügt einen Wodka-Redbull mit viel Wodka darin. Schließlich war sie hier auf einer Party, und mit dem Gedanken an das mögliche Date morgen Abend stieg ihre Stimmung um Längen.

Mit vollem Glas konnte sie sich jedoch schlecht durch die Menschenmenge drängeln. Sie beschloss also, dass mindestens die Hälfte des Inhaltes in ihrem Glas weichen musste, damit sie ihre Mitmenschen beim Drängeln nicht vollkleckerte. Beherzt setzte sie das Glas an und nahm ein paar kräftige Schlucke hintereinander weg. Sofort fing ihre Kehle an zu brennen. Sie kniff die Augen zusammen und ein heftiger Schauer krabbelte unbarmherzig über ihren Rücken hinauf und ließ ihren ganzen Körper kurz, aber kräftig beben.

Dann machte sie sich auf den Weg, um Mia zu suchen. *Die kann vielleicht was erleben. Was fällt der eigentlich ein, mich einfach so an der Haustür stehen zu lassen? Und was ist mit der anderen noch gleich? Wie heißt die noch mal? Carola? Carolin? Ach nee, klar.* Lola fasste sich kurz an die Stirn und belächelte sich, als ihr der Name wieder einfiel. *Natürlich, Cordie. Na, die kann auch was erleben!*

Als Lola durch die Küchentür auf den Flur trat, bemerkte sie, wie sie Schluckauf bekam. Ihr Handy klingelte erneut. Da sie aber zu sehr damit beschäftigt war, sich durch die Menge zu drängeln und dabei das Gleichgewicht zu halten, steckte sie das Telefon erst einmal zurück in die Tasche, wo es sicher war. Sie wollte es später wieder hervorholen, um die SMS zu lesen.

Kapitel 4

Konfrontation

Als Lola erwachte, wusste sie nicht, wo sie war. Sie drehte den Kopf zur Seite, um sich genauer umzusehen. Das hätte sie besser nicht machen sollen. Ein stechender Schmerz durchfuhr ihren Kopf von hinten bis zur Stirn. Ihre Augen brannten höllisch.

»Au«, entfuhr es ihr. Sie hielt sich die Hände vor das Gesicht und schloss die Augen wieder ganz fest zu.

Es raschelte. So, als ob jemand neben ihr sich gerade bewegen würde. Tief holte sie Luft und füllte ihre Lungen mit Sauerstoff. Was war geschehen? Dass sie ihre Gedanken nicht geordnet bekam, gefiel ihr überhaupt nicht.

Sie riss sich zusammen und startete einen erneuten Versuch, sich aufzurappeln. Dabei vernahm sie ein Zischen, als ob eine Brausetablette in Wasser aufsprudelte. Sie versuchte in die Richtung zu blinzeln, aus der das Geräusch kam. Die Kopfschmerzen waren unerträglich, doch sie zwang sich, sich aufzusetzen und die Augen nun ganz zu öffnen.

Sie hatte richtig gehört. Vor ihr stand ein Couchtisch. Auf diesem befand sich ein Glas Wasser mit einer sprudelnden Tablette darin. *So weit, so gut*, dachte sie. Das war im Prinzip nichts Ungewöhnliches. Lola machte sich viel mehr Sorgen darüber, weder den Tisch noch das Sofa, auf dem sie saß, jemals in ihrem Leben vorher gesehen zu haben.

Hilfe suchend ließ sie den Blick etwas weiter schweifen. Sie drehte den Kopf nach links, aber außer fremdem Mobiliar und dem Fenster, durch welches ganz grausam schrecklich grelles Licht ins Zimmer hereinfiel, war dort nichts zu sehen, was ihr hätte weiterhelfen können. Also drehte sie den Kopf in die andere Richtung und sah neben sich einen Sessel stehen, auf dem eine Person saß, die sie ruhigen Blickes ansah. In dem Moment, als sie begriff, wer bei ihr saß, schlug sie die Hände vor das Gesicht.

»Großer Gott, oh nein«, rief sie. Das war zu schrecklich, um wahr zu sein! Tapfer hob sie den Kopf wieder in seine Richtung.

»Guten Morgen«, begann Manuel das Gespräch. »Wie geht es dir?«

Er hörte sich besorgt an. Sein Blick war beinahe liebevoll.

»Wie soll es mir schon gehen? Mein Kopf zerspringt gleich in tausend Scherben. Wo bin ich? Wieso bist du hier?«

»Lola, ich wohne hier!«

Beschämt sah sie weg, als ihr ein paar Erinnerungsfetzen von letzter Nacht einfielen. Ach ja, richtig. Die Party gestern Abend.

»Ganz ruhig. Es ist nichts Schlimmes passiert. Ich würde sagen, du bist ein wenig abgestürzt. Nichts Besonderes halt. Das passiert jedem einmal.« Er sagte das so, als wäre es die normalste Sache der Welt, doch das war gewiss nicht das, was Lola hören wollte.

»Was heißt hier, ich bin abgestürzt? Wo denn? Wann? Und vor allem, womit?« Ihr Blick und ihre Stimme wurden mit jedem gesprochenen Wort unsicherer.

»Also, wann du damit begonnen hast, kann ich dir auch nicht sagen. Als ich zu euch stieß, hattest du schon ganz schön was intus und hast mit Cordula wild auf unserem Wohnzimmertisch getanzt. Mia und Tristan standen völlig perplex daneben und die anderen Leute haben sich über eure Showeinlage prächtig amüsiert.« Er zeigte auf den Tisch. Zwar versuchte sie sich bildhaft vorzustellen, wie sie und Cordula letzte Nacht den Tisch in eine Tanzfläche verwandelt hatten, doch es wollte ihr nicht gelingen.

»Wir hatten schon so unsere Mühe, euch vom Tisch herunterzuholen. Du kannst ganz schön bissig werden, wenn du was getrunken hast.« Er lehnte sich in seinen Sessel zurück.

Alleine die Vorstellung daran war zu viel für Lola. Ohne zu fragen, nahm sie das Glas mit der Brausetablette und trank es in einem Zug leer. Wie erwartet war es ein Aspirin. Sie trank zu hastig, weshalb das Hämmern in ihrem Kopf kurzzeitig schlimmer wurde. Schmerzgeplagt hielt sie sich mit den Händen den Kopf. Manuel bewegte sich nicht vom Fleck. Ganz still saß er neben ihr. *Wieso ist der Kerl immer dann in meiner Nähe, wenn ich mich zum Deppen mache? Der muss ja mittlerweile denken, ich kann nicht bis drei zählen.*

Lola wollte jetzt die Wahrheit wissen. »Wie schlimm war es wirklich? Haben wir irgendetwas angestellt oder kaputtgemacht?«

Sein Lächeln wirkte beruhigend auf sie. »Ach was, gar nichts habt ihr kaputtgemacht. Die anderen hatten sogar jede Menge Spaß mit euch. Das Einzige, was aufpoliert werden muss, ist euer guter Ruf. Der ist erst mal hin. Ich tippe auf zu viel Wodka in viel zu wenig Redbull, falls es dich interessiert.«

»Wie kommst du darauf?«

Manuel setzte sich auf. »Nun ja, zwei Mädels haben dich und Cordula dabei beobachtet, wie ihr regelmäßig die Bar gestürmt habt. Wenn man den Anschuldigungen Glauben schenken darf, waren der Wodka und der Redbull bereits nach kürzester Zeit Mangelware.« Mittlerweile konnte er sich ein schadenfrohes Grinsen nicht mehr verkneifen.

»Ich mache so etwas für gewöhnlich nicht«, versuchte Lola sich zu verteidigen. »Ich trinke fast nie, das kannst du mir glauben!«

»Wahrscheinlich war genau das das Problem an der Sache. Aber egal. Die Hauptsache ist, du hast dein Bewusstsein wiedererlangt. Möchtest du vielleicht etwas essen oder trinken? Willst du ins Bad?«

Ein anderer Gedanke schoss ihr durch den Kopf und sie ignorierte seine Frage. »Wo ist Mia?«

Sie blickte hektisch nach allen Seiten und wollte schon aufspringen, als Manuel sie beruhigte.

»He, Mann, immer mit der Ruhe. Kein Grund, gleich loszurennen. Also, die Sache ist die.« Er machte eine kurze Pause und zog den Mundwinkel schelmisch nach oben. Mit der rechten Hand fuhr er sich durch die Haare.

»Mia ist bei Tristan. Kurz nach Mitternacht sind die beiden in seinem Zimmer verschwunden. Seither habe ich sie nicht mehr gesehen. Aber ich denke, Mia geht es gut. Ganz bestimmt sogar.« Das Grinsen seinerseits wurde immer breiter. Man konnte spüren, wie sehr er gerade das Kopfkino genoss.

Ihr wurde schlecht. Mia hatte also einfach so Sex, obwohl Lola hier sterbend auf einem fremden Sofa lag und willenlos ihren Mitmenschen ausgeliefert war. *Na warte, Fräulein!* Schnaufend verschränkte sie beide Arme vor ihrer Brust. *Komm du mir nach Hause! Dann tanzen wir zusammen. Aber Polka à la Lola!*

Es kam ihr hoch. In Panik sprang sie vom Sofa auf, hielt sich die Hände vor den Mund und rannte auf den Flur hinaus.

Manuel schrie ihr hinterher. »Links, dann gleich die erste Tür rechts!«

Lola rannte, als gäbe es kein Morgen mehr. Inständig hoffte sie, dass ihr weichgesoffenes Hirn nicht ausgerechnet jetzt links und rechts verwechseln würde. Erleichtert erblickte sie die rettende Kloschüssel und steuerte auf sie zu. Kaum hatte sie den Kopf über die Schüssel gebeugt, ging es auch schon los.

Jemand klopfte an die Badezimmertür. Seit geraumer Zeit kauerte Lola neben der Toilette auf dem Boden. Den Kopf hatte sie gegen die Fliesen gelehnt. Ihr war so übel. Sie mochte gar nicht daran denken, wie sie wohl aussah.

»Manuel, geh weg!«, rief sie. »Ich will dich hier drin nicht sehen. Wenn du reinkommst, zieh ich dir eins über. Das schwör ich!« Eine Träne lief ihr über das Gesicht, als sie sich ein paar Haarsträhnen aus dem Gesicht strich.

Auf eine Antwort von draußen musste sie nicht lange warten. »Alles klar, ist akzeptiert. Geht es dir soweit gut da drin?«

»Ja, ja. Alles bestens. Gib mir einfach noch ein paar Minuten, okay?«, flehte sie mit zittriger Stimme.

»So viel Zeit, wie du willst. Ich warte in der Küche auf dich.«

Seine Schritte verhallten auf dem Flur und sie war dankbar dafür. Langsam beruhigte sich ihr Magen. Als sie ihr Spiegelbild sah, wurde ihr erneut elend.

Aus einem käsig-weißen Gesicht blickten ihre Augen sie stumpf an. Zerfleddert und strähnig fielen die Haare über ihre Schultern. Von dem hellen Glanz, den ihr kupferroter Farbton normalerweise aufwies, war heute Morgen nicht viel zu erkennen.

Während sie ihr Gesicht mit kaltem Wasser wusch, kamen ein paar Erinnerungsfetzen hervor. Sie konnte sich daran erinnern, wie sie Cordula, Mia und die anderen gefunden hatte. Die Anlage spielte zu der Zeit The BossHoss. Yeah! Lola verdrehte die Augen. Cordula hatte zwei Typen im Schlepptau gehabt. An die Namen der Herren konnte sie sich nicht mehr erinnern, dafür allerdings daran, dass sie ganz schön wild miteinander geflirtet und getanzt hatten. Vor lauter Ekel vor sich selbst schüttelte sie sich heftig. Was war nur in sie gefahren? Das war doch sonst nicht ihre Art. Wahrscheinlich war das Cordulas Einfluss. Ja, genau. Das muss es gewesen sein.

Während sie nun den Mund ausspülte, rückte eine weitere Erinnerung in ihr Bewusstsein. Sie hatte Mia tanzend vom Tisch aus beobachtet. Mia hielt Lolas Handy in der Hand. Sie hatte mit jemandem telefoniert. Aus den Lautsprechern im Wohnzimmer waren Die Ärzte mit *Schrei nach Liebe* zu hören gewesen und Cordula hatte beherzt mitgegrölt. Während des Telefonats war Mias Gesicht ganz ernst geworden. Dann kam wieder der Blackout.

Eine weitere Szene drängte sich in ihren Kopf. Sie erinnerte sich, wie Manuel bei ihr gestanden hatte und sie versucht hatte, mit ihm zu flirten und auf Tuchfühlung zu gehen. Er war nicht darauf eingegangen, sondern hatte versucht, sie zur Vernunft zu bringen. Bei dieser Erinnerung stieg ihr die Schamesröte ins Gesicht. Verächtlich schnaufte sie auf, während sie sich ihr Gesicht mit einem frischen Handtuch abtrocknete. Natürlich war es ihm unangenehm gewesen. Sie selbst würde auch mit keiner Schnapsnase rummachen wollen.

»Oh, meine Güte, Lola. Was hast du nur getan?«, fragte sie ihr Spiegelbild. Zwar sah sie jetzt wieder etwas besser aus, doch die Folgen der letzten Nacht würden trotzdem für den restlichen Tag ihr Äußeres prägen.

Als Nächstes ging sie ins Wohnzimmer, um nach ihrer Handtasche zu suchen. Ihr kam nämlich wieder in den Sinn, dass sie gestern Abend mit Kristof gesimst hatte. Wahrscheinlich hatte der arme Kerl nun die ganze Nacht auf eine Nachricht von ihr gewartet. Ungeduldig suchte sie das gesamte Wohnzimmer ab, konnte die Handtasche aber nirgends finden.

Manuel kam hinzu. »Was suchst du denn?«

»Meine Handtasche«, erklärte sie, ohne ihre Suchaktion zu unterbrechen. »Ich muss sie hier irgendwo letzte Nacht verloren haben, oder sie wurde geklaut.« Bei dem Gedanken daran wurde ihr erneut schlecht. Mit der Hand auf dem Bauch hielt sie einen Moment inne.

Manuel konnte sie beruhigen. »Keine Sorge. Ich hab deine Handtasche gestern Abend in meinem Zimmer in Sicherheit gebracht. Das Zimmer war die ganze Zeit über abgeschlossen, da konnte also niemand ran. Komm mit. Ich gebe sie dir.« Manuel ging in den Flur hinaus und Lola folgte ihm bis zu seiner Zimmertür.

Lola blieb an der Tür stehen. Sie sah, wie Manuel ins Zimmer ging und auf ein Sofa zusteuerte. Dort lag ihre Handtasche. Er hob sie auf und gab sie Lola.

Vor Entzücken erstarrte sie. Sie konnte zwar nicht sagen, wie sie sich sein Zimmer vorgestellt hatte, allerdings ganz bestimmt nicht so. Dieses Zimmer war wunderschön! Ein Altbau mit wundervollem Stuck an den Decken. Ein alter Kronleuchter hing majestätisch von der Decke und ergänzte den Raum nahezu perfekt. Die Fenster waren hoch und die Vorhänge hatten einen gewissen Vintage-Look. Das Sofa und der alte Drehsessel waren mit rostrotem Cord-Bezug bezogen. Der Tisch hatte die Form einer Niere. Alles in allem wirkten die Möbel wie aus den 70er-Jahren. Sie fragte sich, ob das Originalstücke waren. Den Retrolook perfektionierten diverse Schallplatten und Musikzeitschriften, die um das Sofa herum ihren Platz gefunden hatten. Am allermeisten beeindruckte sie allerdings die Wand hinter dem

Sofa. Bis auf die Kanten und Ecken waren die Tapete und auch der Putz entfernt worden. Die nackte Steinwand kam zum Vorschein. Teilweise glänzten die Steine türkis und golden. Von der Sonneneinstrahlung schimmerte die Wand an einigen Stellen, als wäre sie mit Diamantenstaub übersät. Die restlichen Wände waren ganz schlicht in Weiß gehalten.

Manuel schloss die Tür vor Lolas Nase.

»Dein Zimmer ist wunderschön.« Fasziniert von dem eben Gesehenen, sprach sie, ohne groß darüber nachzudenken.

Erstaunt sah er sie an. Mit solch einer Reaktion hatte er offensichtlich nicht gerechnet.

»Ich meine, wie hast du es geschafft, so eine wunderschöne Wand zu zaubern? Der Stuck an den Decken ist toll. Es sieht aus, als wäre er original erhalten. Stimmt das?«

Überrascht über ihr unvorhergesehenes Kompliment ging Manuel mit ihr in die Küche und begann, Kaffee zu kochen.

»Also, ja, danke«, antwortete er ihr. »Freut mich, wenn es dir gefällt. Viele finden es übertrieben, aber mir gefällt es auch. Genau so, wie es ist. Der Stuck war schon da, als wir hier eingezogen sind, und die Wand ist beim Einzug einfach so entstanden. Ich habe nur die alten Tapeten entfernt, dabei fiel größtenteils der Putz von den Wänden. Die Färbung der alten Tapeten hatte sich so sehr in die Steinwand eingewirkt, dass die Steine schimmerten. Also, eigentlich war das gar nicht so geplant. Die Möbel hab ich secondhand gekauft. Die meisten Teile sind tatsächlich noch Originalstücke von früher.«

Lola nahm am Küchentisch Platz und kam jetzt erst so richtig in Fahrt. »Und die Vorhänge? Woher hast du diese unglaublichen Vorhänge?« Sie geriet förmlich ins

Schwärmen und legte das Gesicht in ihre Hände, während sie sich mit den Ellenbogen auf der Tischplatte abstützte. »Das Muster ist so herrlich Vintage.«

Für einen Moment schien er zu überlegen, ob sie sich über ihn lustig machen wollte, bevor er auf ihre Frage einging.

»Die hab ich ganz zufällig auf einem Flohmarkt in Hamburg-Altona entdeckt. Sie lagen zusammengeknüllt in einem alten Karton. Tristan war dabei und hat versucht, mir die Dinger auszureden, aber ich wollte sie unbedingt haben. Bescheuert, oder?«

Nachdem er die Kaffeemaschine angestellt hatte, kam er zu Lola herüber und setzte sich ihr gegenüber an den Tisch. Er schien glücklich über das Gespräch, das sich zwischen ihnen entwickelt hatte.

»Nein, das ist ganz und gar nicht bescheuert!«, erwiderte sie voller Leidenschaft. »Lass dir so etwas bloß nicht von irgendwelchen Banausen einreden. Ich hätte es ganz genauso gemacht. Ich schwöre. Ich bin sogar ziemlich neidisch auf dich.«

Seine Augen schauten fragend, während sie ihn schwärmend anblickte. Sein intensiver Blick traf Lola völlig unvorbereitet.

»Woher kommt deine Leidenschaft für das Besondere«, fragte er schnell, um einer drückenden Stimmung vorzubeugen.

»Weiß nicht, war schon immer in mir. Deswegen studiere ich wohl auch Kunst, denke ich. Mich fasziniert das besondere Farbzusammenspiel genauso wie alles, was skurril und unwirklich, beinahe fremdartig erscheint. Ich spüre einen unglaublichen Drang, das dann verstehen zu wollen.« Sie drehte sich ihre Haare nach hinten zusammen und band das Haargummi, welches sie um ihr Handgelenk gewickelt hatte, darum.

Manuel schien tief beeindruckt. »Wow! Ich weiß gar nicht, was ich sagen soll. Eine Künstlerin in meiner Küche.

Wer hätte das gedacht? Da wäre ich im Leben nicht drauf gekommen! Und was genau studierst du jetzt so?«

Er wirkte tatsächlich interessiert. Während er auf eine Antwort von Lola wartete, stand er auf und holte zwei Kaffeetassen aus dem Küchenschrank und gleich darauf die Kanne mit Kaffee, um ihnen beiden einzuschenken.

Lola war geschmeichelt. »Ich studiere Kunstwissenschaft und Kunstgeschichte.« Für einen Moment hielt sie inne. Manuel und sie sahen sich in die Augen, als es schließlich voller Inbrunst aus ihr herausbrach.

»Das Studium ist herrlich. Es füllt mich total aus. Ich weiß, es ist sowas von brotlos und hört sich jetzt vielleicht auch total blöd an, aber ich kann mir nicht vorstellen, dass es etwas geben könnte, was mich glücklicher macht.« Als sie geendet hatte, war sie selbst erstaunt, wie ehrlich sie auf Manuels Frage geantwortet hatte. Beide tranken ihren Kaffee.

Auf dem Flur war Mias Stimme zu hören.

»Wir sollten das Gespräch bei Gelegenheit unbedingt fortsetzen. Das interessiert mich sehr.« Anerkennend schaute Manuel sie an, stand auf und ging in den Flur hinaus.

Lola blieb sitzen. Genüsslich trank sie ihren Kaffee.

Mias Gesicht verhieß nicht Gutes. Mit wütendem Blick setzte sie sich Lola gegenüber, die Arme vor der Brust verschränkt. Dieses Benehmen verstand Lola überhaupt nicht. Schließlich war sie doch diejenige, die mit Mia ein Hühnchen zu rupfen hatte. Von wegen, die beste Freundin sich selbst überlassen und fröhlich im Nebenzimmer ein Nümmerchen schieben und so. Tristan und Manuel betraten ebenfalls die Küche. Verschwörerisch hörte sie Tristan zu Manuel sprechen.

»Und es geht los!« Sein Grinsen blieb ihr nicht verborgen.

»Sollen wir die beiden nicht lieber alleine lassen?«, fragte Manuel ihn.

Sein Mitbewohner kam nicht dazu zu antworten. Das übernahm Mia für ihn.

»Wieso? Ich hab nichts zu verheimlichen. Im Gegensatz zu dieser kleinen Person hier, die sich als meine beste Freundin bezeichnet.« Sie nickte kurz in Lolas Richtung.

So, so, dachte Lola, wenn das mal keine Kampfansage war! *Was zur Hölle ist mit ihr los?*

»Ehrlich gesagt verstehe ich dein Benehmen nicht. Sollte ich nicht die Beleidigte sein? Immerhin hast du mich einfach im Stich gelassen und bist erst mal fröhlich vögeln gegangen, oder?« Lola lehnte sich in ihrem Stuhl zurück.

Mias Gesicht war kurz vorm Platzen, als sie mit sich überschlagender Stimme antwortete. Dabei stand sie vom Stuhl auf und lehnte sich zu ihr hinüber.

»Ich glaub, ich hör wohl nicht recht! Ausgerechnet du sprichst hier vom Vögeln? Fass dir doch mal an die eigene Nase, dann sprechen wir weiter.« Mia setzte sich wieder. »Hör mal. Ich dachte, wir könnten uns alles erzählen und wären die besten Freunde. Aber da hab ich mich wohl getäuscht.«

Lola verstand nach wie vor nur Bahnhof. »Wovon sprichst du bitte?«

»Du hast also keine Ahnung, was ich meinen könnte?«

»Nein, sag es mir.«

Mia stand auf, ging um den Tisch herum und nahm Lolas Handtasche, um das Handy herauszuholen. Lola wollte schon widersprechen, ließ ihre Freundin jedoch gewähren. So langsam ahnte sie, worauf das Ganze hier hinauslaufen würde, und die stechenden, hämmernden Kopfschmerzen von vorhin drängten sich wieder in den Vordergrund. Schlimmes ahnend sank sie auf ihrem Stuhl zusammen.

»Du hast nicht ernsthaft in meinem Handy herumgeschnüffelt, oder? Sag bitte, dass das nicht wahr ist!« Flehenden Blickes schaute sie zu ihrer Freundin hinauf, die sich mit dem Handy in der Hand aufbrausend zu erklären versuchte.

»Herrgott, was hätte ich denn machen sollen? Das hatte ich doch nicht geplant. Du hast mit Cordula und den Typen auf dem Tisch herumgehoppelt und dein Handy in der Tasche klingelte im Zehn-Minuten-Takt. Ich dachte halt, es könnte wichtig sein, als ich dranging und das …«

Voller Panik sprang Lola von ihrem Stuhl auf. »Mit wem hast du gesprochen? Sag es! Auf der Stelle!«

Von der heftigen Reaktion erschrocken entgegnete Mia mit deutlich leiserer Stimme. »Mit Kristof, glaub ich?«

Die Hölle tat sich auf. Dem Zusammenbruch nahe stellte Lola die nächste Frage, während sie sich wieder auf ihren Stuhl setzte und den Kopf in ihre Hände sinken ließ.

»Und was habt ihr besprochen, wenn ich fragen darf?« Sie machte sich auf das Allerschlimmste gefasst und horchte gespannt.

»Eigentlich nicht viel. Ich habe gefragt, wer da sei, und er sagte, sein Name wäre Kristof. Er fragte mich dann, ob er dich sprechen könnte, und ich antwortete ihm …« Eine unangenehme Stille setzte ein. In Lola krampfte sich alles zusammen.

»Ja? Was hast du darauf zu ihm gesagt?«

Es schien Mia nicht leicht zu fallen, wiederzugeben, was sie letzte Nacht am Telefon gesagt hatte.

»Ich habe gesagt, dass du gerade verhindert bist, weil du mit Cordie den Couchtisch zur Tanzfläche umfunktioniert hast und zwei heiße Typen euch dabei Gesellschaft leisten würden.« Mia wusste wohl, wie schäbig das gewesen war, und kniff die Augen zusammen. Mit einem dumpfen Knall ließ Lola den Kopf auf den Tisch fallen. Die Kaffeetassen schepperten.

»Das ist jetzt nicht wahr!«, rief sie verzweifelt. »Das hast du nicht wirklich gesagt.«

Ein kleiner Funke Hoffnung flüsterte ihr zu, sie könnte sich vielleicht verhört haben. Immerhin hatte sie ziemliches Kopfdröhnen, und das vor kurzem erst wiedererlangte Bewusstsein spielte ihr vielleicht einen kleinen Streich. Könnte doch sein.

»Herrje, natürlich hätte ich das nicht sagen sollen. Aber zu meiner Verteidigung: Dank dir hatte ich doch überhaupt keine Ahnung, wen ich dort am Telefon hatte. Also, so ganz unschuldig bist du daran jetzt nicht.«

Unglaublich, was Lola da hörte. Mia versuchte doch tatsächlich, sich nach der Nummer auch noch herauszureden.

»Was hat er geantwortet?« Lolas Tonfall war mittlerweile bleischwer.

»Er sagte, er wünscht dir noch viel Spaß und du könntest ihn dann bei Gelegenheit, wenn du Zeit hast, einmal zurückrufen. Dann hat er aufgelegt.«

»Scheiße!«, sagte Lola. »Ich bin sowas von am Arsch!«

Stille setzte ein. Es war so still, dass man das Ticken der Wanduhr hören konnte. Tick, tack, tick, tack …

Eine Sache verstand Lola immer noch nicht. Wenn Mia nur die paar Worte mit Kristof gesprochen hatte, woher wusste sie dann von ihrem Verhältnis mit diesem Mann? Doch sie brauchte nicht lange, um sich selbst die Antwort auf diese Frage zu geben. Käseweiß im Gesicht baute sie sich vor ihrer besten Freundin auf.

»Und da du nun neugierig wurdest, wer dieser Kristof ist, den ich dir offensichtlich vorenthalten habe, hattest du nichts Besseres zu tun, als in meinem Handy herumzuspionieren.« Sie wurde lauter. »Na, los. Gib es zu!«

»Ja, mein Gott, es stimmt. Das habe ich getan. Du hättest mir ja freiwillig nicht von deiner Liebesnacht mit Mr. Loverlover berichtet, also blieb mir gar nichts anderes übrig!«

»Wie viel hast du gelesen?«

»Eigentlich nicht viel. Nur das Wesentliche, denke ich. Bevor ich alle SMS lesen konnte, kam Manuel daher und entriss mir das Handy. Er steckte es zurück in die Tasche und ging damit weg.«

Mia richtete ihren Zeigefinger auf Manuel und Lolas Blick schnellte fordernd zu ihm herüber. Manuel hatte nicht damit gerechnet, mit einem Mal im Mittelpunkt der Tragödie zu stehen, daher ging er direkt in Abwehrhaltung.

»Schau mich bitte nicht so an! Ich hab ihr das Ding nur aus der Hand genommen, weil ich es nicht richtig fand, wie sie darin herumschnüffelte. Dann hab ich es gleich in die Tasche gesteckt und in meinem Zimmer eingeschlossen. Mehr hab ich dazu nicht zu sagen! Ich weiß nichts von einem Mr. Loverlover, ehrlich.«

Tristan musste sich zusammenreißen, um nicht laut loszulachen. Sein Körper zuckte verdächtig auf und ab. Dass die Angelegenheit Manuel unangenehm war, war ihm deutlich anzusehen.

»Vielleicht sollten wir nun wirklich gehen«, bemerkte er zu Tristan hingewandt.

»Das müsst ihr nicht! Ist doch jetzt eh alles egal. Wir sind hier sowieso fertig!« Enttäuscht schaute Lola ihrer Freundin in die Augen, bevor sie schließlich den Blick von ihr abwandte. Sie nahm ihr das Handy aus der Hand, griff nach ihrer Tasche und verließ ohne ein weiteres Wort die Küche.

Perplex lief Mia ihr hektisch in den Flur hinterher. Sie griff nach Lolas Tasche und versuchte, sie zurückzuhalten.

»Nein. Das tust du jetzt nicht! Du lässt mich nicht schon wieder einfach so stehen wie damals. Das mache ich nicht noch einmal mit. Ich schwöre …«

Mit einem Schwung drehte sie sich zu Mia herum. Im Augenwinkel konnte sie die beiden Jungs in der Küchentür stehen sehen, aber es war ihr egal.

»Ich an deiner Stelle würde dieses Thema ganz schnell wieder fallen lassen, oder soll ich hier noch völlig austicken?« Sie wurde todernst. »Du fragst dich, warum ich dir von Kristof nichts erzählt habe?«

Mia nickte vorsichtig.

»Erstens, weil es nicht wichtig ist.« Sie veranschaulichte ihre Aufzählung mit den Fingern ihrer rechten Hand. »Zweitens, weil es dich nichts angeht, und drittens, das ist der wichtigste Punkt in unserer Geschichte, weil ich dir im Moment nicht vertraue. Ich habe noch nicht vergessen, dass du diejenige warst, die schon wochenlang vom Verhältnis zwischen Dominik und Sophie wusste. Und du hast nicht ein Sterbenswörtchen zu mir gesagt. Also bitte ich dich. Sprich hier und jetzt nicht von Vertrauen. Halt einfach nur die Klappe und geh mir aus den Augen!«

Ohne eine weitere Reaktion von Mia abzuwarten, verließ Lola überstürzt die Wohnung. Die Tür fiel hinter ihr ins Schloss. Eine gähnende Leere machte sich in ihrem Inneren breit. Eine Welle der Verzweiflung drang hervor, die ihr die Luft zum Atmen nahm.

Warum nur muss Mia jetzt wieder damit anfangen? Augenblicklich war alles wieder da. Mit der rechten Hand fasste sie sich ans Herz und zwang sich, so ruhig wie möglich zu bleiben. Es war ganz still.

Sie war ungefähr auf halber Strecke zu ihrer Wohnung, als sie plötzlich stehen blieb. Erschrocken kam ihr in den Sinn, dass niemand wusste, was mit Cordula geschehen war. Schnell nahm sie ihr Handy zur Hand.

Es dauerte eine ganze Weile, bis Cordula sich meldete.

»Ja?«, hörte sie ihre heisere Stimme durch den Hörer. Ihr schien die Nacht genauso zugesetzt zu haben.

»Ich bin's, Lola. Wo bist du? Alles gut bei dir?«

Gespannt wartete sie auf eine Antwort. Es raschelte durchs Handy.

»Ich … Ich hab keinen Schimmer, wo ich hier bin. Warte mal, ich glaube …« Sie flüsterte nun ins Handy hinein. »Ich bin nicht alleine! Neben mir liegt irgend so ein Typ! Was soll ich jetzt bloß machen?«

Lola musste lachen und stellte sich Cordula im Bett mit einem fremden Mann vor.

»Wenn es nicht gerade die ganz große Liebe ist, empfehle ich dir abzuhauen. Hast du noch etwas an?«

Cordula schien gerade nachzusehen, da es im Telefon wieder verdächtig raschelte.

»Nein, natürlich nicht. Scheiße aber auch!«

»Nimm deine Klamotten und sieh zu, dass du das Weite suchst, oder möchtest du lieber mit deinem One-Night-Stand frühstücken als mit mir?«

»Natürlich nicht! Ich bin schon unterwegs. Ach, und Lola? Hast du Kopfschmerztabletten zu Hause?«

»Hab ich alles da. Keine Sorge. Ich besorge auf dem Weg nach Hause die Brötchen.«

»Ja, bis gleich.«

Sengende Hitze schlug Lola entgegen, als sie ein paar Tage später die Universität verließ. Den MP3-Player auf voller Lautstärke, erspähte sie in der Ferne einen dunkelblauen BMW, der am Straßenrand parkte.

»Das musste ja eines Tages passieren«, sagte sie sich. Ihr Herz raste mehr und mehr, je näher sie dem Wagen kam.

Kristof stieg aus. Recht unbeholfen lehnte er sich an sein Auto und wartete mit beiden Händen in den Hosentaschen seines Anzuges. Ja. Er trug auch bei 35°C im Schatten immer noch einen verdammten Anzug. Mit der Sonnenbrille auf der Nase sah er unverschämt gut aus. Abermals erinnerte er Lola an einen Filmhelden aus Hollywood.

»Hallo«, sagte er, als sie beim Wagen ankam.

»Hey, lange nicht gesehen«, antwortete sie. Dem Blick durch seine Sonnenbrille konnte sie nicht lange standhalten, daher schaute sie hilflos durch die Gegend.

»Wie geht es Mia?«

»Keine Ahnung, kann ich dir nicht sagen. Wir reden seit dem Morgen nach der Party nicht mehr miteinander.«

»Doch hoffentlich nicht meinetwegen?« Da hatte wohl jemand ein schlechtes Gewissen wegen seines Anrufs auf der Party.

»Nein. Nicht wegen dir«, konnte sie ihn beruhigen. »Du warst nur die Spitze des Eisberges.«

Endlich nahm er seine Sonnenbrille ab. Es wirkte fast, als hätte er damit absichtlich so lange gewartet, bis er ihre Stimmung einschätzen konnte. So als wollte er sich erst einmal dahinter verstecken. Lola sah in seine blauen Augen, die in der Sonne strahlten. Sein intensiver Blick traf sie direkt ins Herz und sie fühlte wieder diese unerklärliche Sehnsucht nach ihm.

»Ich hab dich vermisst!«, hörte sie ihn sagen.

Stille trat ein.

»Hast du gerade etwas Zeit?«, fragte er mit belegter Stimme. Die Angst vor einem Korb stand ihm ins Gesicht geschrieben.

Wie sie ihn so betrachtete, fand sie ihn unglaublich süß. Alle Bedenken der letzten Tage, wie ein erneutes Zusammentreffen wohl aussehen könnte, waren verschwunden.

»Ich hätte nichts gegen eine kleine Spritztour einzuwenden. Ich muss nachher aber noch einige Bücher wälzen. Mehr als ein oder zwei Stunden sind nicht drin.«

Man merkte Kristof an, wie froh er über ihre Antwort war. »Du möchtest eine Weile ausspannen? Ich kenne etwas außerhalb einen kleinen See, da ist deutlich weniger los. Wenn du magst, fahre ich uns beide hin.«

Lola brauchte nicht einen Moment lang zu überlegen. »Das hört sich toll an.«

Obwohl es den ganzen Nachmittag kräftig zwischen ihnen knisterte und die Luft wie elektrisiert war, war Kristof ganz Gentleman und vergaß zu keiner Zeit, wo sie sich befanden. Lola bewunderte das, doch machte es ihr Verlangen nach ihm nur noch umso größer.

Am frühen Abend kam Kristofs Wagen vor Lolas Haus zum Stehen. Der Motor verstummte.

»Ich danke dir für diesen wunderschönen Nachmittag«, sagte er, während er ihre Hand in seine nahm und sachte mit ihr spielte.

Es war ihr unmöglich, sich weiter zu beherrschen. Ohne lange zu überlegen, zog sie Kristof zu sich heran. Ungestüm und wild küsste sie ihn auf seinen wundervollen Mund.

»Ich hoffe, wir sehen uns ganz bald wieder. Lange werde ich es nämlich nicht ohne dich aushalten«, hörte sie ihn in ihr Ohr wispern.

Sie schlang ihre Arme um seinen Hals und zog ihn noch fester an sich heran, so nah es eben ging.

»Wenn du jetzt nicht sofort damit aufhörst, falle ich über dich her. Gleich hier im Auto. Was fällt dir ein, mich so dermaßen scharf zu machen?«

Er lehnte sich zu ihr herüber und umarmte sie inbrünstig. Sie fühlte seine Hände ihren Nacken entlang gleiten. Konnte seine Küsse auf ihrem Hals spüren. Während sie die Welt um sich herum vergaß, ließ sie sich von den Gefühlen mitreißen und trieb auf einer Welle der Lust dahin.

Nun, ja. Bis zu dem Moment, als ein heftiges Klopfen an der Fensterscheibe sie und Kristof aus ihrer Trance riss. Abrupt drehte Lola den Kopf zum Fenster herum. Als sie sah, wer dort vor dem Wagen stand und sie beide ungeniert anstarrte, rollte sie genervt mit den Augen und löste sich aus der Umarmung.

»Cordula, wer sonst?« Enttäuscht über die Störung ihrer lieben Nachbarin sah sie zu Kristof herüber. Er fuhr sich ertappt mit der Hand über den Nacken, während er unschuldig dreinblickte.

»Ja, nee. Ist klar«, schnaufte Lola verächtlich auf. »Jetzt tu bloß nicht so, als wenn du die Unschuld vom

Lande wärst. Dich hat sie genauso beim Knutschen erwischt wie mich.«

Mit Blick auf Cordula, die weiterhin ungeniert durchs Fenster hereinglotzte, zog Kristof Lola zu sich heran, um sie provokativ erneut zu küssen. Ganz zart und ausgiebig. Sie spürte, wie sich Cordulas Blicke in ihren Rücken bohrten, und ihr erneutes, penetrantes Klopfen an der Fensterscheibe war nun bei aller Liebe nicht zu ignorieren. Kristof ließ sich nicht aus der Ruhe bringen. Langsam beendete er den Kuss.

»Ich bin zum Glück nicht derjenige, der ihr gleich Rede und Antwort stehen muss«, flüsterte er ihr ins Ohr.

Das Klopfen wurde immer aufdringlicher, daher ließ Kristof das Fenster auf Lolas Seite herunter.

Lässig stützte ihre Nachbarin sich auf den Fensterrahmen. »Moin, ihr Süßen!«, begrüßte Cordula sie dreist. Kristof nickte freundlich.

»Was willst du?«, fragte Lola.

Cordulas Blick ging zu Kristof herüber. »Ich wollte mal fragen, ob dein Mr. Loverlover noch einen kleinen Bruder hat. So für zwischendurch, wenn du verstehst, was ich meine.«

Lola biss sich auf die Unterlippe. Sie befürchtete, dass Kristof im nächsten Moment austicken würde. Ihm schien der Spruch jedoch nichts auszumachen.

»Kann ich leider nicht mit dienen«, konterte er souverän. »Aber falls du für Frauenpower offen bist, ich hab noch eine Schwester. Überlege es dir.«

Wortlos sahen sich die beiden in die Augen. Es schien so, als ob sie gerade im Geheimen ein Gefecht austrugen, von dem Lola nichts mitbekommen sollte. Das Knistern und Zischen der eisigen Lichtblitze, die sie sich gegenseitig zuwarfen, war jedoch so offensichtlich, dass Lola zu frösteln begann. Es wäre wohl besser, die Situation schnellstmöglich zu entschärfen. Sie legte Kristof zum Abschied den Finger auf die Lippen, bevor er noch etwas sagen konnte, was er später vielleicht bereuen würde.

»Bis dann. Ich melde mich bei dir.« Dann stieg sie aus dem Wagen.

»Ich freu mich drauf.«

Kaum war Lola ausgestiegen, fuhr Kristof mit quietschenden Reifen an. Wie ein kleines Schulmädchen, das beim Klauen erwischt worden war und eine gehörige Standpauke zu erwarten hatte, stand sie vor Cordula.

»Was ist denn? Hast du einen Geist gesehen?«, fragte Lola amüsiert. Nichts und niemand konnte ihr heute noch die Stimmung vermiesen, da war sie sich sicher. Cordula schien es aber trotzdem versuchen zu wollen.

»Sag mal. Was ist denn in dich gefahren? Ich dachte, der Typ war nur ein One-Night-Stand!«

Zusammen stiegen sie die Treppen hoch.

»Ich hab ihn zufällig getroffen. Das war überhaupt nicht geplant. Was soll's.«

Cordula schien die Geschichte zwischen den beiden nicht zu gefallen. »Ich muss ja zugeben, dass der Kerl unwahrscheinlich gut aussieht … Aber mal ehrlich, ist es nicht komisch, so einen alten Mann zu küssen?«

Als Lola Cordulas angewiderten Blick sah, musste sie laut lachen.

»So alt ist er doch gar nicht. Und sein Äußeres ist in der Tat nicht zu verachten. Von allem anderen will ich gar nicht erst sprechen.«

»Gott bewahre, davon will ich auch um Himmels willen nicht ein Wort wissen. Mir reicht, was ich in eurer Liebesnacht mit anhören musste.« Cordula schüttelte sich kurz vor gespielter Abscheu.

Beschämt heftete Lola den Blick auf die Treppe. Sie hatte keine Ahnung gehabt, dass die Wände Ohren hatten. Mittlerweile hatten sie den zweiten Stock erreicht.

»Wo habt ihr euch denn getroffen?«

»Er stand mit seinem Wagen vor der Uni und da bin ich auf ihn zugegangen. Ich sag doch, zufällig halt.« Ein paar Treppenstufen später erst bemerkte sie, dass Cordula stehen geblieben war. »Was ist?«

Cordulas Blick hatte noch nie so sehr zu ihrer finsteren Erscheinung gepasst wie in diesem Augenblick. »Also, ich finde das alles unheimlich. Mit dem Typen stimmt was nicht.«

»Wie meinst du das denn jetzt?«

Die beiden Frauen setzten ihren Weg ins Dachgeschoss fort.

»Nun. Wie erkläre ich das am besten? Zuallererst steht er mitten in der Nacht plötzlich vor deiner Tür. Dann küsst er dich. Er schickt dir tagelang jeden Abend eine SMS. Als Nächstes findest du heraus, dass er spät abends in seinem Auto vor unserem Haus hockt. Ich mag mir gar nicht vorstellen, wie lange der Kerl da gesessen hat, bevor du ihn bemerkt hast. Zum krönenden Abschluss verbringt ihr noch die Nacht miteinander. Das brauchst du gar nicht zu leugnen oder herunterzuspielen. Ich hab schließlich alles mitbekommen. Mir bluten immer noch die Ohren davon.« Ihrer Nachbarin war anzusehen, was sie von dem Ganzen hielt.

»Auf der Party fängst du wieder an, mit ihm zu schreiben. Als du nicht gleich antwortest, ruft er sofort an, weil er sich angeblich so viele Sorgen macht. Jetzt steht er ganz zufällig vor der Uni, ihr verbringt den Nachmittag miteinander und ich treffe euch knutschend im Auto an. Also, nun mal ehrlich!« Sie drehte Lola zu sich herum und hielt sie an beiden Oberarmen fest.

»Wenn du mir jetzt, ohne mit der Wimper zu zucken, sagen kannst, dass an dem Typen nichts querschießt, dann weiß ich auch nicht weiter.«

Das musste Lola erst einmal verdauen. Erst als sie oben ankamen, fand sie ihre Stimme wieder.

»So, wie du das schilderst, habe ich das noch gar nicht gesehen. Ich gebe dir Recht, dass er ein aufdringliches und dominantes Verhalten an den Tag legt, aber ich empfinde es nicht als unheimlich. Ich finde es eher faszinierend, nicht zu wissen, was er als Nächstes vorhat.

Kristof hat etwas an sich, das mich anzieht, und ich weiß, dass ich es nicht schaffen werde, in nächster Zeit davon loszukommen.« Cordula sah sie mitleidig an. Sie war bereits dabei, ihre Wohnungstür aufzuschließen.

»Aber was redet ihr denn so miteinander? Was weißt du von ihm?«

»Er ist Immobilienmakler«, zählte sie an den Fingern ihrer rechten Hand auf. »Er ist verheiratet und fährt einen dunkelblauen BMW mit Ledersitzen. Er trägt gerne Anzüge und er findet mich faszinierend. Das war es eigentlich, so im Groben.« Ihr selbst fiel mit einem Mal auf, dass das im Grunde recht wenig war.

»Lola, wenn du meinen Rat hören willst, dann serviere den Typen so schnell wie möglich ab. Schau dich lieber nach einem anderen um. Ich wüsste da sofort jemanden für dich, aber mich fragt ja niemand.«

Cordula hob die Hand zum Abschied und ging in ihre Wohnung. Schmerzlich wurde Lola bewusst, dass sie es nun doch geschafft hatte, ihr den Abend zu vermiesen.

»Und er ist wahnsinnig gut im Bett!«, rief sie mit Blick auf Cordulas Tür trotzig hinterher.

Keine Reaktion.

Kapitel 5

Die Handtasche

Ganz in Gedanken versunken stieg Lola am Freitagabend in die Straßenbahn ein. Sie freute sich auf eine heiße Badewanne. Ihr müdes Spiegelbild lächelte ihr von der Fensterscheibe zu.

Herrje, dachte sie. Wie sehr sie Kristof doch vermisste! Seit ihrem Besuch am See hatte sie ihn nicht mehr wiedergesehen. Die Tatsache, dass sie nicht einmal wusste, wo er wohnte, und es ihr unmöglich war, einfach so bei ihm vorbeizuschauen, wann immer ihr danach beliebte, hatte einen fiesen, bitteren Beigeschmack. Sie ärgerte sich über sich selbst, in so eine Situation geraten zu sein. Entschieden zwang sie sich, die negativen Gedanken beiseite zu schieben.

»Wer A sagt, muss auch B sagen«, sprach sie sich Mut zu. Ein alter Herr, der ihr gegenüber saß, sah sie fragend an.

»Hä? Wie bitte?«

Lola winkte ab. »Ach, nichts. Entschuldigen Sie. Ich hab mit mir selbst gesprochen.«

Der alte Mann nickte und widmete sich wieder seiner Zeitung. Gerade noch rechtzeitig bemerkte sie, dass sie bereits aussteigen musste. Rasch erhob sie sich von ihrem Sitz. Dabei stieß sie mit ihrem Knie gegen den älteren Herrn.

»'tschuldigung«, rief sie schnell, während sie aus der Bahn sprang.

»Hey, junge Dame. Kommen Sie zurück!«

Die Tür schloss und die Straßenbahn fuhr an. Lola schnaufte verächtlich. *Zurück? Ist der irre?* Sie war froh, dass sie es noch rechtzeitig hinausgeschafft hatte.

Mit den Händen in den Hosentaschen schlenderte sie die letzten Meter bis zu ihrer Wohnung. Erst als sie ihren Schlüssel aus der Handtasche ziehen wollte, fiel ihr die fehlende Handtasche auf. Oh, nein! Wild sah sie sich um, in der Hoffnung, irgendwo wie durch Geisterhand ihre Tasche auf dem Boden liegen zu sehen. Natürlich war da keine Tasche. Panisch fuhr sie mit den Händen durch die Taschen ihrer Jacke. Nichts. Kein Schlüssel. Kein Handy. War alles in der Handtasche.

»Das darf doch jetzt nicht wahr sein!« Sie wollte schon bei Cordula klingeln, doch die war unterwegs und würde vor morgen Abend nicht wieder zu Hause sein. Als sie sich daran erinnerte, verlor sie die Fassung. Mit weit aufgerissenen Augen raufte sie sich die Haare, bis diese vollkommen zerzaust waren.

Mal überlegen, versuchte sie sich zur Ruhe zu zwingen. *Als ich in die Straßenbahn eingestiegen bin, habe ich meine Tasche noch gehabt.*

Lola begriff. Sie hatte die Tasche in aller Eile auf dem Sitz liegen lassen. Bei dem Gedanken daran, wie der alte Mann ihr hinterhergerufen hatte, schämte sie sich. Er hatte sie gar nicht anmeckern, sondern nur auf ihre Handtasche aufmerksam machen wollen. Wie konnte sie nur so blöd sein? Ein Stoßgebet nach oben brachte zwar keine Hilfe, aber es tat Lola immer gut, in solchen Situationen mit ihrem Großvater zu sprechen.

»Opa! Falls der nette alte Herr von eben bald bei euch eintrifft, sag ihm bitte, es tut mir leid!«

Doch was sollte sie jetzt tun? Sie setzte sich auf die kalte Treppe und überlegte. Kein Handy bedeutete auch keine Telefonnummern. Außer der Nummer von ihrem Papa hatte sie keine auswendig im Kopf. Aber Papa könnte ihr jetzt auch nicht weiterhelfen. *Ausgerechnet heute Abend! Wo doch Kristof morgen früh zum Frühstück vorbeikommen will!* Dann kam ihr der Gedanke an einen Schlüsselnotdienst. Als ihr aber ihr aktueller Kontostand knallhart ins Gedächtnis rückte, schied auch diese Option aus. Es musste ihr etwas Besseres und vor allem auch Billigeres einfallen.

Schnell wurde ihr klar, dass sie außer Manuel niemanden in der Nähe kannte. Sie schloss die Augen. Jede Faser ihres Körpers sträubte sich zutiefst dagegen, auch nur den allerkleinsten Gedanken an diese Möglichkeit zuzulassen. Eisern blieb sie auf der Treppe sitzen, bis ihr der Hintern allmählich abfror. So sehr sie auch über ihre Notlage nachdachte, es gab keine andere Lösung, als zu den Jungs zu gehen und sie um Hilfe zu bitten. Langsam erhob sie sich.

Resigniert bog sie schließlich um die letzte Ecke und stand vor dem Haus der WG. Nachdem sie auf den Klingelknopf gedrückt hatte, jammerte sie vor sich hin. Sie tat sich selbst unendlich leid. Jetzt gab es kein Zurück mehr.

»Ja?«, hörte sie durch die Gegensprechanlage.

»Hier ist Lola. Darf ich kurz hochkommen?«

Es wurde still, und sie befürchtete schon, überhaupt keine Antwort mehr zu bekommen.

»Aber sicher doch. Ich mache auf«, schallte endlich die Stimme durch den Gegensprecher.

Gleich darauf hörte man das Summen an der Tür und Lola konnte eintreten. Es war Manuel, der an der Tür stand und ihr freundlich, aber verwundert entgegenblickte.

»Hey. Schön, dich mal wiederzusehen. Mit dir hätte ich jetzt am allerwenigsten gerechnet.« Er trat ein Stück zurück, damit sie eintreten konnte.

Gequält lächelte sie und suchte verbissen nach ein paar Worten. »Du! Ich hab gerade eben meine Tasche in der Straßenbahn liegen gelassen und komm jetzt nicht mehr in meine Wohnung. Außer euch kenne ich hier niemanden in der Gegend. Da dachte ich …«

Manuel vollendete ihren Satz. »Da dachtest du, wir könnten dir vielleicht weiterhelfen. Richtig?«

Verlegen nickte sie.

Er verstand und kratzte sich kurz am Hinterkopf. »Komm rein. Ich überlege mal, was man da machen kann.«

Dankbar, dass er sie so nett aufnahm, blieb ihre Unsicherheit zwar, aber sie war nicht mehr ganz so nervös wie am Anfang. Sie nahm auf dem Sofa Platz, das ihr vom letzten Besuch her noch recht bekannt vorkam.

»Wo ist denn Tristan?«

»Keine Sorge. Tristan und Mia sind ins Kino gegangen. Spätvorstellung. Wie du siehst, sind wir also ganz alleine. Wir zwei.«

Seine Augen verweilten noch einen kurzen Moment auf ihr. Unangenehm durchbohrte sie sein Blick. Zum Glück ging der Moment rasch vorbei und Manuel schien sich wieder zu fangen.

»Mit welcher Linie bist du denn gefahren und wann war das ungefähr?«

Lola war froh über den Themenwechsel und nannte ihm schnell die gewünschten Daten, dann verschwand er aus dem Zimmer. Sie fing an zu frieren und zog sich die Jacke fester um den Bauch.

»Willst du etwas trinken?«, hörte sie seine Stimme in der Ferne.

»Nein, danke«, rief sie zurück. Eigentlich hatte sie schon Durst und sogar großen Hunger, aber das wollte sie sich nicht anmerken lassen. Vielmehr hoffte sie, Manuel würde einen Weg finden, der sie so schnell wie möglich in ihre eigenen vier Wände zurückbringen würde. Bei dem Gedanken an ihren vollen Kühlschrank knurrte ihr der Magen.

»Pscht, still«, schnauzte sie ihren Bauch an.

Mit dem Telefon am Ohr stand Manuel plötzlich wieder in der Tür. »Was ist eigentlich mit Cordula? Hat die vielleicht einen Zweitschlüssel?«

»Ja, hat sie. Aber Cordula ist bis morgen Abend verreist. Ich komm also an den Zweitschlüssel nicht ran. Und der Zweitschlüssel für ihre Wohnung liegt in meiner Wohnung.«

Manuel konnte sich nun ein gehässiges Grinsen nicht mehr verkneifen. »Ironie des Schicksals, wie?«

Frechheit! Wie konnte er sich dermaßen über ihre Notlage amüsieren? Erneut verschwand er und Lola bekam nur noch ein paar Wortfetzen mit, bevor er komplett außer Hörweite war. Guten Abend – hier Herr Dingsbums, oder so – Tasche verloren – Linie so und so – Fundbüro – Palaver, Palaver halt …

So gut es eben möglich war, versuchte sie es sich auf dem Sofa gemütlich zu machen.

Keine Fünf Minuten später kam Manuel zurück. Seelenruhig ließ er sich in den Sessel plumpsen.

»Und?« Lola war gespannt. »Hast du was erreichen können?«

»In der Tat. Du hast Glück. In einer der Straßenbahnen liegt deine Tasche vorne beim Fahrer und fährt fröhlich durch ganz Bremen.« Die Schadenfreude war ihm anzusehen.

Doch Lola fand das Ganze überhaupt nicht witzig. »Ach! Du kannst mich mal!«

Manuels Lächeln wurde nur umso verschmitzter, je mehr sie schmollte. »Also, wenn du mir gegenüber jetzt unfreundlich wirst, sage ich gar nichts mehr. Damit das klar ist.« Natürlich ärgerte sie sich über sein Benehmen, doch sie kam zu dem Entschluss, dass sie es sich jetzt nicht mit ihm verscherzen wollte. Jetzt, da er wichtige Informationen für sie hatte.

»War nicht so gemeint. Bitte entschuldige.«

Ein schuldbewusster Blick huschte zu Manuel hinüber und er rückte endlich mit der Sprache heraus.

»Morgen früh um acht Uhr kannst du zur Hauptzentrale fahren und deine Tasche dort abholen. Du musst dich nur ausweisen können.«

»Der Ausweis ist in der Tasche. Zählt das?«

»Klar«, entgegnete er und winkte mit der Hand ab. »Und nun sollten wir überlegen, wo du bis morgen früh acht Uhr die Nacht verbringst.«

Lola horchte auf. Auf keinen Fall wollte sie Manuel nochmal zur Last fallen. Es war ihr unangenehm genug, dass sie letztens ungefragt ihren Rausch auf seinem Sofa ausgeschlafen hatte.

»Was ist denn mit diesem Mr. Loverlover, von dem Mia letztens gesprochen hat? Kannst du nicht zu dem gehen? Zu dem scheinst du ja eine enge Bindung zu haben.«

Für einen Augenblick schloss sie ihre Augenlider. Nicht zu fassen, mit was für einer Dreistigkeit er jetzt von Kristof sprach. *Das geht ihn doch überhaupt nichts an!*

»Selbst wenn ich ihn anrufen könnte, was ich aber nicht kann, weil seine Nummer in meinem Handy gespeichert ist, das, wie wir wissen, in meiner Handtasche liegt, würde ich es trotzdem nicht tun, weil …« Lola biss sich auf die Zunge.

»Weil was?«

Verärgert und in die Enge gedrängt fuhr sie sich mit der Hand durch die Haare. »Weil seine Frau sicherlich etwas dagegen hätte, wenn ich die Nacht bei ihnen verbringe. Leuchtet ein, oder?«

Nun war es raus. Jetzt wusste er, und vermutlich ab morgen auch die ganze Welt, dass sie, Lola, ein Verhältnis mit einem verheirateten Mann hatte. Sie lehnte sich zurück, zog sich abermals ihre Jacke fest um ihren Bauch und schlug die Beine übereinander. In was für eine Scheiße war sie da nur hineingeraten?

Manuel vertiefte das Thema nicht weiter, sondern stand auf und ging aus dem Zimmer. Kurz darauf erschien er mit einem Kissen, einer Bettdecke und frischen Bezügen im Arm wieder im Wohnzimmer. Dann fing er an, die Bettdecke zu beziehen.

»Was wird denn das, wenn es fertig ist?«

»Dein Bett, was denn sonst? Oder willst du unter einer Brücke schlafen?«

Von seinen Worten herausgefordert, schnellte sie in die Luft und war selbst über ihren hysterischen Tonfall überrascht.

»Ich habe nie gesagt, dass ich hier übernachten will. Warum beziehst du jetzt also ein Bett? Du hast mich nicht einmal gefragt, ob ich das überhaupt möchte.«

Die Bettdecke fiel auf den Boden.

»Was soll das jetzt bitte heißen? Kann das Fräulein mir gnädigerweise verraten, was ich stattdessen machen soll? Soll ich dich etwa vor die Tür setzen und dich deinem Schicksal überlassen? Du weißt doch gar nicht, wohin!«

»Wäre eine Möglichkeit!« Trotzig huschte ihr diese schnippische Frechheit über die Lippen, ehe sie begriff, was sie da sagte.

Manuel kniff die Augen zusammen. Er war nun wirklich aufgebracht.

»Du bist echt unglaublich! Ich habe in meinem ganzen Leben noch niemanden kennengelernt, der so ist wie du. Aus dir wird kein Mensch schlau, ehrlich! Kannst du mir bitte verraten, was ich dir getan habe? Ich biete dir hier die Möglichkeit an, auf dem Sofa zu übernachten, und du hast nichts Besseres zu tun, als mich von der Seite anzuschnauzen? Du tust ja gerade so, als wäre das jetzt das Schlimmste, was dir passieren könnte. Wenn das so ist, dann geh einfach! Dann interessiert es mich auch nicht weiter. Sieh zu, wie du deine dämliche Tasche wiederbekommst! Ich bin dann raus aus der Sache!«

Die kurze Stille, die nun entstand, war direkt greifbar, und das Blut rauschte in ihren Ohren.

»Weißt du, auf der Party, ja?«, sprach Manuel weiter. »Da hatte ich zwischendurch tatsächlich das Gefühl, du …« Er brach ab. Mit der Hand fuhr er sich hilflos durch die Haare. Dabei strich er sich eine braune

Haarsträhne aus der Stirn, bei dessen Anblick Lola ganz mulmig im Bauch wurde.

»Aber vermutlich hab ich mich da getäuscht. Ach, Scheiß drauf!« Er wandte den Blick ab und ging aus dem Zimmer. »Du weißt ja, wo der Ausgang ist.«

Lola setzte sich. Sie war den Tränen nahe. Das hatte sie nicht gewollt. Sie wollte ihn nicht so vor den Kopf stoßen und es tat ihr unendlich leid. Er hatte ja Recht. Sie wusste in der Tat nicht, wohin, und sie verstand selbst nicht, warum sie sich so benahm.

Aus Manuels Zimmer kam laute Musik. Die Bässe kribbelten im Bauch und schwangen von den Zehenspitzen bis zur Kopfhaut durch den Körper. Langsam rappelte sie sich auf und bezog das Bett, das er halbfertig zurückgelassen hatte. Danach gab sie sich einen Ruck und klopfte an seine Zimmertür. Wegen der Lautstärke musste sie beherzt zuschlagen, damit er ihr Klopfen überhaupt wahrnehmen konnte. Tatsächlich dauerte es nur ein paar Sekunden, bis die Musik verstummte und die Tür sich öffnete. Voller Reue blickte sie wie ein kleines Kaninchen zu ihm auf.

»Du hast natürlich Recht. Ich weiß wirklich nicht, wohin. Dass du mich auf dem Sofa schlafen lässt, ist mehr als lieb von dir. Mir wächst einfach alles über den Kopf, und dann fängst du auch noch von Kristof an. Ich wollte dich wirklich nicht so angehen, das musst du mir glauben. Bitte.«

»Du bist eine richtige Zicke, weißt du das eigentlich?« Sein Tonfall war deutlich sanfter und ruhiger als vorhin.

»Ja, das weiß ich. Ich versuche mich zu bessern. Versprochen.« Lola war froh, Manuel wieder lächeln zu sehen.

Die Stimmung zwischen den beiden blieb angespannt. Selbst als sie eine halbe Stunde später zusammen in der Küche saßen und zu Abend aßen, kaute jeder stumm vor sich hin. Die Stille war kaum zum Aushalten.

»Was machst du eigentlich?«, fragte Lola daher.

Manuel sah ihr gelassen in die Augen und kaute weiter. Mit einem genüsslichen Lächeln auf den Lippen antwortete er ihr schließlich.

»Ich bin Musiker. Ich studiere Musik.« So schadenfroh, wie er grinste, gefiel ihm wohl, dass Lola die Kontrolle über sich selbst verlor. Vor Schreck war ihr ein Brotkrümel in die Luftröhre gerutscht, an dem sie sich hemmungslos verschluckte. Ihr Körper kämpfte heftig gegen diesen Krümel an. Kräftiges Husten und Räuspern brachte schließlich Abhilfe.

»Ehrlich? Das kann ich kaum glauben. Du bist Musiker? Du siehst gar nicht aus wie einer.« Erstaunt schaute sie ihn an. »Ich meine, warum hast du davon noch nie etwas gesagt? Ich hatte keine Ahnung!«

»Du hast nie gefragt«, antwortete er trocken.

Das stimmte. Das unangenehme Schweigen setzte wieder ein.

Zeitgleich fingen sie schließlich an, den Tisch abzuräumen. Während Manuel die Teller in die Geschirrspülmaschine stellte, durchbrach er die Stille.

»Ich weiß zwar, dass es mich nichts angeht. Und bitte, raste nicht gleich wieder aus. Aber ich frage mich, ob nicht doch noch die Möglichkeit besteht, dich wieder mit Mia zu versöhnen?«

Er vermied es, ihr ins Gesicht zu sehen, und räumte die Lebensmittel in den Kühlschrank. Lola hatte die ganze Zeit schon geahnt, dass dieses Thema früher oder später noch einmal auf den Tisch kommen würde.

»Du hast völlig Recht. Es geht dich wirklich nichts an. Aber da du nun schon einmal fragst und den Streit zwischen uns letztens selber mitbekommen hast … Außerdem stehe ich quasi in deiner Schuld wegen der Übernachtung.«

Lola sammelte ihre Gedanken.

»Mia ist meine beste Freundin. Natürlich möchte ich mich wieder mit ihr aussöhnen. Doch das ist im Moment alles nicht so leicht für mich.«

»Aber wenn sie dir so sehr fehlt, wie du ihr fehlst – das weiß ich zufällig genau, weil sie hier des Öfteren feuchte Augen bekommt, wenn das Thema auch nur ansatzweise auf dich fällt –, verstehe ich nicht, warum ihr euch nicht überwindet und endlich miteinander sprecht. Ihr Verhalten auf der Party war völlig daneben. Ja. Aber ist es das wert, eine Freundschaft zu beenden, die so lange besteht wie die eure?«

»Du hast doch gar keine Ahnung, was zu Hause abging. Mia hat mich nämlich schon einmal ganz mies hintergangen. Das tut halt weh. Sehr weh sogar.« Die Augen wurden ihr feucht. Dass Manuel es mitbekam, ärgerte sie tierisch.

»Ich wollte dir nicht zu nahe treten. Bitte entschuldige. Wir alle spüren, dass du eine schwierige Zeit durchmachst.«

»Es ist auch wirklich rührend, wie ihr euch alle um mich sorgt. Aber mal ehrlich, Manuel. Es geht euch gar nichts an. Wir kennen uns doch kaum.«

Er musste einmal kräftig schlucken. »Das klingt jetzt vielleicht total bescheuert. Ich habe das Gefühl, ich würde dich schon ewig kennen.« Für einen Moment schaute er ihr tief in die Augen. Etwas Hoffnungsvolles lag in seinem Gesicht. Fast so, als würde er auf eine Reaktion von ihr warten.

Doch Lola war nur sprachlos. Mit der Aussage von Manuel konnte sie rein gar nichts anfangen. *Was zur Hölle will er mir denn damit nun wieder sagen?*

»Du bist mir irgendwie wichtig«, versuchte er zu erklären, nachdem ihr kein einziges Wort über die Lippen kam. »Immer wenn ich dich sehe und deinen traurigen, gestressten Blick vor Augen habe, dann habe ich das Bedürfnis, dich zu beschützen … für dich zu sorgen … mich halt um dich zu kümmern. Ich weiß auch nicht, wo das herkommt.« Er selbst schien sich zu wünschen, dass es anders wäre.

»Außerdem gibst du mir nicht die geringste Chance, dich näher kennen zu lernen. Du versteckst dich hinter deiner Fassade und lässt niemanden dahinter schauen. Jetzt sag nicht, du machst das nur bei mir so. Selbst deine beste Freundin weiß zurzeit überhaupt nicht, was bei dir abgeht. Und entschuldige bitte, wenn ich dieses Thema jetzt tatsächlich anspreche. Dieser Kristof bereitet Mia wirklich Kopfschmerzen. Sie sorgt sich um dich. Sie befürchtet, du könntest dich ins nächste Unglück stürzen und …«

Weiter kam Manuel nicht, denn Lola konnte seine Worte nicht länger ertragen und fuhr ihm ins Wort.

»Manuel, bitte. Ich bin nicht in der Lage, mit dir über Kristof zu sprechen. Können wir das Thema wechseln?« Mittlerweile fühlte sie sich einem Nervenzusammenbruch nahe.

»Selbstverständlich. Ich bin schon ruhig«, ließ er es auf sich beruhen.

KAPITEL 6

Anders, als man denkt.

Schon eine ganze Weile lag Lola in ihrem Gästebett auf dem Sofa. Vor dem Zusammentreffen mit Mia hatte sie richtig Angst. Auf keinen Fall wollte sie von ihrer Freundin mitten in der Nacht auf dem Sofa überfallen werden.

Entschlossen klemmte sie sich Kissen und Decke unter den Arm und schlich über den Flur bis zu Manuels Tür. Sie hoffte inständig, dass Mia und Tristan nicht gerade jetzt nach Hause kämen und dass Manuel sie nicht vor die Tür setzen würde. Aber sie konnte einfach nicht anders. Sie würde auf dem Sofa im Wohnzimmer kein Auge zumachen können. Zaghaft klopfte sie und schimpfte innerlich mit sich selbst, was für ein lächerliches kleines Ding sie doch war.

Im Zimmer raschelte es. Durch den Türschlitz war Licht zu sehen. Mit verträumtem Blick und zerzausten Haaren öffnete Manuel die Tür. Er hatte schon geschlafen.

»Lola. Was ist los?« Mit der Hand rieb er sich die Augen. »Stimmt etwas nicht mit dem Sofa?«

Ihr wurde die Situation unangenehm und ihr Mut, der sie bis vor seine Tür geführt hatte, drohte sie zu verlassen. Also sagte sie schnell, was ihr auf dem Herzen lag.

»Kann ich vielleicht bei dir auf dem Sofa schlafen? Ich hab Angst, dass Mia über mich herfällt, wenn sie gleich nach Hause kommt. Ich verspreche dir, du wirst gar nicht merken, dass ich da bin.« Beschämt blickte sie auf den Boden und klammerte sich an dem Bettzeug fest.

Wortlos ging Manuel ins Wohnzimmer. Mit dem Bettlaken, das noch auf dem Sofa gelegen hatte, kam er zurück.

»Der Cord-Bezug ist mit der Zeit sehr unangenehm, wenn man da länger drauf liegt.« Mit flinken Fingern steckte er das Laken über seinem Sofa fest.

Lola war schwer von Begriff.

»Nun komm schon rein.« Er blickte sie auffordernd an. »Wenn du noch eine Mütze voll Schlaf haben möchtest, solltest du langsam mal damit anfangen.«

Zaghaft wagte sie einen Schritt in sein Zimmer. Mit unsicheren Schritten ging sie zum Sofa herüber und legte sich brav Kopfkissen und Bettdecke zurecht, um unter die Decke schlüpfen zu können. Sie sah, wie Manuel sie dabei beobachtete. Als sie endlich lag, ging er in sein eigenes Bett und machte das Licht aus.

Dunkelheit beherrschte den Raum. Der Mond schien durchs Fenster herein und nach wenigen Augenblicken waren die Konturen der Möbelstücke zu erkennen. Die Wand über ihr glitzerte silbrig im Mondschein. Lola konnte ihren Blick nicht abwenden. Zu sehr faszinierte sie, was sie sah.

Sie konnte nicht sagen, wo das Gefühl herkam, aber hier, in diesem Moment, fühlte sie sich geborgen. Sie spürte, wie ihr Körper sich entspannte und ihr Atem ruhiger wurde. Vor lauter Dankbarkeit wagte sie sich kaum zu bewegen. Auf keinen Fall wollte sie Manuel noch einmal aufwecken.

»Schlaf gut«, hauchte sie sacht. Trotzdem sie so leise war, musste er sie gehört haben.

»Du auch«, hörte sie ihn flüstern.

Für den Rest der Nacht wurde es still im Zimmer. Sie konnte nur noch seinen Atem hören, der friedlich und gleichmäßig war, während er schlief.

Der Radiowecker suchte sich seinen Weg in Lolas Bewusstsein. Als sie die Augen öffnete, erblickte sie zuallererst diese wundervolle Wand hinter dem Sofa. Ein Lächeln legte sich über ihr Gesicht. Sie streckte sich genussvoll in ihrer Bettdecke, dann drehte sie sich auf den Bauch, damit sie in Manuels Richtung sehen konnte. Obwohl sein Kopf direkt neben dem Radiowecker lag, schlief er weiter tief und fest. Kaum zu glauben. Die Musik würde selbst Tote zum Leben erwecken.

Lola legte das Gesicht auf ihre Arme und betrachtete Manuel. Was sie sah, fesselte ihren Blick. Vor ihren Augen lag ein schlafender Engel. Mit geschlossenen Augenlidern lag er auf dem Bauch, das Gesicht ihr zugewandt. Seine Gesichtszüge waren gänzlich entspannt und sein zerzaustes Haar fiel ihm in die Stirn. Die Hand hatte er unter dem Kopfkissen begraben. Irgendwie fand sie ihn tatsächlich sexy, wie er nun so vor ihr lag. Ihr kamen seine Worte von gestern Abend wieder in den Sinn: *Ich habe das Gefühl, ich würde dich schon ewig kennen.*

Wie durch einen unsichtbaren Faden angezogen, krabbelte Lola aus ihrem provisorischen Bett heraus und schritt vorsichtig auf ihn zu. Direkt vor ihm ging sie in die Hocke. Ihr war zwar bewusst, dass er jeden Moment die Augen aufschlagen könnte – und dann wäre hier sicherlich der Teufel los –, aber das war ihr egal. Jede einzelne Linie seines Gesichtes versuchte sie sich einzuprägen. Seine Lippen hatten einen wundervollen Schwung. Die Nase war ein klein wenig zu groß und die Augenbrauen rahmten die Augen harmonisch ein. Immer noch schien er nicht im Traum daran zu denken, endlich aus dem Schlaf zu erwachen. Ihre rechte Hand war kurz davor, seine Haare zu berühren. Gerade noch rechtzeitig konnte sie sich stoppen. Er sah so friedlich aus. Wer hätte das gedacht? Manuel, ein Murmeltier und Langschläfer! Lola wollte ihr Glück nicht überstrapazieren, daher stand sie auf und kuschelte sich wieder in ihre Decke ein.

Mittlerweile versuchte die Band Queen ihr Glück. Tatsächlich schien es so, als würden sie heute Morgen den Sieg davontragen. Ganz allmählich bewegte Manuel sich in seinen Laken. Ihm war nicht bewusst, dass er beobachtet wurde. Langsam und verschlafen öffnete er die Augen und sah zur Decke hinauf. Mit einer Hand rieb er sich die Augen, während sein Mund herzhaft gähnte. Erst als er den Kopf in Lolas Richtung drehte, bemerkte er, wie sie ihn ansah.

»Guten Morgen«, sagte sie. »Ich wusste ja gar nicht, dass du ein Morgenmuffel bist. Die Musik spielt schon seit mindestens zehn Minuten.«

»Da hast du mich jetzt aber eiskalt erwischt.« Manuel grinste verschmitzt. »Ist halt viel zu früh für einen Samstagmorgen. Findest du nicht auch?«

Lola bekam ein schlechtes Gewissen. »Und das alles nur wegen meiner blöden Tasche, was?«

Manuel winkte ab. Er streckte sich noch einmal genüsslich im Bett. »Mach dir darüber mal keine Gedanken.«

Er streckte die Beine aus dem Bett heraus und setzte sich auf. Mit einem Mal spürte sie wieder dieses bekannte Unbehagen in seiner Gegenwart. Sie war eindeutig nicht darauf gefasst gewesen, Manuel bei Tageslicht in Shorts zu sehen. Schnell sah sie weg.

»Na, da bin ich aber beruhigt. Ich geh dann mal ins Bad, damit ich nicht noch mehr Zeit verliere.«

Sie kramte schnell ihre Habseligkeiten zusammen und ging, ohne ihn noch einmal anzusehen, aus dem Zimmer. Da war es also wieder, dachte sie. Ihr wurde bewusst, dass sich an ihrer Abneigung und Nervosität ihm gegenüber nichts geändert hatte. Also schlussfolgerte sie: *Schlafender Manuel – alles ist gut. Nicht schlafender Manuel – renn um dein Leben!*

Ihre Hand lag schon auf der Türklinge zum Badezimmer, als sie Mia bemerkte, die mit sorgenvoller Miene aus Tristans Zimmer kam.

»Lola? Was machst du denn hier? Ist etwas geschehen?«

Die ganze Zeit hatte Lola vor dieser Begegnung Angst gehabt. Doch jetzt, da sie ihre Freundin vor sich stehen sah, wollte sie sich nur noch mit ihr versöhnen.

»Mia. Es ist alles in Ordnung. Ich habe meine Handtasche in der Straßenbahn liegen gelassen und kam nicht mehr in meine Wohnung. Manuel war so nett und hat mich hier übernachten lassen.« Den Rest, so beschloss sie, ließ sie erst einmal weg.

»Aber warum warst du in Manuels Zimmer und nicht im Wohnzimmer?«

Lola fand, dass Mia etwas zu skeptisch dreinblickte.

»Jetzt nicht, was du wieder denkst.«

»Lola, es tut mir alles so furchtbar leid. Ich habe mich wirklich total dämlich verhalten.« Mia stockte einen Moment. »Ich wünschte, ich könnte es rückgängig machen oder zumindest wiedergutmachen.«

Lola war gerührt über die Entschuldigung. In diesem Moment wurde ihr bewusst, wie sehr sie ihre kleine Mia vermisst hatte.

»Natürlich verzeihe ich dir. Ehrlich gesagt habe ich mich auch nicht richtig verhalten. Ich hätte sicherlich nicht so heftig reagieren müssen. Versprich du mir aber bitte auch, nie mehr hinter mir herzuspionieren.«

»Das werde ich ganz bestimmt nie wieder machen. Tristan hat auch schon mit mir geschimpft deswegen.«

Beide hatten nicht bemerkt, dass die Jungs ebenfalls in den Flur getreten waren. Zu ihrem Leidwesen musste Lola feststellen, dass Manuel immer noch Shorts trug.

»Ich muss mich jetzt rasch fertigmachen«, sagte sie daher schnell. Dann verschwand sie im Bad.

Nachdem sie die Tür geschlossen hatte, vernahm sie Manuels Stimme laut und deutlich von draußen.

»Mach schnell«, rief er ihr zu. »Ich muss da nämlich auch noch rein.«

Lola rollte genervt mit den Augen. »Ja doch!«, schrie sie ihm durch die geschlossene Tür entgegen.

Eine gute halbe Stunde später fand Lola sich auf einem Motorrad wieder. Die Idee, sich von Manuel fahren zu lassen, kam von Tristan. Natürlich war sie von Anfang an dagegen gewesen, doch sie wurde schlichtweg überstimmt. Sie hatte die Arme eng an ihn gepresst, voller Sorge, ansonsten von der Höllenmaschine geschleudert zu werden.

In ihrem ganzen Leben hatte sie noch nie auf einem Motorrad gesessen – und dies bis an ihr Lebensende auch nicht vorgehabt. In ihrem ganz persönlichen Ranking der Dinge, die es ihrer Ansicht nach zu vermeiden galt, gehörte das Motorradfahren ganz klar in die Top 10.

Das einzig Positive am Motorradfahren war, dass man nicht miteinander reden musste. Manuel so nah zu sein, war ihr jedoch unangenehm, und die Tatsache, dass sie nichts daran ändern konnte, stank ihr gewaltig.

Schlecht gelaunt krallte sie ihre Finger also um seinen Bauch. Alles in ihr sträubte sich gegen diese Umarmung. Es war ihr egal, ob Manuel da vorne noch Luft bekam oder nicht. Sollte er doch ihretwegen vor lauter Sauerstoffmangel kollabieren und in den nächsten Graben fahren. Es würde sie nicht stören. Machtlos! Ja, genau. Machtlos fühlte sie sich und ihm hilflos ausgeliefert. Nie wieder würde sie mit ihm auf dieses Motorrad steigen, das schwor sie sich feierlich. In Gedanken hielt Opa ihr die Bibel entgegen und sie schwor auf die Bibel.

Endlich, nach schier unerträglich langer Zeit, waren sie am Ziel angekommen. Manuel steuerte das Motorrad bis vor den Eingang und hielt an.

Lola wartete gar nicht lange, sondern stieg gleich ab. So schnell wie möglich wollte sie diesen Helm loswerden, bekam die Schnalle aber nicht geöffnet. Ein erneuter Tobsuchtsanfall nahte. Hektisch nestelte sie an dieser verdammten Schnalle herum und bekam dabei regelrecht Atemnot.

Seelenruhig stellte Manuel sein Motorrad ab. Dann ging er lässig auf sie zu und öffnete geschickt die Schnalle ihres Helmes, damit sie ihn endlich absetzen konnte.

»Dinge zu öffnen scheint generell nicht dein Ding zu sein, oder?«, hörte sie ihn schadenfroh auflachen, während er ihr den Helm aus der Hand nahm, um ihn an den Lenker zu hängen.

Lola war rasend vor Wut. Am liebsten hätte sie ihm gesagt, dass er sie mal kreuzweise könne. Aber es wäre wohl besser, damit zu warten, bis sie ihre Handtasche wiederhatte. Dann wäre sie nicht mehr so abhängig von ihm.

Grollend vor Wut ging sie neben Manuel zum Eingang.

Ein Mann öffnete die Tür. »Ah. Sie sind dann sicherlich das Fräulein Eleonore Brandstedter. Habe ich Recht?«

Ein breites Grinsen legte sich auf Manuels Gesicht, als er ihren vollständigen Namen auf einem Silbertablett serviert bekam. Ihm war anzusehen, wie er sich bereits darüber Gedanken machte, diese neue Information für sich positiv einzusetzen. Puterrot im Gesicht versuchte Lola sich ihre Verlegenheit nicht anmerken zu lassen. Sie hörte ihren Namen nie gerne ausgesprochen, doch in Anwesenheit von Manuel war es schier unerträglich.

»Das stimmt«, erwiderte sie dem Herrn kurz und knapp.

»Gut. Bitte hier quittieren, dass ich Ihnen die Tasche samt Inhalt wieder ausgehändigt habe. Das wäre es dann auch schon.«

Mit verkniffenen Lippen nahm sie den Zettel entgegen und unterschrieb. Dann hatte sie ihre Handtasche endlich zurück und Manuel konnte sie mal am Arsch! Bis zu ihrem Date mit Kristof blieben ihr noch genau 90 Minuten Zeit.

»Und?«, räusperte er sich. »Wie sieht es aus? Soll ich dich gleich nach Hause bringen oder willst du wieder mit in die WG? Wegen Mia, meine ich natürlich.«

Spätestens jetzt kam sie in Erklärungsnot. Alleine bei dem Gedanken an eine erneute Horrorfahrt auf dem motorisierten Monster wurde ihr angst und bange.

»Das ist ja echt nett von dir, aber ich glaube, ich nehme lieber die Straßenbahn. Motorräder sind mir unheimlich.« Sein Blick wirkte enttäuscht.

»Das hat nun wirklich nichts mit dir zu tun«, versuchte sie sich zu erklären. »Aber ich habe in eineinhalb Stunden eine Verabredung und ich möchte nicht zu spät kommen.«

Natürlich ahnte Manuel, mit wem Lola verabredet war. Die Enttäuschung darüber stand ihm ins Gesicht geschrieben. Er versuchte es zwar zu verstecken, doch selbst Lola war es nicht entgangen. Sie hoffte, er würde nicht näher auf dieses Thema eingehen. Die Situation zwischen ihnen wurde immer unangenehmer. Doch so schnell gab Manuel nicht auf.

»Wenn das so ist, schlage ich vor, du schwingst deinen Hintern schnellstens wieder aufs Motorrad und ich fahr dich nach Hause. Von hier aus dauert es eine Ewigkeit, bis du mit der Straßenbahn zu Hause angekommen bist. Du möchtest doch sicherlich noch duschen, bevor dein Date vor der Tür steht.«

Er reichte ihr bereits den Helm. Lola starrte erst den Helm, dann ihn an. *Warum kann der mich nicht einfach in Ruhe lassen?*

Manuel wurde ungeduldig. »Was ist dein Problem? Ich pass schon auf, dass dir nichts passiert. Eben hat es doch auch geklappt.«

Damit hatte er zwar Recht, aber wie sollte sie ihm nur erklären, dass das nicht ihre größte Sorge war? Sie überlegte. Das konnte sie nicht! Unmöglich konnte sie sagen: Hey, Manuel. Nichts für ungut, aber ich will nicht auf diesem Motorrad sitzen, weil ich dir nicht so nahe sein kann! Nein! Das konnte sie beim besten Willen nicht bringen. Zumal es dafür noch nicht einmal eine plausible Erklärung gab.

Also nahm sie diesen verdammten Helm, zog den Nierengurt fest und setzte sich mit seiner Hilfe erneut den Helm auf.

»Aber wehe, ich bin nicht rechtzeitig zu Hause. Dann gibt's richtig Ärger, mein Freund.«

Der Motor röhrte auf.

»Keine Angst. Du wirst sehen. Im Nullkommanichts stehst du vor deiner Haustür.«

Lola hievte ihren Körper hinter Manuel. Sofort bereute sie ihre Entscheidung. Er hingegen schien nur darauf zu warten, dass sie ihre Arme wieder um ihn schlang. Sie wollte es auch wirklich ernsthaft tun, aber ihre Arme versagten ihr den Gehorsam.

»Also, wenn du in dem Tempo weitermachst, werden wir es tatsächlich nicht rechtzeitig zu dir nach Hause schaffen.« Mit einem beherzten Griff nach hinten zog er ihren Arm zu sich nach vorne und parkte ihn vor seinem Bauch.

Lola erstarrte. Natürlich hatte sie schon deutlich intensiveren Körperkontakt mit Männern gehabt, doch sie musste zugeben, dass dies eine der mit Abstand nervenaufreibendsten und atemlosesten Berührungen war, die sie bisher erlebt hatte. Sie fühlte das derbe Leder unter ihren Handflächen. Der Duft seiner Jacke stieg ihre Nase empor. Ihr Inneres konnte sich einfach nicht entscheiden, ob es die Berührungen und den Duft, der von Manuel ausging, als angenehm oder abstoßend empfinden sollte. Ihre Nase kribbelte von dem Geruch von Leder und Benzin. Ihr Körper schien direkt allergisch darauf zu reagieren.

Wortlos griff er mit der anderen Hand nach hinten und zog ihren anderen Arm ebenso zu sich heran. Ehe Lola sich's versah, befand sie sich wieder in der so verhassten Umarmung mit Manuel. Um sich etwas abzulenken, dachte sie an Kristof, den sie schon bald in ihre Arme schließen durfte. Sie lächelte. Manuel sah sie im Rückspiegel an und lächelte zurück. Dann fuhr er los.

Eineinhalb Stunden später befand Lola sich im absoluten Kristofmodus. Vor Aufregung wippte sie mit den Füßen auf und ab, während sie Kristofs Schritte auf der Treppe immer näher kommen hörte. Die letzten Stufen nahm er noch ein wenig schneller.

Es knisterte zwischen ihnen wie bei ihrer ersten Begegnung. Die letzten Tage und Stunden waren nicht mehr wichtig.

»Hallo«, hauchte er. Vom Treppenaufstieg war er noch ganz atemlos. Die Brötchentüte in seiner Hand raschelte.

»Hi«, erwiderte sie ehrfürchtig. Endlich war er wieder bei ihr. An seine Frau dachte sie schon lange nicht mehr.

Bedächtig führte Kristof seine Hand an ihren Hals. Augenblicklich schlang sie ihre Arme um ihn. Sie spürte, wie seine Muskeln sich anspannten, und sie selbst war bis aufs Höchste erregt. Die ganze Welt um sie herum geriet in Vergessenheit. Knutschend schoben sie sich gegenseitig in die kleine Stube. Auf dem Weg dorthin zog Kristof sein Jackett aus. Mit der Brötchentüte in der einen Hand und mit der anderen Hand um Lola, war das geradezu hohe Kunst, aber er meisterte das geschickt mit fließenden, sanften Bewegungen. Die Brötchentüte flog unbeachtet auf den Tisch. Seine geschmeidigen Berührungen verursachten auf ihrem Körper eine unglaubliche Gänsehaut, die ihr kurzzeitig den Atem raubte. Dann unterbrach sie den Kuss für einen Augenblick. Ungeschickt fragte sie in das Geschehen hinein.

»Willst du vorher einen Kaffee, oder so?« Überrascht über ihre Frage hielt er ebenfalls einen Moment inne. Sein Blick war glasig und er musste sich kurz besinnen, um in die Gegenwart zurückzufinden.

»Später vielleicht. Jetzt will ich nur dich.«

Zusammengekuschelt lagen beide erschöpft auf dem Sofa. Es ging ihr gut. Ja, genau. Es ging ihr gut. Aber richtig glücklich war sie nicht und das verstand sie einfach nicht! Sie lag hier mit Mr. Daniel Craig persönlich auf dem Sofa und gerade eben hatten sie unglaublichen Sex gehabt. Jackpot, ding-ding-ding! Aber irgendetwas hielt Lola davon ab, sich voll und ganz auf die Situation einzulassen. Ständig driftete sie gedanklich ab. Die letzten Stunden drängten sich immer wieder in ihr Bewusstsein. *Kann Manuel mich denn nicht wenigstens beim Sex in Ruhe lassen?*

In ihre Gedanken hinein hörte sie Kristof neben sich leise schnarchen. Lola seufzte. Dies war nun schon der zweite Mann, den sie heute beim Schlafen beobachten konnte. Das war im höchsten Maße ungewöhnlich – und definitiv auch ein Mann zu viel.

Schon wieder dachte sie an Manuel. Sie ärgerte sich über sich selbst. *Das muss aufhören! Sofort!*

Um sich abzulenken, betrachtete sie Kristof im Schlaf etwas genauer. Er wirkte so ganz anders auf sie als Manuel. Manuel hatte wie ein Engel ausgesehen. Kristof hingegen, stattlich und sehr, sehr gut aussehend, wirkte unnahbar. Wie die geile, muskelbepackte Sahneschnitte aus dem letzten Actionkinostreifen, die man sowieso niemals haben könnte. Sie hätte nicht sagen können, wen von beiden sie im Schlaf attraktiver fand. Kristof war eindeutig nicht mit Manuel zu vergleichen.

So, dachte sie streng. *Nun ist aber mal gut! Manuel! Geh jetzt sofort aus meinem Hirn! Verstanden?* Es war zum Aus-der-Haut-Fahren. Sie wollte von Manuel nicht in ihren eigenen Überlegungen überrumpelt werden. Also beschloss sie, ihre komischen Gedanken für diesen Kerl ein für alle Mal beiseite zu schieben. Hier in diesem Moment legte sie für sich fest, dass sie Manuel nicht mochte. Punkt!

Ihre Hand strich zärtlich über Kristofs Haare. Auf seinem Mund zeichnete sich ein Lächeln ab. Ihr war klar, dass diese Affäre nicht von Dauer sein konnte. Im Prinzip sollte sie sich so schnell wie möglich wieder von ihm trennen. Das wäre für alle Beteiligten das Beste. Natürlich würde sie das nicht schaffen! Sie konnte James Bond doch nicht von der Bettkante schubsen. Wer würde so etwas denn schon bringen?

In diesem Augenblick klingelte ihr Handy und Lola fluchte leise vor sich hin.

»Blödes Mistding! Musst du ausgerechnet jetzt losgehen!« Sie wand sich aus der Umarmung und griff nach ihrem Handy. »Ja«, flüsterte sie.

Kristof hatte sich kurz herumgedreht und schlief weiter.

»Hey, Lola«, hörte sie Mia durchs Handy säuseln. »Was machst du denn gerade?«

Lola verdrehte die Augen. Glaubte Mia denn allen Ernstes, sie wäre blöd? Genervt zog sie sich in den Küchenbereich zurück, um Kristof nicht zu stören.

»Jetzt tu bitte nicht so, als wüsstest du das nicht. Manuel hat dir doch längst brühwarm erzählt, dass ich heute ein Date habe.« Am anderen Ende der Leitung hörte sie ihre Freundin kichern.

»Erwischt.«

Zudem war im Hintergrund Stimmengemurmel zu hören.

»Ich wollte nur fragen, ob du heute Nachmittag mit zum See kommen möchtest. Das Wetter ist so schön und meine Bahn nach Hause fährt erst heute Abend. Bist du dabei?«

»Natürlich nicht! Ich bin beschäftigt.« Ihr kam ein böser Verdacht, als sie Tristan im Hintergrund laut lachen hörte. »Mia! Hast du auf laut gestellt? Wenn ja, mach das sofort aus!«

Im Hörer raschelte es.

»Tut mir leid. War doch nur ein kleiner Spaß. Ich hab schon wieder ausgemacht, ehrlich.«

»Na, da wär ich mir bei dir nicht so sicher. Was soll der Blödsinn?«

»Wir wollten wirklich nur fragen, ob du Lust zum Baden hast. Du könntest auch dein Date mitbringen, wenn du magst.«

Wieder war im Hintergrund ein einvernehmliches Kichern zu hören. Aha! Daher wehte der Wind. Lola verstand. Ihr riss nun endgültig der Geduldsfaden.

»Ich finde das ganz und gar nicht witzig. Ihr seid total kindisch. Und Mia.« Lola klang jetzt richtig ernst. »Ich lege jetzt auf. Wage es ja nicht, mich noch einmal anzurufen, bevor du wieder zu Hause bist. Viel Spaß am See.«

Damit beendete sie das Gespräch. War sie denn hier nur noch eine Witzfigur, mit der man seine Späße treiben konnte?

Genervt zog sie sich Kristofs Hemd über, das vor ihr auf dem Fußboden lag, legte sich wieder zu ihm aufs Sofa und kuschelte sich fest an ihn. Sie schloss die Augen und versuchte sich wieder zu entspannen. Leider wollte es ihr nicht so recht gelingen. Sie drehte sich hin und her, bis sie eine bequeme Position gefunden hatte.

»War das deine Freundin?«, hörte sie Kristof fragen. Lola hatte nicht damit gerechnet, dass er alles mitbekommen hatte.

»Ja, das war sie.«

»Ich finde die Idee mit dem See gar nicht so schlecht. Vielleicht solltest du nachher hinterherfahren, wenn wir gefrühstückt haben.« Sein Blick wanderte zur Brötchentüte. »So langsam bekomme ich Hunger.«

Er zog Lola dicht an sich heran.

»Überleg es dir«, flüsterte er ihr leise ins Ohr, während er an ihrem Ohrläppchen knabberte. »Ich könnte dich hinfahren. Ich muss nachher eh noch mal ins Büro.«

»Ich weiß noch nicht. Aber Frühstück ist gut. Nur Luft und Liebe reicht nicht aus. Magst du Rührei?«

»Ja, mag ich. Sehr gerne sogar.«

Sie richtete sich auf, um in die Küche zu gehen. »Dann fange ich am besten gleich mal an.«

Kristof sah ihr nach. Ihm schien gerade aufzufallen, dass sie sein Hemd trug.

»Das Hemd brauche ich aber nachher wieder, verstanden? Am besten ohne Fettflecken.« Er grinste.

Lola überlegte kurz und ging ein paar Schritte in seine Richtung. Sie stellte sich vor ihn hin und zog das Hemd über den Kopf. Da stand sie nun. Mit nichts weiter als ihrem Unterhöschen bekleidet.

»Ist es so besser?«, fragte sie süffisant. Als sie Kristofs Blick sah, war eines klar: Die Rühreier würden noch eine ganze Weile warten müssen.

Nach dem Frühstück lagen beide oben in ihrer Schlafecke und ließen den Tag an sich vorüberziehen. Sie redeten über Gott und die Welt. Lola geriet in einen richtigen Redefluss. Versonnen streichelte Kristof ihr Haar, während er ihr aufmerksam zuhörte.

Sie erzählte ihm von der ersten Begegnung mit Manuel in der Straßenbahn. Davon, wie er und sein Kumpel ihr spontan beim Umzug geholfen hatten. Schließlich erzählte sie von dem Morgen nach der Party und auch von der letzten Nacht. Nur von heute Morgen erzählte sie kein Wort. Irgendetwas hielt sie davon ab, von dem schlafenden Manuel zu berichten. Je mehr sie preisgab, desto nervöser rutschte Kristof hin und her. Was nun kam, darauf war Lola überhaupt nicht vorbereitet.

»Sag mal. Ich will dein Gefühlschaos ja nicht noch weiter ins Unglück stürzen, aber könnte es sein, dass der arme Kerl mehr für dich empfindet, als du dir vorstellst?«

Lola blieb die Spucke weg. »Wie kommst du denn darauf?! Also, nein!« Ihr Ton wurde patzig. »Von wem sprichst du überhaupt?«

Mit großen Augen sah sie ihn an. Ihr rasender Herzschlag ärgerte sie tierisch. Nervös nestelte sie an ihrem Kopfkissen herum, während ihre Augen überhaupt nicht wussten, wo sie als Erstes hinsehen sollten.

Kristof richtete sich auf. »Na, dieser Typ natürlich, von dem du die ganze Zeit redest. Wer denn sonst?«

Mit dieser Konfrontation war sie heillos überfordert.

»Warum sagst du so etwas? Also … ich versuche die ganze Zeit, eine realistische Erklärung für sein Verhalten zu finden, und du kommst jetzt mit solch einem Schwachsinn um die Ecke? Ich habe ihm zu keinem Zeitpunkt Hoffnung gemacht. Ganz im Gegenteil.«

Lola belächelte den ganzen Vorfall. *Manuel soll mehr für mich empfinden? Im Leben nicht! Was hat Kristof hier denn nur falsch verstanden? Auf so eine blöde Idee wäre sie im Leben nicht gekommen. Manuel verliebt in sie? Niemals! Oder doch?*

Liebevoll strich Kristof ihr eine kupferrote Haarsträhne aus dem Gesicht. »Vielleicht solltest du dir noch eine ganz andere Frage stellen.«

Im Prinzip wollte sie gar nicht wissen, was er damit meinte. Beleidig wandte sie sich von ihm ab.

»Ist nur so ein Gefühl«, sprach er weiter, »aber du solltest dich fragen, ob du nicht auch etwas für ihn empfindest.«

Das reichte. Sie hatte endgültig genug von diesem Thema.

»Wie kannst du so etwas nur denken? Ich liege doch hier bei dir und ich bin froh, dass du da bist.«

Augenblicklich rückte sie näher an ihn heran. Mit einem Mal hatte sie tierische Angst, Kristof zu verlieren.

Hätte sie doch bloß nicht von diesem dämlichen Typen erzählt!

Kristof legte seine Arme um sie. »Nun. Wie du über ihn sprichst … Was er zu dir sagt … Wie rührend er sich um dich kümmert, wenn ihr euch begegnet. Da bekomme ich richtig Gänsehaut. Und, Lola, mal ganz ehrlich. Dafür, dass du ihn angeblich nicht besonders magst, regst du dich ganz schön über ihn auf. Deine Reaktion gerade eben spricht förmlich Bände.«

Vehement stritt sie alles ab. »Ich will von so etwas nichts wissen! So, wie du denkst, ist das nicht.«

Damit war alles gesagt. Vorerst.

KAPITEL 7
Überrollt

Kristof war gegangen. Der Abend ging dem Ende zu und die Nacht legte sich bereits über den Himmel. Die Knie fest an den Körper gezogen und die Arme um die Beine geschlungen, hörte sie Revolverheld. Sie spielten ihr Lieblingslied *Ich lass für dich das Licht an*.

Was Kristof heute zu ihr gesagt hatte, hatte sie völlig aus der Bahn geworfen. Jetzt, da sie alleine war, befand sie sich wieder gedanklich in Manuels Zimmer und sah einen schlafenden Engel vor sich. Sie wollte nicht daran denken. Alles in ihr sträubte sich dagegen, doch sie konnte es nicht ändern. Hilflos musste sie mit ansehen, wie ihre Welt immer mehr ins Wanken geriet. Manuel hatte sich auf so grausame Weise in ihr Gehirn gedrängelt, dass er ihr die Luft zum Atmen nahm.

Sie verstand sich selbst nicht mehr. In seiner Gegenwart fühlte sie sich doch immer so unwohl! Alleine der Gedanke an ihn regte sie schon auf. Wie könnte Kristof also mit seiner Behauptung Recht haben? Gar nicht, redete sie sich trotzig ein. Der einzige Moment, in dem sie sich ihm verbunden gefühlt hatte, war heute Morgen gewesen.

Immer wieder schlug sie mit den Händen gegen ihren Kopf. Ein Gedanke und das dazugehörige Bild gingen ihr nicht mehr aus dem Sinn. Natürlich versuchte sie, sich bis aufs Blut dagegen zu wehren, doch es half alles nichts. Es war einfach da und ging nicht mehr von alleine weg. Schließlich verlor sie den Kampf mit sich selbst. Sie würde es jetzt einfach machen, beschloss sie. Sonst würde sie es nie wieder aus ihrem Gedächtnis bekommen, dessen war sie sich gewiss.

Entschlossen stand sie auf und stellte das Lied auf Endlosschleife. Ihre Staffelei platzierte sie mitten im Raum. Ihre Augen schauten gebannt auf die leere, unschuldig weiße Leinwand. Den Bleistift in der Hand hörte sie Revolverheld im Hintergrund singen. »Ich lass für dich das Licht an …«

Während sie dem Lied zuhörte, sprach Manuel gedanklich zu ihr. *Ich habe das Gefühl, ich würde dich schon ewig kennen!* Unter ihrem Ärmel stellten sich feine Härchen auf, die ihr einen wohligen Schauer über den ganzen Körper bescherten. Um die Gänsehaut nicht länger spüren zu müssen, krempelte sie die Ärmel energisch hoch.

Zaghaft fing sie an, die ersten Linien auf das Papier zu zeichnen. Ihr Herz klopfte bis zum Hals. Die Linien waren dünn, teilweise unterbrochen. Am Anfang zitterte ihre Hand noch. Die Stiftführung wirkte beinahe unsicher.

Mit der Weile wurde ihre Handführung sicherer und der Bleistift glitt schwungvoll voller Selbstbewusstsein über die Leinwand. Lola war wie in Trance. Sie zeichnete Konturen nach und trat anschließend einen Schritt zurück, um sich ihr Werk anzusehen. Nur, um direkt wieder an die Leinwand zu treten und hier und da eine Schattierung herauszuarbeiten oder Details hinzuzufügen. Raum und Zeit gerieten in Vergessenheit. Noch nie zuvor hatte sie solch eine Atmosphäre erlebt.

Mit jedem Pinselstrich gewann die Leinwand an Lebendigkeit. Eine ungeheure Macht ging von diesem Portrait aus, die Lola zeitweilig ganz ehrfürchtig werden ließ.

Sie konzentrierte sich nur auf das Wesentliche. Dieses eine Bild in ihrem Gedächtnis wollte sie so schnell wie möglich wieder daraus verbannen. Also malte sie! Es schien ihr der einzige Ausweg zu sein.

Sie malte, bis sie vor Müdigkeit und Erschöpfung nicht mehr konnte. Übermüdet, aber zufrieden stellte sie Stunden später das halbfertige Bild hinter den Kleiderschrank. Nun konnte sie endlich schlafen.

Das Schwimmbad war, wie zu erwarten für diesen hochsommerlichen Tag, brechendvoll. Sie hatten einige Mühe, Tristan und Mia zwischen all den Badegästen zu finden. Mit einem quengelnden Kleinkind im Schlepptau war das wahrlich kein Vergnügen. Die dreijährige Lotta, Cordulas Nichte, war heute mit von der Partie. Sie fanden die beiden schließlich auf einer großen Wolldecke eng aneinander gekuschelt. Das verliebte Turtelpärchen stach zwischen all den Müttern mit ihren Kindern gewaltig hervor. Während Tristan nur kurz den Kopf hob, um zu grüßen, stand Mia sofort auf und quietschte vergnügt.

»Super. Du hast die kleine Maus tatsächlich mitgebracht. Dann können wir ja gleich schön plantschen gehen.«

Cordula verdrehte die Augen. Nun hatte sie nicht nur die plappernde Lotta um sich herum, nein. Mia quatschte zusätzlich in einer Tour mittendrein, so dass Cordula jetzt schon dem Wahnsinn nahe war. Ganz bewusst hielt Lola sich aus allem heraus. So putzig die kleinen Quälgeister auch waren, überließ sie den anstrengenden Teil doch gerne anderen. War schließlich nicht ihre Brut.

Still breitete sie ihr großes Handtuch vor Mias Wolldecke aus. Daneben legen konnte sie sich nicht, da dort bereits ein herrenloses Handtuch lag. Mit ihrem schönsten Bikini bekleidet legte sie sich auf den Boden. Sie richtete den Blick gen Himmel und schloss ihre Augen.

»Herrlich, diese Stille«, sagte sie sarkastisch. Der Bademeister scheute den beherzten Einsatz seines Mikrofons nicht. Alle naselang maßregelte er ein paar aufmüpfige Jugendliche.

»Wem sagst du das«, stimmte Tristan ihr grollend zu.

»Warum sitzen wir nicht weiter hinten? Da ist es sicher ruhiger«, schlug Lola vor.

Das war Tristans Stichwort. »Mein Reden. Aber der Vorschlag wurde bereits kategorisch abgelehnt.«

»Ach, jetzt hab dich doch nicht so«, mischte Mia sich ein. »Das eine Mal wirst du schon überleben. Für so kleine Beinchen ist der Weg bis zum Wald viel zu weit. Außerdem kann Lotta hier mit anderen Kindern spielen.«

Tristan hob den Kopf in Lolas Richtung und suchte ihr Mitgefühl. »Da hörst du es. Ich hab hier nichts zu melden. Zwecklos. Dass ich auch meine Erholung brauche, interessiert hier niemanden.«

Eingeschnappt verschwand er wieder unter seinem Handtuch. Genüsslich ließ Lola sich ebenfalls aufs Laken gleiten. *Mia hat ihren Neuen ja ganz schön im Griff.*

Cordula und Mia erstürmten mit der kleinen Lotta das Planschbecken. Endlich konnte Lola sich die Sonne auf den Pelz scheinen lassen.

Zunächst bemerkte sie die Schritte gar nicht, die näher kamen und im nächsten Moment über sie hinwegsprangen. Die kalten Wassertropfen, die sie dabei abbekam, ließen sie vor Schreck aufschreien. Erschrocken riss sie sich die Sonnenbrille vom Gesicht und funkelte den Übeltäter böse an. Ein von ihr abgewandter Männerkörper stand auf dem herrenlosen Handtuch. Seelenruhig trocknete er sich die Haare.

»Sag mal, geht's noch? Was sollte das denn bitte schön?« Sie wollte selbstverständlich eine Entschuldigung. Das war ja wohl das Mindeste.

»Freundlich wie eh und je, nicht wahr?«

Lola senkte den Blick. Kopfschüttelnd wandte sie sich ab. Sie hatte erkannt, wer gerade eben über sie hinweggesprungen war, und sie hatte keine Lust, sich den Tag durch Manuels Anwesenheit zu verderben. Da sie bereits vor geraumer Zeit beschlossen hatte, es wäre das Einfachste, Manuel nicht zu mögen, würde sie ihn jetzt schlichtweg ignorieren. In der letzten Zeit war ihr das schließlich auch prima geglückt.

Sie hörte, wie Manuel ein Gespräch mit Tristan anfing. Wäre sie doch nur mit den anderen mitgegangen, dann hätte sie sich jetzt nicht das Gequatsche von diesem Blödmann anhören müssen.

»Wo sind denn die anderen?«

»Die sind mit der kleinen Lotta schwimmen.«

»Und warum ist Lola dann noch hier?«

»Weiß nicht. Wieso fragst du?«

»Och, nur so. Ich dachte, wer sich wie ein Baby verhält, spielt bestimmt auch gerne im Planschbecken mit den anderen Babys.«

Tristan prustete los und Manuel stieg in sein Gelächter mit ein. Lola schnaubte. Am liebsten wäre sie aufgestanden und gegangen.

»Jetzt sei doch nicht so streng mit ihr. Vielleicht hatte sie ja letzte Nacht Besuch und ist vor lauter Erschöpfung so grantig zu dir.«

Sie hörte wohl nicht recht! Jetzt reichte es. Böse vor sich hin funkelnd schaute sie die beiden Herren der Schöpfung an.

»Jungs, ihr seid einfach nur lächerlich. Ihr wisst überhaupt nicht, was sich gehört.«

»Ach, aber du vielleicht?«, konterte Manuel.

»Selbstverständlich. Wieso?«

»Jetzt lehn dich mal nicht so weit aus dem Fenster«, mischte Tristan sich ein. »Manuel hat dir tierisch aus der Patsche geholfen, als du deinen Wohnungsschlüssel samt Tasche verloren hattest. Trotzdem hast du dich in den letzten zwei Wochen nicht ein einziges Mal bei ihm gemeldet. Nicht einmal richtig bedankt hast du dich bei ihm. Natürlich denkt er da, du verhältst dich wie ein Baby. Würde ich auch denken.«

Oha, dachte Lola. *Da ist wohl jemand in seiner Eitelkeit gekränkt.*

»Wir müssen eigentlich nachsichtig mit ihr sein. Wahrscheinlich war sie die ganze Zeit über so sehr mit ihrem Mr. Loverlover beschäftigt, dass für dich einfach keine Zeit mehr übrig blieb. Oder was meinst du, Manuel?« Lola glaubte, schlecht zu hören.

Für wen halten die zwei sich denn bitte schön?

Noch bevor sie auf diese bodenlose Frechheit reagieren konnte, kehrte Cordula von ihrem Ausflug zurück und kam ihr zuvor.

»Sprecht ihr von Lolas Mr. Loverlover? Ich kann den Kerl nicht ausstehen.«

Mit einem lauten Plumps ließ sie sich auf ihre Wolldecke fallen und holte doch tatsächlich eine Flasche Bier aus ihrer Tasche. Sie öffnete sie und nahm einen kräftigen Schluck.

»Herrje, das habe ich jetzt gebraucht. Die Kleine ist ja sowas von anstrengend.«

Neidisch blickten Tristans Augen auf das Bier.

»Ja, genau. Den haben wir gemeint. Was gibt es denn da Neues zu berichten? Du bist doch an vorderster Front mit dabei?«

Ungläubig schaute Lola von einem zum anderen. Kaum zu glauben, wie in ihrer Gegenwart über sie gesprochen wurde.

»Darum bin ich auch bestimmt nicht zu beneiden. Aber Details gibt's von mir nicht zu hören. Reicht schon, dass ich mir das ganze Elend mit anhören muss, da muss ich es nicht auch noch einmal geistig durchkauen.«

Spätestens jetzt fühlte Lola sich verarscht.

»Aber wie ist er denn so?«, stichelte Tristan sichtlich amüsiert weiter. »Wie sieht er eigentlich aus? Mia hat ihn auch noch nie zu Gesicht bekommen. Lola versteckt ihn vor der gesamten Menschheit.«

Jetzt wollte Lola endlich einmal zu Wort kommen, um sich zu verteidigen, aber Cordula legte noch einen drauf.

»Oh, er sieht hervorragend aus, da kann man wirklich nichts gegen sagen. Für meinen Geschmack halt deutlich zu alt, und er wirkt immer so gelackt, wenn ihr versteht, was ich meine.«

Beide Jungs nickten, als ob sie ganz genau verständen. Lola hatte genug.

»Leute!«, schrie sie in die Menge. »Ich bin anwesend. Ich sitze hier. Also, was soll das?«

»Ja, das sehen wir«, tat Tristan es ihr gleich. »Aber du erzählst ja nichts, da müssen wir eben andere Quellen anzapfen.«

Schallendes Gelächter erklang, und Lola konnte nur noch einen giftigen Blick zu ihrer Nachbarin werfen, die sich kringelnd auf dem Boden lag und sich über sie lustig machte. In diesem Moment tauchte Mia mit Lotta an der Hand auf.

»Huch! Hier ist aber eine Stimmung. Was haben wir verpasst?« Ohne eine Antwort abzuwarten, wandte sie sich an Cordula. »So, wir waren wie befohlen Pipi machen und jetzt möchte Lotta schaukeln gehen. Wer ist der glückliche Gewinner?«

Erwartungsvoll blickte Mia in die Runde, bis Manuel sich schließlich von seinem Platz erhob.

»Ich mach das. Falls Lotta mit mir einverstanden ist.«

Er ging vor der kleinen Maus in die Hocke und hielt ihr feierlich seine Hand hin.

»Hallo«, sprach er das Mädchen direkt an. »Ich bin der Manu und wie heißt du?«

Erst schaute die Kleine skeptisch, doch dann lächelte sie.

»Ich bin Lotta.«

»Das freut mich aber. Hast du Lust, mit mir schaukeln zu gehen?«

Natürlich hatte sie Lust. Was für eine Frage. Freudestrahlend legte Lotta ihr kleines Händchen in seine Hand und ging mit ihm zum Spielplatz hinüber.

Endlich wieder Ruhe, dachte Lola. Gerade wollte sie sich entspannt in die Sonne legen, doch da hatte sie die Rechnung ohne Tristan gemacht. Der hatte heute eindeutig zu viel Sabbelwasser getrunken.

»Sag mal, Lola. Gehst du nun mit Manu zur Hochzeit am Samstag oder hat der arme Kerl einen Korb von dir erhalten?«

Sie hatte keine Ahnung, wovon Tristan sprach, daher stellte sie deutlich genervt die Gegenfrage.

»Welche Hochzeit?«

Falls Manuel tatsächlich in Erwägung ziehen sollte, um ihre Hand anhalten zu wollen, dann könnte er sich das getrost abschminken.

»Die Hochzeit von seinem Cousin, die nächsten Samstag stattfindet. Er wollte dich doch fragen.«

Jetzt wurde Lola neugierig. »Was denn fragen?«

»Dann hat er dich also gar nicht gefragt, ob du ihn begleitest?«

Im gedämpften Ton sprach er nun mit Mia, die neben ihm auf der Decke saß. »Hatte er doch eigentlich fest vorgehabt.« Mia zuckte nur mit den Schultern und nahm einen Schluck aus ihrer Wasserflasche.

Tristan schien begriffen zu haben, dass er seinen Freund in eine unangenehme Lage gebracht hatte. Er machte den Eindruck, als wolle er die Angelegenheit so schnell wie möglich auf sich beruhen lassen, doch Lola hatte Feuer gefangen. Nachdem die Herrschaften sich so königlich über ihr Privatleben amüsiert hatten, wollte sie sich nun rächen.

»Fehlt ihm etwa eine Begleitung?«, säuselte sie genüsslich.

»Ja, in der Tat. Die fehlt ihm noch.«

»Warum fragt er nicht ein anderes Mädchen?« Sie blickte so unschuldig drein, wie sie konnte.

»Wahrscheinlich will er kein anderes Mädchen fragen, sondern nur dich. Hat scheinbar einen Narren an dir gefressen, der arme Kerl. Ich kann zwar nicht verstehen, wieso, aber mich geht das im Grunde auch gar nichts an.« *Frechheit*, dachte Lola und stimmte ihm gedanklich zu, dass ihn das sehr wohl nichts anginge. Eingeschnappt stützte sie sich mit den Händen auf ihrem Handtuch ab und starrte in den Himmel hinauf.

»Geh du doch mit ihm hin.«

Die Vorstellung gefiel ihr. Das gäbe bestimmt ein paar hübsche Erinnerungsfotos.

»Ha, ha. Sehr witzig«, zischte Tristan.

Cordula hatte das Gespräch verfolgt. »Das wäre doch eine prima Gelegenheit für dich, dich zu revanchieren.«

Lola funkelte Cordula giftig an.

»Mein Reden«, stimmte Tristan zu. »Sag ich doch die ganze Zeit schon, oder?«

Sein Blick ging zu Mia. Die hatte sich in der Zwischenzeit hingelegt und tat so, als ginge sie das alles nichts an.

»Ich finde, Lola muss das ganz alleine entscheiden. Die Vergangenheit hat gezeigt, dass es mir nicht sonderlich gut bekommt, wenn ich mich einmische.«

Recht hat sie, dachte Lola, und war dankbar, dass wenigstens eine Person noch zu ihr hielt.

Sie verstanden das alle völlig falsch. Nicht weil sie undankbar war, hatte sie sich von Manuel ferngehalten, sondern weil sie sich einfach nicht lange in seiner Nähe aufhalten konnte, ohne den Verstand zu verlieren. Aber wie hätte sie ihnen das klarmachen können? Sie konnte sich ja selbst immer noch nicht erklären, warum ihre

Gedanken in letzter Zeit ständig um ihn kreisten, während ihr Verstand vehement daran festhielt, ihn nicht zu mögen.

Es kehrte Ruhe ein. Tristan und Mia kuschelten auf ihrer Decke und Cordula hatte ihr Bier inzwischen ausgetrunken.

Lola wandte ihr Gesicht zur Sonne und ihr Pulsschlag beruhigte sich allmählich. Hinten auf dem Spielplatz konnte sie Manuel sehen, wie er Lotta auf der Schaukel einen Schubs nach dem anderen gab. Mit jedem neuen Schubs quietschte die Kleine vergnügt auf. Sie stützte ihren Kopf auf die Knie und beobachtete die beiden schweigend.

Als sie sich auf den Rückweg machten, kramte Lola schnell ihr Taschenbuch hervor und fing an zu lesen. Zumindest versuchte sie es. Manuel hatte kaum auf seinem Handtuch Platz genommen, da ging es auch schon los.

»Du, Manuel?«

»Tristan, was ist los?«

Lola schnappte hinter ihrem Buch tief nach Luft. Das konnte jetzt ganz schön peinlich werden.

»Ich hab Lola auf die Hochzeit angesprochen. Bitte entschuldige.«

»Ehrlich, Mann?«, seufzte Manuel. »Musste das jetzt sein?«

»Ja, ziemlich blöd gelaufen. Gebe ich zu. Aber willst du denn gar nicht wissen, was sie gesagt hat?«

Lola wurde hellhörig. Sie konnte sich nicht erinnern, darauf eine Antwort gegeben zu haben.

»Na, dann raus mit der Sprache.«

»Sie sagte, wir beide könnten doch zusammen als Pärchen hingehen. Wie findest du das? Ist doch eine Spitzenidee, oder, Schätzchen?«

Außer Lola und Manuel lachten alle heiter.

»Ja, ja«, grinste Manuel gequält. »Lacht ihr man nur. Ihr müsst in ein paar Tagen nicht am Losertisch Platz nehmen, so wie ich.«

»Na, dann frag sie doch endlich«, drängelte Tristan.

Lola wurde unbehaglich zumute. *Ich will überhaupt nicht gefragt werden. Ganz sicher nicht! Oder doch? Ach, Scheiße, Mann. Natürlich nicht.* Sie hatte schließlich beschlossen, ihn nicht zu mögen, und man ging nicht mit Leuten auf eine Hochzeit, die man nicht mochte.

Als könnte Manuel ihre Gedanken erraten, winkte er ab. »Zwecklos. Sie würde die Einladung sowieso nicht annehmen.«

Vergnügt stocherte Tristan noch etwas tiefer in der Wunde. »Ach, und warum sollte sie dir einen Korb geben? Schließlich warst du der Held, der ihre Tasche wieder herbeigezaubert hat. Wir alle wissen doch, dass es das Heiligtum einer jeden Frau ist. Da zeigt man sich normalerweise gerne erkenntlich.«

»Ach, das«, erwiderte er lapidar. »Das ist doch schon lange her. Mitleid hab ich nicht nötig. Da spiel ich lieber den Loser, bevor ich mit einer Frau ausgehe, die mich nicht leiden kann.«

»Dann willst du sie also nicht fragen?«

»Nein.«

»Na, dann ist ja alles gesagt«, fasste Tristan zusammen.

»Ja«, gab Manuel ihm Recht.

Lola hatte genug gehört. Sie stand auf, um schwimmen zu gehen. *Sind doch alles Dorfdeppen hier*, dachte sie, während sie in das kühle Nass sprang.

Wie ein Kalb, das zur Schlachtbank geführt wird, wurde sie von Mia an der Hand in das Geschäft gezogen. Auch Cordula fand die Wahl des Ladens recht ansprechend. Dabei hätte Lola von ihr eher erwartet, in den nächsten Heavy-Metal-Store gezerrt und in eine Braut der Finsternis verwandelt zu werden. Obwohl sie nicht zu dieser Hochzeit wollte, hatte sie sich so lange beschwatzen lassen, bis sie letztendlich nachgab. Energisch drängelte Cordula sie in die Abteilung für Abendgarderobe, während Mia bereits die Kleiderständer durchwühlte.

»Hier siehst du dich jetzt in Ruhe um und suchst dir etwas Schickes aus.« Lola resignierte und begann den Kleiderurwald zu durchforsten.

Kurze Zeit später fand sie sich in einer der vielen Umkleidekabinen wieder. Um sie herum hingen mindestens zehn Kleider. Zwei davon hatte sie selbst ausgesucht. Der Rest war Mias Bonbonalbtraum. Aber es half nichts. *Wir brauchen nun einmal ein Kleid. Also, Lola. Fang an.* Nachdem sie sich gedanklich Mut zugesprochen hatte, zwängte sie sich in das erste Etuikleid.

Eine gute halbe Stunde später, das gefühlte zwanzigste Kleid vorführend, stand sie mit verbissenem Gesichtsausdruck vor dem Spiegel. Ihre Freundinnen sahen ebenfalls unzufrieden aus. Nun war es amtlich. Mausgrau war definitiv nicht ihre Farbe.

»Ich will dich jetzt wirklich nicht beleidigen«, ergriff Mia das Wort, »aber das kannst du auf gar keinen Fall anziehen. Du gehst schließlich nicht auf eine Beerdigung. Wo hast du den Fetzen überhaupt gefunden?«

Mia ging in die Umkleidekabine und kramte ein Kleid hervor, das sie selbst ausgesucht hatte. »Hier. Zieh das mal über. Ich glaube, das wird dir besser stehen.«

Lola zog die Mundwinkel nach unten. Hilfe suchend blickte sie durch den Spiegel zu Cordula hinüber, die entspannt an der Wand lehnte. Das Kleid, welches Mia in der Hand hielt, war knallbunt, hatte eine Schleife über dem Hintern und war unten weit ausladend. Sie hatte es extra nach ganz hinten gehängt.

»Zieh es doch einfach einmal über«, sagte Cordula. »Ich denke zwar nicht, dass es besser ist als all die anderen Tutus, die Mia angeschleppt hat, aber tu ihr den Gefallen. Ich schau selbst mal durch. Vielleicht finde ich ja etwas Passendes.«

Aus reiner Gutmütigkeit beschloss sie, diesen Blütenalbtraum über sich ergehen zu lassen.

»Also gut, Mia. Weil du es bist.«

»Ihr habt doch beide keine Ahnung von Mode, also wirklich. Wirst schon sehen, wie gut dir das steht.«

Auf Mias Überzeugungskraft konnte man direkt neidisch werden. Lola zog sich also das Mäusegewand wieder aus und schlüpfte in die Blumenwiese. Der Reißverschluss ließ sich nicht schließen.

»Himmel! Welche Größe hast du mir denn gegeben?«

»36. Was denn sonst?«

»Bist du irre? Ich bin doch kein Topmodel. Ich brauche mindestens 38. Mindestens! Sonst platzt doch alles, bevor ich auf der Hochzeit angekommen bin. Größe 36 habe ich zuletzt mit vierzehn Jahren getragen.«

Sie hatte keine Lust, diesen Fummel auch noch eine Nummer größer anzuziehen, also rief sie ihre Freundin zu sich in die Kabine.

»Jetzt komm gefälligst her und mach mir den Reißverschluss zu.«

Mia hatte aber gerade andere Sorgen.

»Bist du des Wahnsinns! Du kannst doch nicht mit einer schwarzen Bluse hier auftauchen. Ich weiß ja, was für ein Faible du für Schwarz hast, aber das ist doch nichts für Lola.«

Mias Entsetzten hallte durch den ganzen Laden. Es hätte Lola nicht gewundert, wenn man sie allesamt wegen Ruhestörung vor die Tür gesetzt hätte. Während sie weiter versuchte, ihre Brüste in diesen viel zu kleinen

Fummel hineinzuquetschen, hörte sie Cordula vor der Umkleidekabine Kontra geben.

»Das musst du gerade sagen. Drängst der armen Lola dieses bunte Feuerwerk auf. Überall mit der Farbe Pink drin. Hallo? Lola hat rote Haare. Schon mal daran gedacht, dass das nicht zusammenpasst?«

Mit halb offenstehendem Kleid kam sie aus der Kabine herausgestürmt, um zu schlichten. Nicht, dass doch noch das Sicherheitspersonal auftauchte. Und das gerade jetzt, wo sie doch so unmöglich aussah. Die Mimik der beiden hätte nicht unterschiedlicher sein können. Während Cordula mitleidig dreinblickte und kurz vor einem Lachanfall war, klatschte Mia überglücklich in die Hände.

»Du siehst toll aus. Zugegeben, eine Nummer größer wäre wohl angebracht, aber was sagst du selbst? Ein Traum.«

Ausgiebig betrachtete sich Lola im Spiegel. »Bei aller Liebe. Nein! Das werde ich nicht tragen. Dir steht so etwas vielleicht, aber ich zieh es jetzt wieder aus. Ich bin doch kein Papagei.«

»Vielleicht gefällt dir das hier?«, wurde sie von Cordula am Arm zurückgehalten. Mit der einen Hand hielt Cordula eine schlichte, schwarze Bluse hoch, die einen leicht seidigen Schimmer hatte. In der anderen Hand hielt sie einen schwarz-weiß gestreiften Rock. Unter dem Saum schaute zarter, schwarzer Tüll hervor. Während Lola überlegte, redete Mia auf sie ein.

»Vergiss es. Du kannst nicht ernsthaft zu einer Hochzeit eine schwarze Bluse anziehen, und dann ist im Rock auch noch Weiß mit drin. Du machst dich völlig lächerlich damit.«

»Jetzt sei aber mal still!«, konterte Cordula. »Wer hat dir denn solch einen Unsinn eingeredet? Kann doch jeder tragen, was er will. Außerdem ist das alles andere als unangemessen. Allemal besser als dein pinkes Feuerwerk.« Tatsächlich hielt Mia den Mund. Sichtlich eingeschnappt verschränkte sie die Arme vor der Brust.

»Nun. Wie sieht es aus? Anprobieren oder weitersuchen? Deine Entscheidung.« Sie hielt Lola beides vor die Nase.

Irgendwie gefiel Lola der Gedanke, sich nicht in ein enges Spaghetti-Kleid zwängen zu müssen. Verschmitzt griff sie nach Rock und Bluse und hüpfte in die Umkleide zurück. Mit Wohlwollen stellte sie fest, dass Cordula gleich zur richtigen Konfektionsgröße gegriffen hatte und ihr somit weitere peinliche Augenblicke à la Presswurst erspart blieben. Die Bluse fühlte sich wirklich bequem an. Sie streifte sich schnell den Rock über, dann öffnete sie den Vorhang der Kabine und stellte sich vor den großen Spiegel.

Ihr Mund formte ein stummes Wow. Sanft strich sie mit den Händen von ihrer Taille ausgehend den Rock entlang. Die Bluse betonte ihren Busen, und ihre Taille sah unverschämt schmal aus. Der Rock schmeichelte zusätzlich mit seinen vertikalen Schwarz-Weiß-Streifen und ließ Lola optisch um gefühlte zehn Zentimeter größer wirken. Der zarte, schwarze Tüll umspielte ihre Knie. Das Outfit schrie förmlich danach, mit nach Hause zu gehen, um auf der von ihr so verhassten Hochzeit getragen zu werden. Die staunenden Blicke ihrer Freundinnen verrieten ihr, dass sie ebenso begeistert von dem Outfit waren wie sie.

»Ach, scheiß drauf! Ist gekauft!«, rief sie enthusiastisch.

Damit war es beschlossene Sache.

Ungeheuerlich schnell war der so verhasste Samstag da. Nach einer ausgiebigen Dusche zog Lola sich Unterwäsche an und ging zu Mia und Cordula ins Wohnzimmer. Ihr war klar, die beiden waren heute nur hier, um sicherzugehen, dass sie im letzten Moment keinen Rückzieher machte. Außerdem wollte Cordula, die im Theater als Visagistin arbeitete, ihr das Make-up machen.

Mit der Wahl ihrer Unterwäsche schienen beide unglücklich zu sein. Tadelnde Blicke trafen sie.

»Hast du nicht etwas in Schwarz?«, fragte Mia. »Das würde besser zur Bluse passen.«

Lola blickte an sich herunter. Über solche Kleinigkeiten hatte sie sich keine Gedanken gemacht.

»Also, ich hatte jetzt nicht die Absicht, meinen BH die ganze Zeit aus der Bluse hervorblitzen zu lassen.« Hilfe suchend blickte sie zu ihrer Nachbarin, während Mia bereits in ihrem Wäschefach nach einer anderen Kombination suchte. Doch von Cordula brauchte sie keine Hilfe erwarten. Die hielt zu Mia.

»Schwarz ist definitiv besser.«

Na, super! Noch einmal umziehen.

Mia hatte zwar schon eine schwarze Kombination in der Hand, ihre Aufmerksamkeit wurde allerdings von etwas anderem angezogen. Im ersten Moment fand Lola es gar nicht weiter wichtig, was Mia entdeckt hatte. Als sie dann aber die Leinwand hinter dem Kleiderschrank hervorkramte, interessierte es sie doch.

»Was ist das denn für ein geniales Bild? Warum versteckst du das hinter dem Kleiderschrank?«

Bei Lola hatte Schnappatmung eingesetzt. *Warum zum Henker muss Mia ständig ihre Nase in Dinge stecken, die sie nichts angehen?*

Stumm nahm sie ihr die Leinwand ab, um sie sofort wieder entschlossen hinter dem Kleiderschrank zu verstauen.

»Wahrscheinlich steht es dort, weil es niemand zu sehen bekommen soll!« Lola war sauer.

»Hast du gesehen, wer das war?«, blickte Mia zu Cordula herüber.

Ihre Nachbarin schien mehr Feingefühl zu besitzen. »Ich glaube, du solltest das jetzt besser lassen.«

»Hast du gesehen, wie echt das Portrait wirkt? Unglaublich. Als würde er jeden Moment von der Leinwand springen.«

Mia war so sehr in ihrer eigenen Welt gefangen, dass sie nicht mitbekam, wie Lola hochrot anlief und kurz davor war, ihrer Freundin eine zu scheuern. Wieder war Cordula es, die dezent versuchte, sie darauf aufmerksam zu machen.

»Wie gesagt, Mia. Halt den Mund!« Eine forsche Kopfbewegung in Lolas Richtung brachte schließlich den gewünschten Erfolg, und Mias Aufmerksamkeit richtete sich auf Lola. Diese stand immer noch in der falschen Unterwäsche da und kniff die Lippen fest aufeinander, um nicht vor Wut auszurasten.

»Oh«, entfuhr es Mia. Schweigend reichte sie Lola die schwarze Kombination. »Tut mir leid.«

Wortlos entriss sie Mia die Wäsche, um anschließend im Badezimmer zu verschwinden. Mit einem lauten Knall schlug sie die Tür hinter sich zu.

Als Lola angekleidet war und die hübschen Sandaletten an ihren Füßen spürte, stieg ihre Laune wieder in wärmere Gefilde an. Trotzdem war sie nervös. Noch nie hatte sie sich ein Make-up machen lassen.

»Übertreibe es bitte nicht. Ja?«

Beherzt griff Cordula in ihr Haar und fing an, es zu frisieren. »Keine Sorge. Du wirst dich noch wiedererkennen. Versprochen.«

Ihre Stimme war so klar und warm, dass Lola die Augen schloss, um die Prozedur über sich ergehen zu lassen.

Wenig später blickte sie ihrem Spiegelbild entgegen. Wie versprochen konnte sie sich noch erkennen. Es war auch überhaupt nicht zu viel Farbe im Gesicht. Ganz bewusst hatte Cordula keine grellen Farben gewählt. Vielmehr staunte Lola über den gleichmäßigen Teint und die Frische, die sie nun ausstrahlte. Ihr Gesicht hatte deutlich mehr Kontur bekommen. Ihr Antlitz wirkte hell und freundlich. Auf natürliche Weise stach der Glanz ihrer grünen Augen hervor. Der schwarze, schwungvolle Lidstrich tat sein Übriges. Auf den Lippen lag ein zart roséfarbener Lipgloss, und die Wangen schimmerten rosig.

Das Klingeln an der Tür riss Lola aus ihren Träumen. Sofort fing ihr Herz an, wie wild zu rasen. Manuel! Nun war der Augenblick also tatsächlich gekommen. Mit zittrigen Knien kam sie aus dem Bad heraus.

Mit einem Hauch von Stolz drückte Mia ihre Freundin an sich und reichte ihr die schwarze Clutch.

»Hab viel Spaß!«

Von Cordula kamen noch ein paar aufmunternde Worte, während Lola bereits die Treppen hinunterstieg.

»Dann lass es mal so richtig krachen, ja?«

»Was bleibt mir auch anderes übrig«, antwortete sie resigniert.

KAPITEL 8

In dein Herz

Mit jedem Schritt, den Lola tat, wurde sie nervöser. Bei vier Stockwerken war das eine ganze Menge Nervosität, die sich da ansammeln konnte. Sie atmete noch einmal tief durch und trat durch die Tür auf den Bordstein hinaus. Die Sonne schien heiß vom Himmel. Es versprach, ein warmer, sonniger Nachmittag zu werden. Perfektes Wetter für eine Hochzeit. Damit Lola besser sehen konnte, hob sie die rechte Hand über die Augen und schirmte sich vor der grellen Mittagssonne ab.

Sie hörte Schritte hinter sich und drehte sich um. Manuel kam lässig daher und machte in seinem schwarzen Anzug einen unwahrscheinlich guten Eindruck. Die Haare fielen ihm wie gewohnt in die Stirn. Sie war froh darüber. Mit Gelfrisur konnte sie sich Manuel beim besten Willen nicht vorstellen. Verlegen blieb er mit einem kleinen Abstand zwischen ihnen stehen.

»Du siehst wirklich atemberaubend aus«, versuchte er sich an einem Kompliment.

»Danke sehr«, grinste sie verschmitzt. »Du aber auch. Sogar mit Anzug. Ich hätte dir auch Jeans zugetraut.«

»Nun, ja. Ich weiß doch, was sich gehört.«

Vom Dachgeschoss her war ein markdurchdringender Pfiff zu hören, der beide aufschrecken ließ. Cordula ließ grinsend die Hände sinken und Mia klatschte.

»Vielleicht sollten wir einfach fahren? Was meinst du?«, fragte Manuel, dem die Situation genauso unangenehm war wie ihr.

»Natürlich«, entgegnete sie. Sie war erleichtert, aus dem Blickfeld der Mädels verschwinden zu können.

Er blieb vor einem gelben VW-Käfer stehen und öffnete die Beifahrertür. Das leuchtende Gelb des Autos glänzte in der Sonne.

»Wo hast du den denn aufgetrieben?«

»Eine kleine Leihgabe meines Vaters. Er hat eine Schwäche für alte Autos.«

Ehrfürchtig blickte Lola sich im Wageninneren um. Das Auto musste mindestens 40 Jahre alt sein. Vor lauter Respekt setzte sie sich kerzengerade hin.

Manuel nahm auf der Fahrerseite Platz. Während sie sich krampfhaft an ihrer Tasche festhielt, suchte er nach passenden Worten. Seinem Blick war anzusehen, welch große Überwindung es ihn kostete, ihr jetzt zu sagen, was ihm auf dem Herzen lag.

»Ich weiß eigentlich gar nicht, wie ich es dir überreichen soll, ohne dass es kitschig wirkt. Ich wollte mich einfach bei dir bedanken. Dafür, dass du mich nicht so dämlich dastehen lässt und ich jetzt nicht am Singletisch mit den anderen Verlierern sitzen muss. Also … Hier, bitte. Für dich.«

Er drückte ihr ein Päckchen in die Hand. Ehrlich überrascht öffnete sie die kleine Schleife, die darum gebunden war, dann entfernte sie das Papier. Ein mit dunkelrotem Samt bezogenes Schmuckkästchen kam zum Vorschein. Verlegen schaute sie Manuel an, der ihren Blick richtig deutete.

»Keine Angst. Es ist kein Diamant oder so etwas Ähnliches.«

Erleichtert öffnete sie die kleine Klappe. Ein zartgrünes ledernes Armbändchen mit einem Anhänger kam zum Vorschein. Sie betrachtete den Anhänger genauer. Er bestand aus drei Teilen. Ein silbernes Blatt, eine silberne Taube und ein mit einem grünen Stein eingefasster silberner Anhänger.

»Ich dachte, es passt so schön zu deinen smaragdgrünen Augen«, hörte sie ihn sagen, während sie mit der Fingerspitze sachte über das Schmuckstück fuhr.

»Es ist wunderschön«, erwiderte sie. Gerührt nahm sie das Armband aus der Schachtel und öffnete den Verschluss. Sie versuchte, es sich umzulegen, der Verschluss wollte aber einfach nicht zuschnappen.

»Darf ich vielleicht?« Seine fragenden Augen schauten unbeholfen.

»Aber ja, klar. Wieso nicht?« Sie hielt ihm ihren Arm hin und Manuel nahm das Armband in seine Hände, damit er es ihr um das Handgelenk legen konnte. Mit einem Grinsen auf den Lippen musste sie an ihre früheren Begegnungen mit ihm denken.

»Weißt du, Manuel. Erst hilfst du mir dabei, meine Wohnungstür und den Motorradhelm zu öffnen und jetzt auch noch das Armband zu verschließen. Du hast eindeutig ein Helfersyndrom.«

Manuel schmunzelte. »Leider ist es nur das Armband«, entgegnete er gedankenversunken, während er den Verschluss um ihr Handgelenk zusammenführte. Seine Finger streiften kurz ihr Handgelenk, bevor er seine Hände zurückzog und sich seine widerspenstige Haarsträhne aus der Stirn strich. Er legte eine Hand ans Lenkrad, drehte mit der anderen den Zündschlüssel im Schloss herum und startete den Wagen.

Krampfhaft versuchte Lola den Hüpfer, den ihr Herz bei Manuels sanfter Berührung gemacht hatte, zu verdrängen. Von ihrem eigenen Herzschlag verraten, schaute sie trotzig zum Seitenfenster hinaus.

»Wie meinst du das? Nur das Armband«, wollte sie jetzt wissen.

»Ich hätte nichts dagegen, dich in mein Herz zu schließen, aber du lässt mich ja einfach nicht.« Sein Blick war gelassen auf die Straße gerichtet. Lola starrte ihn ungeniert an.

Automatisch musste sie an Kristofs Worte denken. Als wäre das nicht schon genug, kam ihr Manuels Satz, der einer Offenbarung gleichkam, wieder in den Sinn: *Ich habe das Gefühl, ich würde dich schon ewig kennen.*

Der kleine gelbe Käfer parkte am Straßenrand. In der Ferne konnte man bereits die Kirchenglocken läuten hören.

»Und? Bist du bereit?«

Lola nickte.

»Schön! Ich nämlich nicht.«

Ihr kam in den Sinn, dass vielleicht nicht nur ihr mulmig zumute war. So wie Manuel aussah, schien es ihm ganz ähnlich zu gehen. Zum zweiten Mal in ihrem Leben fand sie sich zu diesem Mann hingezogen, der unverblümt einfach so zugab, wie nervös er gerade war.

»Wenn du versprichst, immer in meiner Nähe zu bleiben, versuche ich dir, so gut es geht, durch die Feier zu helfen. Einverstanden?«, schlug sie vor.

Mit einem herzensguten Ausdruck in den Augen, der Lola förmlich dahinfließen ließ, blickte er sie an.

»Aber natürlich. Ich werde ganz sicher auf dich achtgeben.«

Die Hochzeitszeremonie war opulenter, als sie es sich in ihren kühnsten Träumen auch nur hätte vorstellen können. Die festlichen Kleider der Hochzeitsgesellschaft waren atemberaubend. Die Blumenkinder standen bereits am Eingang parat und warteten auf ihren großen Auftritt. Manuel wich, wie versprochen, nicht von ihrer Seite.

Als sie das Gelände der Kirche erreichten, bot er ihr seinen Arm an. Die vielen fremden Blicke bohrten sich durch sie hindurch. Als er sie seiner engsten Familie vorstellte, war ihr bang ums Herz. Zwar schienen seine Eltern erfreut, ihren Sohn in so netter Begleitung zu sehen, doch Lolas Unsicherheit blieb. Der skeptische Blick seiner pubertierenden Schwester haftete zusätzlich an ihr. Verlegen zupfte sie sich hier und da die Kleider zurecht. Inständig hoffte sie, ihn und sich selbst nicht mit einem Fettnäpfchen zu blamieren.

Voller Ehrfurcht begleitete sie Manuel schließlich den Mittelgang entlang. In der vierten Reihe nahm sie widerwillig, aber brav neben seiner Schwester Platz. Schnell riskierte sie noch einen Blick in ihr Handy, um es dann auszuschalten. Auf keinen Fall wollte sie diejenige sein, deren Handy während der Zeremonie anfing zu klingeln. Das könnten heute mal getrost andere für sie übernehmen. War schließlich nicht ihre Familie, die sich hier heute das Jawort gab. Die Orgel begann zu spielen.

»Da kommt Jonas«, hörte sie Manuels Schwester sagen. Alle Köpfe drehten sich zum Mittelgang, um einen Blick auf den Bräutigam zu erhaschen. Zwar verweilte Lolas erster Blick ebenfalls auf dem Bräutigam, der zweite Blick allerdings galt jemand ganz anderem. Panik kochte in ihr hoch, als sie ein paar Reihen hinter sich Kristof entdeckte. Er hatte sie noch nicht gesehen. Sogleich drehte sie den Kopf wieder nach vorne und rutschte auf ihrem Sitz ein Stück nach unten. In diesem Augenblick wünschte sie ihre leuchtenden, kupferroten Haare zum Teufel.

»Ist alles in Ordnung?«, fragte Manuel, dem Lolas Reaktion nicht entgangen war.

»Ja, natürlich. Wieso fragst du?«

Sein Blick glitt zu den hinteren Bankreihen. Spätestens jetzt rutschte ihr Herz vollends in die Hose. Doch ehe sie komplett den Verstand verlieren konnte, drehte Manuel sich wieder zu ihr herum.

»Nur so.«

Oh, gut. Er weiß also nicht, wer dort hinten sitzt. Das soll auch gefälligst so bleiben!

In diesem Moment setzte die Musik zum Einmarsch der Braut ein. Alle Blicke waren wieder auf den Mittelgang gerichtet. Nur Lola blickte verstört auf den Fußboden. Von der eigentlichen Zeremonie bekam sie kaum etwas mit. Ihre Gedanken drifteten ständig zu Kristof. Inständig hoffte sie, dass er sie unter den vielen Gästen nicht erkennen würde. Während sich das Brautpaar vorne am Altar ewige Liebe schwor, bildete sie sich ein, dass Kristof sie jetzt, in diesem Augenblick, von hinten anblickte und ganz genau wusste, wer sie war.

Ist ja nicht zum Aushalten! Ganz in Gedanken schreckte sie hoch, als über ihr auf der Empore eine glockenklare Stimme das Lied *Halleluja* sang. Als der Bräutigam den Schleier seiner frisch angetrauten Frau lüftete und sich beide heiß und innig küssten, stand sie widerwillig mit auf und versuchte, sich mit dem jungen Glück zu freuen.

Das Brautpaar hatte bereits die Kirche verlassen, als sie zusammen auf den Mittelgang hinaustraten, um ebenfalls ins Freie zu gelangen. Lola wagte einen zaghaften Blick in die Richtung, in der Kristof eben noch gesessen hatte. Er war nicht mehr zu sehen. Erleichtert hakte sie sich bei Manuel ein und folgte ihm und den anderen Gästen nach draußen. Doch selbst während der viertelstündigen Fahrt zu den weiteren Festlichkeiten schlug ihr Herz bis zum Hals. Sie ahnte Schlimmes.

Manuel lehnte an der gegenüberliegenden Wand der Damentoiletten und sprach mit zwei ihr unbekannten jungen Herren. Als er sie erblickte, legte sich ein Lächeln auf seine Lippen.

»Seht. Da kommt sie.« Er stieß sich von der Wand ab und die beiden Jungs drehten ihre Gesichter ebenfalls in ihre Richtung. Einer von beiden war dunkelhäutig, groß gewachsen und eine wahre Schönheit. Der andere wirkte gedrungen und hatte mit seinen halblangen Haaren und dem Vollbart ein eher ungepflegtes Erscheinungsbild.

Es stellte sich heraus, dass sie zusammen in der Band spielten. Der kleine Schlampige spielte Schlagzeug und Will Smith junior spielte Gitarre. Lola verstand nach dem kurzen Gespräch allerdings noch nicht, warum die beiden hier waren. Manuel klärte sie auf, während er sie in das große weiße Festzelt auf der Wiese führte, in dem die Feier stattfinden sollte.

»Aaron, Martin und ich werden heute auftreten und ein paar Lieder spielen. Siehst du? Dort drüben.« Er deutete auf die große Bühne, die man auf der Wiese aufgestellt hatte. Der Rasen zwischen Bühne und Festzelt war mit einer großen Tanzfläche ausgestattet worden. Ums Tanzen würden sie heute also nicht herumkommen.

An den beiden kurzen Enden des Festzeltes schwebte zarter Organzastoff, welcher der Atmosphäre eine gewisse Leichtigkeit verlieh. In der Mitte der langen Seite hatte man einen langen Tisch aufgestellt. Die Blumendekoration ließ erkennen, dass es sich hierbei um den Tisch des Brautpaares handelte. Rechts und links davon waren runde Tische platziert, und an jedem einzelnen Platz befand sich ein Namenskärtchen. Manuel fing an, um einige Tische herumzugehen.

»Ich weiß nur, dass wir unsere Namen auf der linken Seite finden werden. Die Tischnummer hab ich mir leider nicht gemerkt.«

»Das ist halb so schlimm«, winkte sie ab. Lola bewunderte die liebevoll gedeckten Tische, während sie einen Tisch nach dem anderen nach ihren Namensschildchen abklapperten. Der Blumenschmuck war sehr romantisch. Alles war in Weiß- und Pastelltönen gehalten. Das Kristall der Gläser glänzte in der Sonne. Manuel deutete auf zwei Plätze.

»Hier sind wir ja. Möchtest du dich setzen oder noch auf einen Sprung zur Empfangsterrasse? Ich könnte dich ein paar Freunden vorstellen. Champagner gibt's bestimmt auch.«

»Bei Champagner sag ich nicht Nein.«

Erneut reichte er ihr seinen Arm. »Dann darf ich bitten, junge Dame?« Verschmitzt blickte er sie von der Seite an. Nur zu gerne spielte sie sein Spielchen mit.

»Aber sicher doch, der Herr.«

Manuel organisierte gerade zwei Gläser Champagner, als Lola abermals Kristof erblickte. Dieses Mal sah er sie allerdings auch. Jetzt war sie froh, im Vorteil zu sein. Während ihm sämtliche Gesichtszüge entglitten, konnte sie, da sie auf eine Konfrontation mit ihm vorbereitet war, die Fassung bewahren. Er hingegen fror förmlich ein. Mit je einem Glas Champagner in den Händen hielt Manuel auf sie zu. Kristof schaute von Lola zu Manuel und wieder zurück. In seinem Gesicht konnte man lesen wie in einem offenen Buch. Erstaunen lag darin, gepaart mit Eifersucht, und schließlich pure Enttäuschung.

Sie hingegen widmete ihre Aufmerksamkeit seiner Begleitung. Das war also seine Ehefrau. Ihr wurde ganz unwohl in der Bauchgegend, als ihr bewusst wurde, dass sie diese Frau mit ihrem Mann betrogen hatte.

Manuel reichte ihr ein Glas. »Hier. Bitte schön. Ist noch eiskalt.« Er versuchte ein wenig Small Talk, während ihre Blicke immer wieder zu Kristof hinüberdrifteten. Auch Kristof ließ sie nicht mehr aus den Augen.

»Und? Wie gefällt dir die Hochzeit?«, fragte Manuel und nippte an seinem Glas.

»Och, eigentlich ganz gut. Die Stimmung ist klasse und die Location ist der Hammer.«

»Ich bin überrascht, dass mich bis jetzt noch keiner von meinen Verwandten überfallen hat, um mich an die Bar zu schleifen. Mit einer hübschen Begleitung zu erscheinen, hat demnach eindeutig seine Vorteile.« Erleichtert prostete er ihr zu und trank erneut.

»Da freu dich mal nicht zu früh. Ich halte mich hier nur zurück, weil der offizielle Teil noch nicht beendet ist.«

»Okay. Ich fühle mich gewarnt. Aber ich werde aufpassen, dass du dich besser benimmst als auf der Party bei uns. Einverstanden?« Ein schelmisches Grinsen glitt über sein Gesicht.

»Für wen hältst du mich? Ich kann ganz gut zwischen einer Studentenparty und einer gesitteten Hochzeitsgesellschaft unterscheiden. Ich weiß schon, was sich gehört.«

Sie wurden gebeten, ihre Plätze einzunehmen. Kristof, der immer noch verstohlene Blicke in ihre Richtung warf, entfernte sich mit seiner Frau. Lola war gespannt zu erfahren, wo die beiden Platz nehmen würden.

Sie ließ den Blick über die Tische wandern und entdeckte Kristof nur zwei Tische entfernt neben seiner blonden Frau sitzen. Mit einer Taille wie ein junges Mädchen und blonden, üppig gewellten, langen Haaren ließ sie jede normale Frau in ihrer Nähe vor Neid erblassen. Amüsiert stellte Lola fest, wie sich auf Kristofs Stirn viele kleine Schweißperlen bildeten. Zum ersten Mal in seinem Leben schien der Kerl ins Schwitzen zu geraten. Erst viel zu spät bemerkte sie, wie Manuel ihren Blicken zum anderen Tisch folgte.

»Kennst du da drüben jemanden?«

Ertappt versuchte sie, sich unauffällig wieder zu ihrem eigenen Tisch hinzuwenden.

»Aber nein! Ich habe mich nur umgeschaut. Wieso fragst du?« Lola nestelte an der Tischdecke herum und rückte ihre Tasche auf dem Schoß zurecht. Sie war nervös, und dass Manuel sie immer noch eindringlich ansah, machte diesen Zustand nicht besser. Erneut ging sein Blick zu Kristof hinüber und wieder zu ihr zurück.

Ein fürchterlicher Gedanke überkam sie. Falls die beiden Männer sich kannten, bräuchte Manuel nur noch eins und eins zusammenzählen. Schließlich wusste er, wie ihr Mr. Loverlover mit Vornamen hieß. Es würde sie nicht wundern, wenn sie mittlerweile ebenso viele kleine Schweißperlen auf ihrer Stirn glitzern hätte wie Kristof. Sie traute sich gar nicht mehr, Manuel in die

Augen zu schauen, und genehmigte sich erst einmal einen kräftigen Schluck von ihrem Weißwein.

Nachdem der Nachtisch serviert worden war, stand Manuel auf. »Ich habe zwar versprochen, dich den ganzen Abend nicht alleine zu lassen, aber ich muss jetzt zur Bühne. Mein Hochzeitsgeschenk einlösen, quasi. Bin ich entschuldigt?«

»Aber natürlich«, nickte sie ihm freundlich zu. »Ich bin ja nicht alleine. Ich sitze hier und genieße die Feier, bis du zurückkommst.«

Da ihr unmittelbarer Sitznachbar in ein intensives Gespräch mit seiner anderen Sitznachbarin vertieft war, beschloss sie, auf Small Talk zu verzichten, und hing ihren Gedanken nach. Zweimal wagte sie einen verstohlenen Blick in Kristofs Richtung. Beide Male aber trafen sich ihre Blicke nicht.

Nach ungefähr zehn Minuten tat sich etwas auf der Bühne. Lola konnte sehen, wie zwei Männer in Anzügen die Bühne betraten und zu ihren Musikinstrumenten gingen. Amüsiert stellte sie fest, dass sie den obersten Hemdknopf gelöst, die Krawatte gelockert und ihre Sakkos ausgezogen hatten. Dieser Anblick erheiterte nicht nur sie.

In diesem Augenblick betrat Manuel ebenfalls im gleichen Outfit wie seine Bandkollegen die Bühne und die Menge fing an zu applaudieren. Markdurchdringende Pfiffe flogen durch die Luft. Lola fühlte diesen magischen Moment mit und bekam Gänsehaut. Sie setzte sich aufrecht hin und rückte ihren Stuhl etwas weiter nach rechts, um besser sehen zu können. Berauscht von der Atmosphäre war sie gespannt, was als Nächstes kommen würde.

Das Brautpaar blickte sich verliebt in die Augen. Die ersten zarten Klänge drangen zu den Gästen herüber.

Während Manuel die Gitarre richtete, stellte er sich vor das Mikrofon und stieg in die Melodie mit ein.

»Es ist uns eine große Ehre, heute Abend euer Lied für euch zu spielen. Marie und Jonas. Das ist für euch.«

Gespannt lauschte Lola den Klängen der Musik. Sie ahnte, welches Lied er und seine Kollegen jetzt spielen würden. Sie lehnte sich auf dem Stuhl zurück und blickte starr auf die Bühne.

Mit klarer Stimme fing Manuel an zu singen. Lola lauschte, von seiner kraftvollen Intonation in den Bann gezogen.

Herrgott! Der Mann kann ja richtig singen! Sie blickte sich verlegen um und erkannte, dass es nicht nur ihr so ging. Alle Gäste schauten gebannt auf die Bühne und hörten ihm zu, während das Brautpaar glücklich seinen Hochzeitstanz vollzog.

Manuels Blick traf den ihren, während er gefühlvoll die nächste Zeile ihres Lieblingsliedes von Revolverheld sang. Sein Blick verweilte noch für eine weitere Sekunde auf ihr, dann widmete er sich dem Rest des Publikums.

Ohne Vorwarnung traf sein Blick sie etwas später erneut, als er zum Refrain ansetzte. »Ich lass für dich das Licht an …«

Lola konnte den Blick nicht von ihm abwenden und verlor sich in seinen Augen.

Der Instrumentalteil begann. Im Takt der Musik wiegend genoss sie mit allen Sinnen diese unerwartete Vorstellung.

Mit fest geschlossenen Augenlidern nahm sie schließlich Manuels Stimme wieder in sich auf. Seine Stimme wärmte ihr Herz.

Als sie ihre Augen wieder öffnete, war der Song vorbei. Schnell tupfte sie sich ihre feuchten Augenlider mit einem Taschentuch. Ihr Blick wanderte zur Bühne hinauf. Dort wartete ein Lächeln auf sie, das nur ihr galt.

Das Publikum jubelte. E-Gitarren und Schlagzeug drangen an ihr Ohr. Die Menge bewegte sich im Takt mit und strömte auf die Tanzfläche. Hätte ihr jemand vor fünf Minuten gesagt, dass hier gleich solch eine Bombenstimmung herrschen würde, sie hätte ihn für bekloppt erklärt.

Sie stellte sich etwas abseits. Von hier konnte sie die Bühne noch besser sehen. Die Jungs schienen voll in ihrem Element zu sein. Manuel spielte mit einer Selbstverständlichkeit geschmeidig Gitarre, während er gleichzeitig sang und performte, was das Zeug hielt. Erneut fing er ihren Blick ein, doch schon ein paar Augenblicke später verlor Lola ihn wieder an das Publikum.

Ein junger Mann, wohl in ihrem Alter, kam auf sie zu. »Möchtest du tanzen?«

Lola fühlte sich geehrt, zögerte aber einen Moment. Sie warf einen Blick auf die Bühne und anschließend auf die mittlerweile volle Tanzfläche und gab sich einen Ruck.

»Klar. Wieso nicht?« Sie verschwand mit dem Unbekannten in der Menschenmenge und bewegte sich ausgelassen im Takt der Musik. Doch immer wieder schweifte ihre Aufmerksamkeit auf die Bühne, wo sie Manuels Blicken begegnete. Jedes Mal errötete sie.

Ihr Tanzpartner besaß wenig Taktgefühl. Ungeniert tanzte er dichter an sie heran. »Du bist mit Manuel hergekommen. Hab ich Recht?«

Lola blickte in das neugierige Gesicht ihres Gegenübers. »Ja. Wieso?«

»Die Blicke zwischen euch beiden sind vielversprechend. Kann das sein?«

»Du bist ganz schön neugierig.« Ein verschmitztes Lächeln legte sich auf ihre Lippen, während sie verstohlen einen weiteren Blick auf die Bühne warf. Manuel war die Unterhaltung zwischen ihr und dem jungen Mann nicht entgangen.

»Ich mach mir halt Sorgen um meinen Kumpel. Darf man da nicht nachfragen?«

»Du willst doch nur wissen, ob ich vergeben bin oder nicht«, konterte sie.

»Erwischt.«

War das zu glauben? Das Letzte, was Lola jetzt gebrauchen konnte, war noch ein Kerl mehr in ihrem Leben. Trotzdem hakte der Unbekannte nach.

»Und?«

»Und was?«

Ihr Tanzpartner rollte mit den Augen, dann wurde er konkreter. »Ob du nun vergeben bist, würde mich interessieren.«

Lola musste sich zusammenreißen, um nicht einfach von der Tanzfläche zu flüchten und das Weite zu suchen. Schließlich schüttelte sie mit dem Kopf.

Der junge Mann gab auf. »Okay, okay. Ich hab verstanden. Ich überlass das Revier wieder den anderen Platzhirschen.« Er war im Begriff, sie einfach auf der Tanzfläche stehen zu lassen, doch Lola hielt ihn am Arm zurück.

»Hey! Deine gekränkte Eitelkeit kannst du später ausleben. Du hast mich um diesen Tanz gebeten und ich habe Ja gesagt. Also tanzen wir, verstanden?« Lola und Mr. Unverschämt tanzten also noch brav zu Ende.

Schließlich übernahm der DJ die tanzende Menge. Mr. Unbekannt stand während der kurzen Musikpause neben ihr und wartete wie alle anderen darauf, dass es weiterging.

»Wie heißt du eigentlich?«, fragte er plump.

»Lola«, antwortete sie knapp.

»Und wie sieht's aus, Lola? Schenkst du mir noch einen Tanz?«

Sie zuckte mit den Schultern. »Wieso nicht?«

Der unbekannte junge Mann fasste neuen Mut und wiegte sie gleich schwungvoll im Takt. Für ihren Geschmack war er etwas zu schwungvoll, und sie versuchte verzweifelt wieder auf Abstand zu gehen. Der Typ wurde direkt aufdringlich.

Manuel drängelte sich durch die tanzende Menge hindurch und hielt auf sie zu. Mal wieder kam er ihr wie der Retter in der Not vor. Begeistert lächelte sie ihn an. Er sprach Mr. Unbekannt von der Seite an. Die beiden kannten sich anscheinend.

Ohne ein weiteres Wort verschwand der junge Mann in der Menschenmenge. Lola blickte ihm noch hinterher, konnte sich aber nicht lange auf ihn konzentrieren, da Manuel gefährlich nahe an sie herantrat. Sie musste ihr Augenmerk schnell auf ihre Atmung lenken, die verdächtig hektisch und unregelmäßig zu werden drohte. Sie konnte seinen Atem an ihrer Wange fühlen.

»Die ganze Zeit musste ich von dort oben verfolgen, wie Sam dich hier auf der Tanzfläche anbaggert. Bitte entschuldige, aber das konnte ich nicht länger mit ansehen. Darf ich dich zum Tanz bitten oder muss ich Sam zurückholen?«

Da brauchte sie nicht lange zu überlegen.

»Wenn du ihn zurückholst, gehe ich!«

Ohne Lola um Erlaubnis zu fragen, umfasste er ihre Taille. Augenblicklich stockte ihr Atem. Ganz nah zog er sie an sich heran.

»Genau das wollte ich hören.«

Von Manuel überrumpelt wirbelten sie über die Tanzfläche. Tatsächlich gelang es ihm, auf Tuchfühlung zu gehen, ohne dabei aufdringlich zu wirken. Die Berührung seiner Hände brannte heiß auf ihrem Körper. Die Umarmung im Tanz ließ sie erschauern. Den verheißungsvollen Blick, den er ihr die ganze Zeit über zuwarf, genoss Lola mehr, als sie erwartet hätte. Seine Dominanz im Tanz wirkte durchaus anziehend auf sie. Locker und leicht waren seine Schritte, die sie ohne Mühe über die Fläche führten.

Lola war überrascht, wie sehr ihr die Nähe zu Manuel gefiel. Mehr als einmal erwischte sie sich dabei, wie ihre Augen zu seinem Mund hinabglitten und sie das drängende Gefühl verspürte, ihn an sich heranzuziehen. Sie wollte ihn küssen. Ja. Das wollte sie! Die Anwesenheit von Kristof hatte sie völlig verdrängt. Als das Lied vorbei war, war sie vollkommen aus der Puste.

»Ich glaube, du brauchst eine Pause.«

Lola nickte. Während Manuel seinen Arm um ihre Taille legte und sie zu ihren Plätzen führte, legte sie beide Hände an seine Schulter, um ihren Kopf anzulehnen. Manuel so nahe zu sein fühlte sich gar nicht mal so schlecht an. Mittlerweise genoss sie seine Nähe tatsächlich.

Nachdem sie sich an ihren Tisch gesetzt hatten, rückte sie sogar noch dichter an ihn heran. Manuel sah unendlich glücklich aus. Während er Wasser nachschenkte, plapperte Lola unbefangen drauflos.

»Ich muss ehrlich gestehen, ich hätte nicht gedacht, dass du so ein guter Sänger bist. Ich bin tief beeindruckt.«

Sie nahm einen tiefen Schluck vom Wasserglas und ließ den Blick durch das Zelt schweifen. Das Brautpaar war immer noch auf der Tanzfläche. Am Rand konnte sie Manuels Eltern stehen sehen. Ein paar Mal blickte seine Mutter zu ihnen herüber.

»Und nun hast du eine bessere Meinung von mir als vorher?«, fragte er sie amüsiert. Er trank ebenfalls einen Schluck von seinem Wasser. Ihr Blick konnte seinem nicht standhalten.

»Manuel, du mal wieder. Also … Wie du das jetzt sagst.« Sie war wie vor den Kopf gestoßen. »Ich hatte niemals eine schlechte Meinung von dir. Es ist nur so, dass …«

Das Wasserglas glitt von einer Hand in die andere. Sie wollte nicht weitersprechen. Die Stimmung war doch gerade so schön.

Doch Manuel ließ nicht locker. Auf seiner Stirn kamen ein paar Falten zum Vorschein. »Dass was?«

»Ist halt alles Chaos in meinem Leben. Das weißt du doch. Aber wir sollten heute Abend nicht über mein Leben reden. Das zieht uns nur unnötig runter.«

»Du machst mich direkt neugierig.«

Obwohl sie weiter auf das Wasserglas starrte, konnte sie spüren, wie seine warmherzigen Augen auf ihr ruhten.

»Aber wie dem auch sei«, hörte sie ihn das Thema wechseln. »Ich freue mich, dass du mitgekommen bist. Natürlich auch darüber, dass du keine schlechte Meinung von mir hast. Da besteht also tatsächlich noch so etwas wie Hoffnung. Ich genieße die Party mit dir.«

Ihre Augen huschten vom Wasserglas empor und blickten direkt in seine aufrichtigen braunen Augen. Bevor der Mut sie wieder verlassen konnte, sprach sie schnell aus, was sie fühlte.

»Und ich bin froh, hier zu sein. Bei dir. Ganz ehrlich.« Während Lola es aussprach, meinte sie es auch wirklich so.

Ganz kurz verweilten Manuels Augen auf ihren Lippen. Lola ahnte, welche Wirkung ihre Worte auf ihn hatten. Sein Blick war so klar wie das Meer. So voller Hoffnung, wie sie es selten erlebt hatte.

Ach, Manuel. Wieso ist das alles nur so kompliziert? Sie stellte die Frage aber nur in ihren Gedanken, und bevor hier noch etwas passieren konnte, was sie später bereuen würde, sprang sie hektisch auf. Sie griff nach ihrer Handtasche. Beinahe wäre sogar noch das Weinglas umgekippt, doch Manuel konnte es zum Glück auffangen.

»Ich muss mal eben für kleine Mädchen. Du entschuldigst mich?« Panisch machte sie sich auf den Weg ins Hauptgebäude und ließ ihn am Tisch alleine zurück. Er versuchte zwar, die Fassung zu bewahren, doch seine Enttäuschung war ihr trotzdem aufgefallen.

»Oh, wie mies du doch bist«, schimpfte sie leise mit sich selbst, während sie über die Wiese ging. »Was ist denn bloß in dich gefahren? Ständig tust du dem armen Kerl weh. Du benimmst dich wie der letzte Arsch.«

Lola fühlte sich schlecht. Ihr war sehr wohl bewusst, dass sie sich gerade mal wieder nicht unter Kontrolle gehabt hatte. Manuels Nähe und Gegenwart als abstoßend zu empfinden war ganz eindeutig einfacher gewesen, als sich so sehr zu ihm hingezogen zu fühlen. Darüber musste sie ernsthaft nachdenken. Dessen war sie sich bewusst. Da sie aber nun tatsächlich ein menschliches Bedürfnis verspürte, ging sie eiligen Schrittes die Treppen hinauf und lief zu den Toiletten.

Sie hockte auf dem Klo und ließ die Beine hängen. Mit den Schultern gegen die Wand gelehnt schaute sie zur Decke hinauf.

»Opa. Hast du nicht einen Tipp für mich?«

Sie hatte keine Ahnung, wie sie aus der Nummer wieder herauskommen sollte. Doch Opa sagte nichts. Er war gar nicht da.

Sie ging zu den Waschbecken, um sich im Spiegel zu betrachten. Das Haar war vom vielen Tanzen etwas aus der Form geraten, daher versuchte sie es wieder festzustecken.

Eine Aussprache mit Manuel war unausweichlich. Der arme Kerl sollte nicht weiter unter ihrer Gefühlsduselei leiden müssen, beschloss sie. Ganz leicht und fast unsichtbar erschien ihr Opa, vor der Laube auf seiner alten Gartenbank sitzend, durch den Spiegel. Er rauchte seine Pfeife und lächelte sie anerkennend an. Da wusste sie, dass sie die richtige Entscheidung getroffen hatte.

Jemand packte sie am Arm und zog sie in einen Seitengang hinein. Ehe sie erkennen konnte, wer sie grob hinter sich herzog, befand sie sich außer Sichtweite der großen Masse. Sie strich sich die Bluse glatt. Es war Kristof, der fordernd vor ihr stand. Lola konnte es nicht fassen.

»Spinnst du? Wenn uns jemand sieht!« Nervös riskierte sie einen Blick über die Schulter. Unter keinen Umständen wollte sie hier mit ihm zusammen gesehen werden, doch er ging gar nicht auf sie ein.

»Lola. Was machst du hier?«

»Ich bin eingeladen«, antwortete sie pikiert. »Hätte ich allerdings gewusst, dass du auch mit von der Partie bist, hätte ich bestimmt dankend abgelehnt.«

Seine Miene verfinsterte sich mehr und mehr. »Warum verschweigst du mir, dass du einen Freund hast? Die peinliche Begegnung vorhin auf der Terrasse hätten wir uns getrost sparen können.«

Sie hatte sich wohl verhört.

»Was heißt hier mein Freund? Ich habe keinen Freund, das weißt du doch ganz genau. Und jetzt tue bitte nicht so, als hätte ich dich hintergangen. Dazu hast du nämlich kein Recht.«

»Natürlich habe ich das nicht«, lenkte Kristof ein. »Trotzdem bin ich nicht blöd. Ich habe Augen im Kopf.«

»Du! Ich hab wirklich keinen Schimmer, wie du auf den dämlichen Gedanken kommst, ich hätte etwas mit Manuel am Laufen. Dem ist ganz gewiss nicht so. Aber selbst wenn, was hätte das dann mit uns zu tun?«

»Ach, komm. Sei ehrlich. Ich habe euch zwei doch gerade zusammen gesehen. Du kannst mir nicht weismachen, dass das nur rein freundschaftlich ist. Es wäre nur fair gewesen, mir das mit euch beiden zu sagen.«

Lola traute ihren Ohren nicht. Kristof machte ihr tatsächlich eine Szene.

»Ich fass es nicht!« Das konnte sie so nicht stehen lassen. »Fair? Du sprichst von Fairness? Du bist doch derjenige von uns, der seine Frau betrügt!« Sie hatte genug von dieser Farce. Was auch immer Kristof falsch interpretiert hatte … Auf keinen Fall war sie bereit, sich vor ihm zu rechtfertigen. Immerhin hatte sie nichts falsch gemacht.

»Das ist mir zu blöd«, warf sie ein. »Ich geh jetzt.«

Flink entzog sie sich seinem Griff und ergriff die Flucht. Seine schnellen Schritte folgten ihr auf dem Fuße. Als sie um die Ecke bog, blieb sie wie angewurzelt stehen. Es war Manuel, der lässig an der Wand gelehnt vor ihnen stand. Sein Gesichtsausdruck allerdings war alles andere als entspannt.

»Eigentlich hab ich es den ganzen Abend über schon gewusst. Das ist also dein Kristof. Die Welt ist ja sowas von klein. Wer hätte das gedacht!« Mit dem Fuß stieß er sich von der Wand ab und baute sich vor beiden auf. Wie eine kalte Mauer aus Stein wirkte seine Erscheinung. Seine Hände waren tief in den Taschen vergraben.

»So langsam ergibt das alles einen Sinn«, provozierte er weiter. »Sag mal, Kristof. Was sagt Tess eigentlich zu der ganzen Sache hier?« Fordernd sah er Kristof ins Gesicht. Lola spürte Kristof in ihrem Rücken vor Nervosität hin und her wippen.

»Manuel! Was soll denn das? Das muss doch wirklich nicht sein, oder?«

Doch Manuel geriet jetzt erst so richtig in Fahrt. »Ach! Ich soll mich wohl beruhigen! Wie?«

Stumm wie ein Mäuschen stand Lola zwischen den beiden Herren und machte sich so klein wie nur möglich.

Kristof wurde ebenfalls lauter. »Junge! Ich hatte keinen blassen Schimmer, dass du der Kerl bist, von dem Lola immer gesprochen hat.«

Okay, dachte sie. Nun war es also amtlich. Die beiden Herren kannten sich. Das machte die Situation allerdings nicht einfacher für sie. Sie wusste nicht mehr, wo oben oder unten war. Sie wusste nur, dass sie so schnell wie möglich verschwinden wollte. Sie ging ein paar Schritte auf Manuel zu, um seinen Blick einzufangen. Als ihr das gelang, erschrak sie über die Kälte, die er ausstrahlte. Trotzdem versuchte sie leise auf ihn einzureden.

»Bitte hör auf, Manuel. Ich wollte gerade eben zu dir gehen und mich mit dir aussprechen. Mir ist bewusst, wie unangenehm diese Situation für dich sein muss, aber es hilft wirklich keinem weiter, wenn seine Frau auch noch davon erfährt.«

Manuel hielt ihrem Blick stand und schien gedanklich abzuwägen.

»Was soll ich nicht wissen?«, hörte sie eine weibliche Stimme hinter sich fragen. Auch ohne sich umzusehen, wusste Lola, wer sich zu ihnen gesellt hatte. Schutzlos wie ein Welpe sah sie in Manuels Augen und hoffte auf Hilfe. Doch seine Augen funkelten herausfordernd böse drein. Nie hatte sie sich hilfloser gefühlt als in diesem Augenblick. Ohne den Blickkontakt mit Lola zu unterbrechen, richtete Manuel das Wort an die ahnungslose Ehefrau.

»Dein Mann hat ein Verhältnis, Tess. Mit dieser Frau hier.« Sein Kopf nickte in Lolas Richtung.

Entsetzt riss sie die Augen auf, doch es war zu spät. Von ihm brauchte sie kein Mitgefühl mehr erwarten. *Das hast du nun davon*, war alles, was sein Blick ausdrückte. Er hatte sie tatsächlich verraten. Das würde er bitter bereuen! Manuel, immer noch ihrem Blick standhaltend, war aber noch nicht fertig mit ihr.

»Was ist, Lola?«, fragte er gewollt unschuldig. »Willst du Tess nicht Guten Tag sagen?«

Da platzte ihr der Kragen. Natürlich wollte sie Tess nicht Guten Tag sagen. Ihr fielen tausend Dinge auf einmal ein, die sie in diesem Augenblick lieber gemacht hätte. Liebend gerne hätte sie Manuel zum Beispiel durch den Fleischwolf gedreht oder ihn nackt an einen LKW gekettet, um mit ihm dann über die Autobahn zu fahren. Doch dafür war jetzt keine Zeit!

Panisch schaute sie sich um, packte ihn kurz entschlossen am Hemd und zog ihn wütend ein Stück nach links. Sie war selbst überrascht, wie kraftvoll ihr das gelang, und sie nutzte Manuels Verwunderung aus, um eine Tür zu öffnen und ihn unsanft in den dahinter liegenden Raum zu schubsen. Sie wollte dieser unangenehmen Situation entfliehen. Auf gar keinen Fall wollte sie Kristofs Frau in die

Augen schauen. Die Schmach und Blamage waren nicht zum Aushalten!

Hektisch schloss sie die Tür hinter sich. Für einen kurzen Augenblick ließ sie die Stille, die sie nun umgab, auf sich wirken und lehnte ihre Stirn gegen die wohltuend kalte Tür. Ihr Herz schlug ihr bis zum Hals.

»Was bitte soll das jetzt wieder werden? Willst du mich bestrafen, indem du mich einsperrst, knebelst und fesselst? Lola. Es ist raus. Egal, was du jetzt auch tust. Die Katze ist aus dem Sack!«

Sein spöttischer Tonfall tat ihr in den Ohren weh. Sie verachtete ihn für das, was er ihr gerade angetan hatte. *Katze aus dem Sack? Dir sollte man mal gehörig in den Sack treten. Du Arsch!*

Bis zum Bersten angespannt drehte sie sich langsam zu ihm um. Gezwungen lässig stand er vor ihr. Sie trat einen zaghaften Schritt auf ihn zu und wollte ihm tausend Dinge sagen. Sie wollte ihre tiefe Enttäuschung ihm gegenüber zum Ausdruck bringen, aber die richtigen Worte fielen ihr einfach nicht ein. Es war zum Verzweifeln, wie er sie immer noch eindringlich anblickte. Ein schelmisches Grinsen stahl sich auf seine Lippen. Er genoss ihre Blamage also auch noch!

Warte du mal schön ab. Das Lachen wird dir schneller vergehen, als dir lieb ist. Beherzt knallte sie ihre Handtasche auf den Tisch, der neben ihr stand.

Der kleine Hauswirtschaftsraum, in dem sie gelandet waren, war mit einer großzügigen Reihe an Regalen und Schränken bestückt, in denen sich unzählige Handtücher, Bettlaken und Tischdecken befanden. Mehrere Putzwagen waren in Reih und Glied an der Wand aufgestellt und warteten auf ihren nächsten Einsatz.

Manuel hatte nicht einmal mit der Wimper gezuckt, als Lolas Handtasche auf den Tisch flog.

»Oh! Lola ist böse. Da krieg ich jetzt aber Angst.« Er gestikulierte mit seinen Fingern, als würde er ein Gespenst imitieren. Bevor Lola darauf reagieren konnte, wurde er wieder ernst. »Mal ehrlich. Was soll das? Ist doch lächerlich, was du hier abziehst! Du benimmst dich wie ein kleines Baby. Geh da gefälligst raus und stell dich der Situation!«

Seine Provokation ärgerte sie noch mehr. Falls er sie aus der Reserve locken wollte, gelang ihm das ganz hervorragend. Sie spürte förmlich, wie ihr Geduldsfaden zerriss und in hunderten winzigen Fetzen zu Boden rieselte. Sie sah rot.

Voller Verzweiflung und wütend bis ins Mark ging sie auf ihn los. Sie holte mit der flachen Hand aus und schlug ihm mit voller Wucht ins Gesicht.

Rumms! Das hatte gesessen.

Erschrocken über sich selbst zog Lola die Hand zurück. Ihre Hand prickelte schmerzhaft. Ein fieses Taubheitsgefühl breitete sich aus. Das Grinsen auf Manuels Gesicht war verschwunden, dafür trat ganz deutlich eine rote Wange zum Vorschein. Fassungslos blickte er sie an. Sie konnte selbst kaum glauben, was sie gerade eben getan hatte.

Eigentlich hätte sie jetzt erwartet, dass er sich die Wange rieb und sie anschrie. Das tat er aber nicht. Stattdessen kam er versöhnlich einen Schritt auf sie zu.

»Hey, komm. Lass …«

Vor lauter Panik holte sie erneut zum Schlag aus. Sie wollte nicht, dass er ihr näherkam.

Dieses Mal sah er die Hand kommen. Mit festem Griff packte er Lola am Handgelenk und drückte den Arm herunter. Grob hielt er sie in seinem Griff. Der versöhnliche Ausdruck in seinen Augen war von einer Sekunde auf die andere verschwunden. Ganz offensichtlich wollte er sich das Benehmen von ihr nicht länger gefallen lassen. Lola war überrascht, wie stark Manuel war. Er stand nun direkt vor ihr. Sein Brustkorb hob und senkte sich deutlich spürbar. Von seiner Nähe in die Ecke gedrängt holte sie aus purer Verzweiflung noch einmal mit der anderen Hand aus, aber auch dieses Mal packte er sie entschlossen an ihrem Handgelenk und drückte diese Hand ebenfalls hinunter. Da standen sie nun. Dicht an dicht.

Manuels Druck auf ihre Handgelenke schmerzte, doch sie ließ es sich nicht anmerken. Sein Blick, der unaufhörlich auf ihr ruhte, war unangenehm. Sie fühlte, wie sie ihm geradezu schutzlos ausgeliefert war.

Mit jedem weiteren Wimpernschlag wurde sie unsicherer. Sie hatte ihn wirklich nicht schlagen wollen. Sie wusste nicht einmal, wie es dazu kommen konnte. Ihre Beine wollten wegrennen, konnten aber nicht. Manuel hielt sie unnachgiebig in seinem Griff gefangen. Seine Augen sprachen zu ihr. *Hör doch bitte auf, ständig vor dir selbst wegzulaufen*, schienen sie ihr mitzuteilen.

Er wirkte nicht mehr fassungslos, auch nicht wütend. Stattdessen konnte sie diese klare Ehrlichkeit von vorhin wieder in seinen Augen erblicken. Von ihren eigenen Gefühlen überrumpelt, kämpfte Lola vehement dagegen an. Sie wollte nicht fühlen, was sie gerade fühlte. Verkniffen biss sie sich auf die Unterlippe und presste die Augen fest zusammen. Aber Manuel war trotzdem da. Er stand noch immer an der gleichen Stelle und sah sie mit seinen ehrlichen Augen an.

Lola schaute in sie hinein und verlor den Kampf mit sich selbst. Es gab kein Entkommen mehr. Sie musste ihn einfach küssen. Mit einem tiefen, wohligen Kribbeln im Bauch spürte sie, wie er ihren Kuss mit seinen samtig weichen Lippen erwiderte. Die ganze aufgestaute Energie, die zwischen ihnen gelegen hatte, entlud sich in diesem einen, noch nie dagewesenen Kuss. Jeglicher Hass schlug von jetzt auf gleich in überwältigende Anziehung um. Der Druck auf ihre Handgelenke lockerte sich. Aus vollem Herzen nahm er sie in seine Arme. Er zog sie so nah an sich heran, wie es eben ging. Auch sie wollte ihn mit ihrem ganzen Körper spüren. Überwältigt von den Gefühlen vergrub sie ihre Hände tief in seinen Haaren. Der Boden unter ihren Füßen tat sich auf. Einen Moment später ließ Manuel sie auf den Tisch gleiten. Beiden fiel das Atmen schwer. Keiner von beiden konnte leugnen, dass sie nach mehr hungerten. Ungläubig küsste Manuel sie erneut ganz sanft auf die Lippen. Der Kuss war kurz, aber innig.

Lola ahnte, wie lange er schon auf diesen Moment gehofft hatte. Doch mit jedem weiteren Atemzug ratterte ihr Gedankenkarussell schneller und schneller. Ihr wurde bewusst, dass sie sich in einer innigen Umarmung mit Manuel befand. Manuel! Der Manuel, der vor zwei Minuten noch ihr Leben auf den Kopf gestellt hatte, ohne dass sie darum gebeten hatte. Bloßgestellt hatte er sie. Jegliches Gefühl von Zuneigung, das sie in sich gespürt hatte, verblasste.

Erschrocken über das, was sie beide gerade getan hatten, hob sie ihre Hand von seinem Nacken und sah ihn verschreckt an. Manuel schien ihren Blick richtig zu deuten, denn er schaute fragend zurück. Als Antwort darauf löste sich Lola von ihm und versuchte, die Umarmung zu beenden. Seine Hände jedoch lagen weiterhin auf ihrer Taille und in ihrem Nacken vergraben.

Sie hatte keine Ahnung, wie sie aus dieser Nummer wieder herauskommen sollte. Der Kuss war ganz eindeutig von ihr ausgegangen, das konnte sie nicht leugnen, doch jetzt wollte sie ganz sicher damit aufhören. Ehrlich! Sie fühlte sich schlecht, als sie sah, wie Manuels Blick sich veränderte. Er schien ihr nur eines sagen zu wollen: *Ist das jetzt tatsächlich dein Ernst?* Beschämt wich sie ihm aus und schaute auf den Boden.

Manuel begriff. Er zog ebenfalls seine Hände zurück und beendete den Körperkontakt zwischen ihnen. Sein Gesicht entfernte sich ein Stück, als er einen Schritt nach hinten tat, doch seine Augen ruhten weiter ungläubig auf ihr.

Lola tat unendlich leid, was sie hier abzog. Sie verhielt sich nicht richtig, dessen war sie sich bewusst. Aber sie konnte nicht anders.

Hilflos wanderten Manuels Augen durch den Raum. Er vergrub seine Hände tief in den Hosentaschen und lachte verächtlich auf. »Weißt du, was dein Problem ist, Lola? Du weißt einfach nicht, was du willst!«

Mit gesenkten Schultern ging er durch die Tür und trat auf den Flur hinaus.

Kapitel 9

Die Konsequenz

Ihr Handy klingelte. Es war weit nach Mitternacht. Missmutig schälte Lola sich aus ihrem Bett und raunte vor sich hin, während sie die Leiter hinabstieg. Genervt schaute sie auf ihr Handy. Mia rief an.

»Was willst du?«, schnauzte sie.

»Oh, Gott sei Dank!« Mia schien mit jemandem im Raum zu sprechen. »Es scheint ihr gut zu gehen.« Dann widmete sie sich Lola. »Wir machen uns Sorgen. Wo bist du?«

»Wo soll ich schon sein? Zu Hause natürlich.«

»Warum bist du denn von der Hochzeit abgehauen?«

»Ich kann dir das jetzt nicht am Telefon erklären. Frag einfach Manuel. Der wird doch mittlerweile ebenfalls zu Hause sein. Oder?«

»Ja. Das stimmt. Aber frag bitte nicht, in was für einem Zustand er nach Hause gekommen ist. Aus dem ist nichts Gescheites herauszubekommen. Der läuft wie ein irrer Zombie durch die Wohnung und ist sturzbetrunken.«

Lola horchte auf.

»Tristan sagt, so hätte er ihn noch nie gesehen. Als wir ihn nach dir gefragt haben, meinte er, er hätte keine Ahnung, was mit dir passiert sei. Dann sagte er, dass ihn die Schlampe auch gar nicht mehr interessiere. Die sei für ihn gestorben. Ein für alle Mal. Kannst du mir sagen, was das zu bedeuten hat?«

Nach Mias harten Worten musste Lola sich erst einmal setzen. Was hatte sie da nur angerichtet? Das hatte sie ganz sicher nicht gewollt.

Tristan wurde ungeduldig. »Sie soll dir jetzt sofort sagen, was passiert ist, sonst komm ich persönlich vorbei und prügele es aus ihr heraus! Sag ihr das.« Seine Stimme klang wütend. Wer hatte es ihm verübeln können? Immerhin ging es um seinen besten Freund.

Tonlos versuchte Lola zu erklären, was geschehen war. »Manuel hat Kristof und mich auf der Hochzeit zusammen gesehen und wir haben uns geküsst.« Sie wusste nicht, wie sie die Situation besser hätte beschreiben können, doch konnte sie sich bereits denken, dass das Gesagte nicht der Aufklärung dienlich sein würde.

Es wurde still am anderen Ende.

»Wer hat wen geküsst?«, fragte Mia schließlich in die Stille hinein. »Du Kristof? Oder wie jetzt?«

»Nein. Manuel und ich!« Gleich würden beide durch das Telefon kommen und sie erwürgen, dessen war sie sich sicher.

»Lola und Manuel haben sich geküsst!«, hörte sie Mia zu Tristan sagen. Mit ihrem Tonfall hätte sie prima den Weltuntergang ankündigen können. Es raschelte. Im nächsten Moment hatte sie Tristan persönlich am Hörer.

»So! Was ist los? Manuel sieht aus, als würde er die Nacht nicht überleben. Der ist sowas von hackedicht. Jetzt rede endlich!«

So begann Lola also zu beichten. Begeistert war er nicht von dem, was er zu hören bekam.

»Ja, dann … Dann küssten wir uns, irgendwie.« Bei den letzten Worten wurde ihre Stimme kleinlaut.

»Und dann?« Ihm war anzumerken, dass er Böses ahnte und eigentlich gar nicht wissen wollte, was als Nächstes geschehen war.

»Dann ist mir wieder eingefallen, was für ein mieser Schuft Manuel ist.« Ihre Stimme klang trotzig. Sie hatte das Gefühl, sich verteidigen zu müssen. »Und bevor wir darüber sprechen konnten, war er verschwunden und hat mich alleine zurückgelassen. Da hab ich mir halt ein Taxi genommen und bin nach Hause gefahren. So. Kann ich bitte endlich weiterschlafen? Ich bin müde.«

Lola hatte genug. Endgültig! Doch da hatte sie die Rechnung ohne Tristan gemacht.

»Nein! Das kannst du nicht. Du hast keine Ahnung, wie sehr du Manuel heute Abend verletzt hast. Was denkst du dir eigentlich? Männer haben schließlich auch Gefühle.« Irgendwie musste sie ihm da sogar Recht geben. Sie hatte sich wirklich nicht fein verhalten. Aber warum sollte sie jetzt alleine die ganze Schuld tragen?

»Nun. Wenn er mich nicht so dermaßen verraten hätte, wäre die Sache vielleicht auch ein wenig anders gelaufen. Ich kann doch keinen Mann küssen, der mich kurz zuvor hilflos einer wütenden Ehefrau ausliefern wollte.« Sie hörte Tristan am anderen Ende verächtlich lachen.

»Das kann ich zwar nachvollziehen, aber mal ganz ehrlich. So etwas überlegt man sich doch vorher. Der arme Kerl ist hoffnungslos in dich verknallt, da kannst du doch nicht so eine Nummer mit ihm abziehen.«

Darauf wusste Lola keine Antwort mehr. Diesen Schlagabtausch hatte Tristan eindeutig für sich entschieden.

Sie verabschiedete sich und legte sich wieder in ihr Bett. An Schlaf war allerdings nicht mehr zu denken. Die ganze Zeit musste sie an Manuel denken. Sobald sie ihre Augen schloss, sah sie ihn sturzbetrunken und mit verzweifeltem Blick vor sich, wie er sie vorwurfsvoll anstarrte.

Keine drei Stunden später lag sie immer noch schlaflos in den Kissen und fasste einen Entschluss. Hoffentlich würde sie alles wieder hinbiegen können.

Je näher sie der Wohnung der Jungs kam, desto schneller und heftiger schlug ihr Herz in der Brust. Ihr Handy klingelte. Nachdem sie einen Blick darauf riskiert hatte, stellte sie es aus und steckte es entschlossen zurück in die Tasche. Sie konnte sich zurzeit ganz eindeutig nur auf einen Mann konzentrieren, daher blieb ihr für den Augenblick nichts weiter übrig, als den Anruf von Kristof einfach zu ignorieren.

Es brauchte eine Menge Überzeugungskraft, bis Tristan schließlich nachgab und sie zu Manuel vorließ. Nervös spielte sie mit einer Haarspitze. Sie nahm allen Mut zusammen, den sie besaß, um die Wohnzimmertür einen Spalt weit zu öffnen. Ein beißender Geruch nach Schnaps und schlechter Luft kam ihr entgegen. Sie konnte erahnen, was sich letzte Nacht hier abgespielt hatte. Ausgiebig japste sie im Flur noch einmal nach Luft, bevor sie eintrat.

Im tiefen Schlaf lag Manuel auf dem Sofa. Auf dem Tisch stand eine fast leere Flasche Whisky und ein Teller mit kaltem, teilweise angebranntem Speck. Daneben müssen ein paar Spiegeleier gelegen haben, von denen allerdings nur noch ein paar klägliche Überreste vorhanden waren.

Boah! Da kommt also der fürchterliche Gestank her. Ihr Blick ging noch einmal zur Whiskyflasche. Lola konnte nur hoffen, dass die Flasche vorher nicht gänzlich gefüllt gewesen war. In diesem Fall wäre Manuel einer Alkoholvergiftung nahe. Alleine bei der Vorstellung, wie er letzte Nacht die Spiegeleier mit dem Whisky hinuntergespült haben musste, drehte sich ihr der Magen um.

Dieses Zimmer brauchte unbedingt eine gehörige Portion frische Luft.

Sie ging zum Fenster herüber und öffnete es. Die leichte Brise, die durch den Spalt ins Zimmer gelang, war wohltuend und half dabei, die Gedanken zu ordnen. Während sie das Fenster öffnete, bewegte Manuel sich zwar, schlief aber tief und fest weiter.

Lola setzte sich auf den Sessel und betrachtete ihn genauer. Noch immer trug er die gleichen Klamotten wie gestern auf der Hochzeit, jedoch sahen die Sachen mittlerweile ziemlich ramponiert aus. Die Krawatte baumelte lieblos um seinen Hals. Der Kragen hing schief und die Ärmel hatte er achtlos den Arm heraufgeschoben. Die oberen Hemdknöpfe standen offen und trugen ihr Übriges zu seiner Erscheinung bei. Wie sie ihn so vor sich liegen sah, fühlte sie sich verantwortlich für seinen Zustand. Ihr fiel ein, dass sich vor gar nicht langer Zeit eine ganz ähnliche Situation hier in diesem Zimmer abgespielt hatte. Damals jedoch war sie diejenige gewesen, die auf dem Sofa ihren Rausch ausgeschlafen hatte, und Manuel hatte über sie gewacht.

Lola wusste, dass Manuel ihr nicht egal war, und sie wollte ihm das jetzt auch genau so sagen. Es war ihr nicht gleichgültig, wenn er wegen ihr so litt. Es tat ihr sogar schrecklich leid. Entschieden rutschte sie auf den Fußboden und schob sich zu seinem Kopfende vor, um ihm ganz sachte auf die Schulter zu tätscheln. Inständig hoffte sie, er würde aus seinem komatösen Zustand erwachen, bevor sie wieder der Mut verließ, daher rüttelte sie nun, nachdem das erste Tätscheln nichts gebracht hatte, ein wenig fester an seiner Schulter.

Erst versuchte er im Schlaf ihre Hand abzuschütteln, dann öffneten sich seine Augen schlagartig. Vor Schreck zuckte er zurück. Lola erschrak ebenfalls. Von einer Sekunde auf die andere schoss er in die Höhe und setzte sich aufrecht hin – soweit man in seinem Zustand von »aufrecht« sprechen konnte.

Lola wagte einen zaghaften Versuch der Kontaktaufnahme. »Hey. Wie geht es dir?«, fragte sie ihn leise.

Nervös wartete sie auf eine Antwort. Manuel war jedoch zu sehr mit sich und seinem Zustand beschäftigt, als dass er ihr sofort hätte antworten können. Er vergrub das Gesicht in seinen Händen und lehnte sich tief in die Rückenlehne des Sofas. Seine Haare standen in alle Himmelsrichtungen ab. Als Manuel seine Hände vom Gesicht nahm, konnte sie in seine glasigen Augen sehen. Sie strahlten pure Hoffnungslosigkeit aus, wobei der Whisky an seinem trüben Blick sicher nicht unschuldig war. Lola hoffte sehr, er würde endlich den Mund aufmachen und mit ihr sprechen. Sie suchte seinen Blick, doch er wich ihr aus.

Er griff zur Whiskyflasche auf dem Tisch. Geistesgegenwärtig griff sie ebenfalls zur Flasche. Das konnte unmöglich sein Ernst sein. Er hatte wirklich mehr als genug getrunken. Beide hielten die Flasche und keiner von beiden wollte sie wieder loslassen. Sein kalter, böse funkelnder Blick traf sie bis ins Mark. Reflexartig löste sich ihr Griff.

Bevor Manuel aufstand, nahm er einen großen Schluck. Er wollte sie einfach so hier alleine zurücklassen. Das konnte und wollte Lola so aber nicht zulassen. Dafür war sie schließlich nicht hergekommen. Er sollte jetzt gefälligst mit ihr reden. Hier und jetzt! Flink wie ein Wiesel sprang sie auf und stellte sich ihm in den Weg, so dass er stehen bleiben musste. Genervt blickte er sie mit seinem trüben Blick an. Er seufzte.

»Manuel, bitte. Wir sollten wirklich darüber reden, was gestern geschehen ist. Meinst du nicht auch?«, wagte sie einen erneuten Versuch. »Ich fühle mich wirklich schlecht deswegen.« All ihre Hoffnung legte sie in diese paar Worte.

»Du fühlst dich also schlecht. Ja? Hab ich das gerade richtig verstanden? Nun, gut. Dann sind wir ja schon zwei, die sich heute Morgen schlecht fühlen. Ich gratuliere dir. Und jetzt geh mir aus dem Weg!«, raunzte er sie an. Im Anschluss daran wollte er sich an ihr vorbeidrängeln, doch Lola ließ ihn nicht gewähren. Sanft schubste sie ihn zurück.

»Ja, ist gut. Ich habe schon verstanden, dass ich mich wie ein Arsch benommen habe. Ich will mich doch auch bei dir entschuldigen, aber dafür musst du mir zuhören. Verdammt!«

Lola geriet in Rage. Das Gespräch hatte sie sich anders vorgestellt. Flehend sah sie Manuel in die Augen.

Sie suchte verzweifelt nach seinem ehrlichen und vertrauensvollen Blick, den sie gestern wahrgenommen hatte, dem sie sich so verbunden gefühlt hatte. Dieser Manuel, der ihr gerade gegenüberstand, den kannte sie nicht. Sie wollte den liebevollen und verständnisvollen Manuel wiederhaben. Den vermisste sie schrecklich! Ihre Augen wurden feucht. Das schien ihn jedoch nicht im Geringsten zu beeindrucken.

»Ich will dir aber nicht zuhören! Verstehst du? Ich will meine Ruhe und sonst nichts weiter. Was du zu sagen hast, interessiert mich nicht mehr!«

Manuels Worte trafen sie tief. Während sie erstarrte, nutzte er den kurzen Moment, um sich an ihr vorbeizuschlängeln. Im Flur hörte sie Tristan auf ihn einreden.

»Manu, jetzt komm. Gib ihr doch die Gelegenheit, sich zu erklären. Sie ist extra dafür hergekommen.«

Doch er kannte kein Erbarmen. »Nein, Tristan. Irgendwann ist auch mal gut. Ich habe mich gestern so dermaßen zum Idioten gemacht, das reicht für mein ganzes restliches Leben. Soll sie doch zu Kristof gehen. Vielleicht will er ja hören, was sie zu sagen hat. Wer bin ich denn, dass ich mich von einer Frau schlagen lasse, sie mich daraufhin küsst und keine Minute später wieder abserviert.«

Er machte eine kurze Pause. Zaghaft hatte sich Lola in den Flur geschlichen. Sie hoffte, er würde es sich noch einmal anders überlegen.

»Nee, Tristan«, hörte sie ihn schließlich sagen. »Mit mir nicht. Die hat doch nicht mehr alle Latten am Zaun. Hat die ehrlich nicht!«

Es war alles gesagt. Mit einem lauten Rumms schlug Manuel seine Zimmertür hinter sich zu. Die fast leere Whiskyflasche hatte er mitgenommen.

Am Montagnachmittag verließ Lola die Universität. Sie wollte auf dem schnellsten Wege nach Hause. Sie war zurzeit keine gute Gesellschaft. Während sie Richtung

Straßenbahn ging, riskierte sie einen Blick nach rechts. Dort, ganz hinten, sah sie Manuels Motorrad stehen. Lola konnte es von den anderen Motorrädern recht gut unterscheiden. Schließlich war sie mit dem Ding quasi per Du nach dieser grauenhaften Höllenfahrt.

Einige Meter weiter stand Manuel. Er unterhielt sich mit ein paar anderen Studenten. Seinen Motorradhelm hatte er unter den Arm geklemmt. Sie war unschlüssig, ob sie einfach weitergehen oder auf ihn zugehen sollte. Sie vermisste ihn so sehr. Die ganze Zeit, in der sie ihn jetzt kannte, war sie sich dessen nie bewusst gewesen. Dadurch, dass er immer für sie da war, wenn sie ihn brauchte, war sie überhaupt nicht auf den Gedanken gekommen, er könnte ihr fehlen. Doch so war es. Sie vermisste sein warmherziges Lachen genauso sehr wie die Unbeschwertheit, die er in ihrer Gegenwart immer ausgestrahlt hatte.

Ganz langsam ging sie weiter. Da endlich bemerkte er sie auch. Lola lächelte herüber und winkte ihm zaghaft. *Mein Gott*, dachte sie. *Das muss so dämlich aussehen*. Sie gab sich einen Ruck und änderte die Richtung. Natürlich hatte sie gehofft, Manuel würde nun auf sie warten. Sie machte erneut einen Schritt auf ihn zu. Doch als sie weiter auf ihn zuging, musste sie mit ansehen, wie er sich von seinen Kumpels verabschiedete und sich den Helm aufsetzte. Es sah so aus, als wolle er losfahren. *Wie gemein! Bleib gefälligst stehen. Verdammt!* Tapfer beschleunigte sie ihre Schritte. Sie wollte mit ihm reden. Unbedingt.

Hilflos musste sie beobachten, wie er sich auf sein Motorrad schwang. Wieso tat er das jetzt? Lola blieb stehen und konnte nur noch mit ansehen, wie Manuel den Motor startete und wortlos an ihr vorbeifuhr. Das Motorrad heulte laut auf, als es die Straße entlangsauste. Eine vollkommen verdatterte Lola ließ er zurück. Er hatte sie einfach stehen gelassen.

Nun sind wir aber mehr als quitt, dachte sie, als sie an die Ohrfeige von neulich in der kleinen Kammer dachte. Auch Manuel verstand es hervorragend, Ohrfeigen zu verteilen. Seine Ohrfeigen brannten allerdings nicht auf der Haut, sondern vielmehr auf der Seele. Während sie zur Straßenbahn rannte, liefen ihr stumm ein paar Tränen über die Wange.

Zu Hause angekommen schmiss sie zuallererst ihre Tasche in die nächste Ecke und brüllte, bis ihr die Lungen schmerzten. Dabei bemerkte sie nicht einmal, dass die Wohnungstür nicht richtig ins Schloss gefallen war, sondern einen Spalt weit offen blieb. Sie stampfte mit den Füßen und trat so fest auf, dass sie bald ein gemeines Kribbeln unter den Fußsohlen zu spüren bekam.

Sie humpelte ins Wohnzimmer, um sich Musik anzustellen. So richtig laut musste sie heute sein. Die Ohren mussten einem bluten. Erst dann war die Lautstärke richtig. Schönen alten Punkrock konnte man außerdem nur so hören.

Sie schmiss sich theatralisch aufs Sofa. Eine Welle der Verzweiflung überkam sie und ließ sie weinend auf den Fußboden sinken. Die Fassade, die Lola seit der Trennung von Dominik so hübsch um sich herum aufgebaut hatte, war komplett eingestürzt. Manuel hatte es geschafft.

Nachdem Dominik sie verlassen hatte, hatte sie nicht ein einziges Mal geweint. Nun weinte sie. Sie weinte um ihr bisheriges Leben, das ihr bis vor ein paar Wochen noch so perfekt vorgekommen war. Sie weinte um den Betrug, den sie erlitten hatte. Sie weinte um die Erkenntnis, ihre beste Freundin und ihren Lebensgefährten auf einmal verloren zu haben. Sie weinte um des Weinens willen. Aber vor allem weinte sie um Manuel. Sie konnte nicht mehr aufhören. Alles in ihr stellte sich auf Autopilot. Sie verlor die Kontrolle über sich selbst und pure Verzweiflung quoll aus ihrem Tränenmeer hervor und ließ die Tränen salzig auf der Zunge schmecken. So schmeckten also Verrat, Verlust und Sehnsucht.

»Lola? Alles okay bei dir?«, hörte sie Cordulas Stimme. Schrill schrie sie gegen die Musik an.

»Nein! Nichts ist okay! Ich sitze hier in einer fremden Stadt vollkommen alleine auf dem Fußboden und die ganze Scheiße von damals lässt mich nicht los. Und der Mensch, bei dem ich mich wirklich ehrlich für mein Benehmen entschuldigen möchte, lässt mich einfach so stehen und hört mir nicht einmal zu. Das ist alles so demütigend. Ich mag nicht mehr.« Lolas Stimme versagte und ein erneuter Heulkrampf überkam sie. Ohne lange zu überlegen, nahm Cordula sie in den Arm und blieb an ihrer Seite sitzen, um sie zu trösten. An der lauten Musik störte sie sich nicht. Sie ertrug sie wortlos und streichelte ihrer Freundin das kupferrote Haar.

Nachdem Lola sich ausgeheult und wieder gefangen hatte, reichte Cordula ihr ein Taschentuch. Sie schnäuzte sich lautstark. Währenddessen stand Cordula auf und drehte die Musik leiser.

»Wurde auch Zeit, dass du den ganzen Dreck mal rauslässt. Ich hab mir schon Sorgen um dich gemacht!«

»Meinst du etwa, heulen hilft? Ich hab nicht das Gefühl, dass es hilft. Im Gegenteil. Es wird nie besser werden.«

»Glaub mir. Alles wird wieder gut. Wer hat dich vorhin einfach so stehen gelassen?«

Sie setzten sich und Lola fing an zu erzählen. Es tat gut, sich einmal alles von der Seele reden zu können.

Nach einer halben Stunde ging es ihr schon deutlich besser. Sie besprachen gerade, was neu im Kino anlief, als sie im Treppenhaus Schritte hörten.

»Steht die Haustür etwa noch offen?«, fragte sie ihre Nachbarin. Jemand klopfte an Cordulas Tür, die sofort einen hochroten Kopf bekam.

»Ich glaube, du hast Besuch«, schlussfolgerte Lola.

»Ich weiß.« Cordula zupfte sich die Kleidung zurecht, während sie aufstand. Sie wollte bereits zur Tür gehen, doch Lola hielt sie zurück.

»Was ist denn los? Du bist ja mit einem Mal so aufgeregt.« Je mehr Cordula nach Worten suchte, desto neugieriger wurde Lola auf den Besuch ihrer Nachbarin. Sie sprang über das Sofa und rannte auf die Wohnungstür zu.

»Halt, warte.«

Doch es war bereits zu spät. Irgendwie kam ihr der junge Mann bekannt vor, der verdattert im Flur stand. Sie wusste nur nicht genau, wo sie ihn schon einmal getroffen hatte.

»Hey. Ich war noch kurz bei meiner Freundin drüben«, hörte sie Cordula sagen. Der Fremde stand mit ein paar Blumen und einer Flasche Sekt in den Händen vor ihnen.

»Ist doch kein Problem. Ich wusste gar nicht, dass ihr Nachbarn seid?« Er blickte Lola an, die hilflos Cordula anschaute.

»Darf ich vorstellen? Das ist Lukas. Ihr habt euch damals auf der Party bei Manuel rege unterhalten und es zusammen krachen lassen. Aber wie es scheint, kannst du dich nicht mehr an ihn erinnern.«

Lola blieben die Worte im Mund stecken. Party? Manuel? Lukas? Ach, herrje. So langsam dämmerte es ihr. Ein scharfer Blick von Cordula ließ sie den Satz, den sie bereits auf der Zunge trug, schnell wieder hinunterschlucken.

»Lukas und ich sind verabredet. Wir gehen essen und danach noch ins Kino. Ich kann dich doch wieder alleine lassen?« Obwohl ihr geradezu tausend Fragen durch den Kopf schossen, wollte sie ihrer Nachbarin nicht das Date vermiesen.

»Kein Problem. Ich wünsche euch viel Spaß.«

Erleichtert ging Cordula mit Lukas in ihre Wohnung. Mit einem Lächeln auf dem Gesicht stellte Lola fest, dass es ihr tatsächlich schon wieder deutlich besser ging.

Zwei Stunden später klingelte es an ihrer Wohnungstür. Hastig drückte Lola auf den Knopf der Gegensprechanlage.

»Ja, bitte?«

Bitte sei Manuel! Bitte sei Manuel!

Es war aber nicht die Stimme, die sie zu hören hoffte.

»Hey. Hier ist Kristof. Hast du kurz Zeit für mich?«

Kristof? Kristof! Sie war enttäuscht. An ihn hatte sie überhaupt nicht mehr gedacht.

»Was willst du hier? Ich glaube, zwischen uns ist alles gesagt.« Es wäre ihr lieb gewesen, wenn Kristof sie einfach weiter in Ruhe gelassen hätte.

»Ich möchte nur kurz mit dir reden. Wir hatten noch gar keine Gelegenheit, uns auszusprechen. Bitte. Gib mir fünf Minuten. Das bist du mir schuldig.«

Da musste sie ihm leider Recht geben. Sich einfach aus der Affäre zu ziehen, wäre mies. Widerwillig öffnete sie die Tür und ließ ihn eintreten.

Es kam ihr vor, als sei Kristof in den letzten zwei Tagen um zehn Jahre gealtert. Dunkle Augenränder waren zu sehen. Sie machte sich direkt Sorgen um ihn.

»Willst du einen Kaffee oder so?«

Kristof nahm auf dem Sofa Platz. »Ja, gerne. Wenn du einen da hast!«

Lola nickte kurz und verschwand in der Küche. Der Fernseher lief noch und Kristof blickte hin und wieder auf den Bildschirm. Während die Kaffeemaschine ratterte, setzte Lola sich auf ihren kleinen Sessel und stellte den Fernseher aus.

»Nun, sag schon. Was möchtest du?«

Kristof wirkte müde. Mit jedem seiner Wimpernschläge hatte sie mehr Mitgefühl mit ihm.

»Gestern bin ich ausgezogen.«

Lola war geschockt. »Wegen uns etwa?«

Er nickte. »Tess hat Schluss gemacht, nachdem sie das von uns erfahren hat.«

Okay. Im Prinzip konnte sie das sogar nachvollziehen. Doch ihn direkt vor die Tür zu setzen, nach so langer Zeit … Das fand sie dann doch recht heftig.

»Ein paar Tage Zeit zum Ausziehen hätte sie dir wirklich lassen können.«

Kristof saß da wie ein begossener Pudel. »Die ganze Nacht hab ich kein Auge zugetan.«

»Und? Was willst du jetzt tun? Ich meine, du kannst ja schlecht in deinem Büro wohnen, oder?« Lola hoffte inständig, dass er nicht auf die Idee kommen würde, die nächsten Nächte hier bei ihr zu verbringen.

»Nein. Natürlich nicht. Gleich heute Morgen hab ich eine kleine Wohnung für mich angemietet.«

Lola war erleichtert. Das Thema wäre wenigstens vom Tisch.

»Du bist der einzige Halt, den ich noch im Leben habe«, hörte sie ihn sagen. In seiner Stimme lag so viel Hoffnung. Sie hatte es bereits geahnt. Er glaubte ernsthaft, sie könnten da weitermachen, wo sie vor ein paar Tagen aufgehört hatten.

»Bitte versteh mich nicht falsch«, begann sie. »Aber so, wie du dir das vorstellst, geht das nicht. Außerdem hattest du mit allem Recht. Manuel ist mir nicht egal. Nicht mehr.«

Wie ein Häufchen Elend saß er auf der Couch.

»Kristof«, versuchte sie ihn zur Vernunft zu bringen. »Wir können nicht weitermachen wie bisher. Und ich will das auch gar nicht mehr. Egal, was aus Manuel und mir wird, das mit uns beiden ist vorbei. Okay?« Sie verstand, dass er wahrhaftig in einer Krise steckte. Aber konnte sie sich so weit verbiegen, um so zu tun, als wäre nichts geschehen? Nein! Das ging doch nicht. Lola stand auf und ging in die Küche, um den Kaffee zu holen.

»Wahrscheinlich hast du Recht«, stimmte er ihr zu. »Es ist wohl das Beste für mich, erst einmal alleine wieder auf die Beine zu kommen.«

Sie stellte eine Tasse Kaffee vor Kristof auf den Tisch und trank selbst aus ihrer eigenen, während sie sich setzte. Trotz allem hatte sie großes Mitgefühl mit ihm. Sie hatte noch nicht vergessen, welch ein mieses Gefühl es war, sich von allen verlassen zu fühlen. Es war geradezu ihre Pflicht, ihn zu unterstützen, wo sie nur konnte. Am besten fing sie gleich damit an. Sie hatte da auch schon eine Idee.

»Was hältst du von Kino?«

Kristof blickte sie ungläubig an. Lola rollte mit den Augen.

»Jetzt nicht so wie du denkst! Rein freundschaftlich. Es läuft der neue Tarantino-Film, den hab ich noch nicht geguckt. Was sagst du?«

Kristof stellte seine Tasse ab und überlegte kurz.

»Also gut. Überredet. Lass uns ins Kino gehen und die Welt um uns herum für ein paar Stunden vergessen.«

Das Kino war brechend voll. Sie konnten von Glück reden, wenn sie überhaupt noch ein paar Karten erhaschten. Zusammen standen sie in einer der langen Schlangen vor den Schaltern.

Hoffentlich wird es in dem Film massenhaft Gemetzel und grauenvolle Intrigen zu sehen geben, dachte Lola. *Dann könnte mir mein eigenes Leben wieder deutlich normaler vorkommen.* Während sie vor der Popcorn-Theke stand und zwischen Nachos mit Dip oder M&M's hin und her überlegte, entdeckte sie ihre Nachbarin mit ihrem Date.

»Da hinten steht Cordula. Ich gehe kurz rüber und sag Hallo.«

Kristof nickte. Sie tippte ihrer Freundin auf die Schulter.

»Hey«, sagte Lola gewollt heiter. »So schnell sieht man sich wieder.«

Cordula war überrascht, Lola zu sehen. »Was machst du denn hier? Bist du alleine?«

»Nein. Ich bin mit Kristof hier. Er steht dort drüben.« Innerlich bereitete sie schon einmal auf ein gewaltiges Donnerwetter vor.

»Bist du total irre, oder was? Was macht der Typ schon wieder bei dir?«

Für ihren Geschmack regte Cordula sich etwas zu sehr darüber auf. Schließlich konnte sie tun und lassen, was sie wollte, und war niemandem darüber Rechenschaft schuldig.

»Reg dich ab. Es ist alles ganz harmlos. Er stand plötzlich vor der Tür und hat mir irgendwie leidgetan. Was ist denn jetzt dabei, wenn wir zusammen ins Kino gehen? Ich hab ihm schon gesagt, dass ich unsere Affäre nicht mehr will. Und es ist okay für ihn.«

Cordula geriet völlig aus der Fassung. »Ach, ja? Wirklich? Ist es das?« Ihr Blick war jetzt auf eine andere Menschenschlange gerichtet. »Dann bin ich aber mal gespannt, wie du Manuel das begreiflich machen möchtest. Der wird das wahrscheinlich nicht okay finden!« Das Wort »okay« setzte Cordula mit ihren Fingern in Anführungszeichen.

Lola verstand nicht. »Was meinst du damit?«, fragte sie, während sie sich umblickte. »Willst du mir etwa sagen, dass Manuel auch hier ist?«

Tatsächlich. Da stand er.

»Manuel!«, entfuhr es ihr. *Scheiße aber auch! Das ist jetzt wirklich verzwickt. Was macht der denn hier? Das ist so nicht geplant.* Hilfe suchend schaute sie ihre Nachbarin an. Die schüttelte nur abwehrend mit dem Kopf.

»Oh, nein. Keine Chance. Bei der Nummer bin ich raus. Das bringst du jetzt mal hübsch alleine in Ordnung.«

Lola war kurz davor, vor ihrer Freundin auf die Knie zu fallen.

»Bitte, hilf mir! Was soll ich jetzt machen? Manuel wird das sicher nicht verstehen. Oder, was meinst du?« Ein kleiner Funken Hoffnung verbarg sich noch in ihr, doch Cordula trampelte ihn nieder.

»Ich bin mir sogar ziemlich sicher, dass er das nicht tun wird. Trotzdem viel Glück. Ich hoffe, du überlebst den Abend.« Daraufhin widmete Cordula sich wieder ihrem Date.

Starr wie eine Salzsäule stand Lola da. Manuel und Tristan hatten sie noch nicht bemerkt, daher könnte sie jetzt einfach gehen und Kristof so stehen lassen. Das wäre aber ganz schön fies und eigentlich tat sie hier auch überhaupt nichts Verbotenes. Mit Kristof ins Kino zu gehen war nun wirklich nicht illegal. Trotzdem würde Manuel ganz bestimmt denken, dass Kristof und sie weiterhin miteinander schliefen.

Dem war aber nicht so. Eigentlich blieb ihr jetzt gar nichts anderes übrig, als direkt zu Manuel zu gehen und ihm das so zu erklären. Ja, genau. Das war ein sehr guter Plan, fand Lola. Allerdings nur bis zu dem Augenblick, in dem ihre Blicke sich trafen und er sie erkannte.

Hektisch drehte sie ab und ging zielstrebig auf die Damentoilette zu. Cordula, die alles mit angesehen hatte, folgte ihr. Lola bekam Panik. Panik darüber, dass alles nur noch komplizierter werden würde. Sie lehnte sich an das erstbeste Waschbecken und blickte in den Spiegel. Eine Sekunde später preschte Cordula um die Ecke.

»Toll, Lola. Meinst du, wegrennen hilft dir weiter? Geh da jetzt gefälligst raus und klär das. So, wie du dich benimmst, machst du dich doch erst recht verdächtig.«

»Meinst du etwa, das weiß ich nicht?«, funkelte sie ihre Freundin durch den Spiegel an. »Scheiße, Cordula! Wie komm ich aus der Nummer jetzt wieder raus?«

Cordula legte ihr den Arm um die Schulter und redete besänftigend auf sie ein.

»Gar nicht, Lola. Gar nicht. Aber verstecken hilft nicht weiter. Komm. Sprich mit ihm. Das ist die einzige Hoffnung, die dir jetzt noch bleibt. Bete, dass er es versteht. Ich verstehe es nämlich überhaupt nicht.«

Lola schnaubte verächtlich.

»Danke schön. Genau das hab ich jetzt gebraucht. Dass du mich auch noch fertigmachst.«

Beide Frauen blickten sich durch den Spiegel an und ihnen wurde bewusst, dass sie besser aufhören sollten, aufeinander herumzuhacken. Nachdem sich die Gemüter etwas beruhigt hatten, konnte Cordula sie davon überzeugen, sich Manuel zu stellen. Ein paar Minuten später verließen sie die Damentoiletten.

Draußen lief sie direkt Kristof in die Arme, der triumphierend Kinokarten in den Händen hielt.

»Wir haben echt Glück gehabt. Wir sitzen zwar ziemlich weit vorne, aber immerhin haben wir zwei der letzten Karten bekommen.«

Hektisch versuchte Lola den Raum zu überblicken und auszumachen, wo Manuel und seine Freunde sich befanden. Sich um die eigene Achse drehend, fing sie an, sich die kupferroten Haare zu raufen.

»Alles klar bei dir?«, fragte Kristof. Mit ihrem Verhalten konnte er nur wenig anfangen.

»Du, Manuel ist auch hier. Cordula hat es mir gesagt. Ich hab ihn vorhin zwei Schlangen weiter entdeckt. Jetzt kann ich ihn nicht mehr finden.«

Kristof blickte Lola an. Das Entsetzen stand ihm deutlich ins Gesicht geschrieben.

»Wen kannst du nicht finden?«

Erschrocken drehte sie sich um und sah direkt in Manuels Gesicht.

»Manuel«, entfuhr es ihr. Deutlich hysterischer, als sie es beabsichtigt hatte. Da stand er. Direkt vor ihr.

»Manuel, ich …« Sie rang nach Worten und drehte sich zu Kristof um, aber so wie der schaute, war von ihm keine Hilfe zu erwarten. In ihrer Verzweiflung kam der unmöglichste Satz auf Erden aus ihr heraus.

»Es ist nicht so, wie du denkst. Ehrlich!« Sie schloss die Augen und ärgerte sich über sich selbst. Hätte ihr denn nicht dieses eine Mal etwas wirklich Geistreiches einfallen können?

Mit gekreuzten Armen stand Manuel vor ihr. Ihm war deutlich anzusehen, dass er ihr nicht ein Wort glaubte. Vielmehr reimte er sich gerade seine eigene Wahrheit zusammen. Er funkelte Kristof kurz böse von der Seite an. Doch sein letzter verächtlicher Blick galt Lola, bevor er sich stumm von ihnen abwandte und ging.

Na, super. Das hat ja prima geklappt.

Kristof trat näher an sie heran. »Und nun? Was machen wir jetzt?«

»Warte kurz hier«, sagte sie, bevor sie die Verfolgung aufnahm. »Das klär ich jetzt. Ich kann das nicht so stehen lassen.«

Als sie Manuel erreichte, packte sie ihn am Arm und hielt ihn fest. »Jetzt warte. Du kannst doch nicht einfach so gehen.«

Er riss den Arm in die Luft. »Lass mich endlich in Ruhe. Du kannst mit deinem Mr. Loverlover treiben, was immer du für richtig hältst. Das hier ist ein freies Land. Es interessiert mich nicht. Es ist nicht wichtig für mich. Akzeptier das doch endlich.«

Obwohl er verzweifelt versuchte, seine Gefühle vor ihr zu verstecken, spürte Lola, wie gekränkt und verletzt er war.

»Es ist mir aber wichtig, was du denkst. Zählt das denn gar nicht?«

Mittlerweile hatte Tristan Lola auch bemerkt und richtete seine Aufmerksamkeit auf die beiden. Manuel überlegte einen kurzen Augenblick. Fast schon hatte sie gehofft, er würde einlenken. Doch da hatte sie sich geschnitten.

»Lola!«, hörte sie ihn ernst sagen. »Wenn du mich jetzt nicht endlich in Ruhe lässt, werde ich allen, die es wissen wollen, sagen, wie du in Wirklichkeit heißt. Willst du das etwa?«

Sie hielt in der Bewegung inne und riss die Augen weit auf. Sie hatte sich wohl verhört. Das war eine Kampfansage allerhöchster Stufe. Das wusste Manuel ganz genau. Er schaute sie herausfordernd an, während er auf eine Antwort von ihr wartete. Lola kniff die Augen zusammen und wägte ab. Er würde es doch nicht wagen, sie ein zweites Mal so derart bloßzustellen. Oder? Ihr Kopf begann zu pochen. Sie spürte, wie es ihr die Schweißperlen auf die Stirn trieb, doch sie hielt seinem Blick stand.

»Das traust du dich nicht!«, zischte sie leise.

»Kannst du ganz leicht herausfinden«, entgegnete er seelenruhig. »Entweder gehst du jetzt ohne ein weiteres Wort oder in drei Sekunden weiß jeder, was in deinem Ausweis steht. Deine Entscheidung.«

Sie bemerkte, wie Tristan näher kam und sich provokativ vor ihr aufbaute.

»Lola, bitte bleib. Ich wüsste zu gerne, wie du mit vollem Namen heißt. Das muss ja ein toller Name sein, wenn du ihn vor der ganzen Welt verstecken willst.« Tristan feixte sich eins, während er genüsslich von seinem Popcorn aß.

Lola ärgerte sich maßlos über Manuels überheblichen Gesichtsausdruck. Sie wusste, dass er innerlich bereits triumphierte. Ohne ein weiteres Wort drehte sie sich um und ging zu Kristof zurück.

Nach ein paar Tagen versuchte Lola Bilanz zu ziehen. Sie hatte sich mittlerweile intensiv mit der Trennung von Dominik auseinandergesetzt. Gut. Sie hatte sich auch damit abgefunden, dass die Affäre mit Kristof unter keinem guten Stern gestanden hatte und es definitiv vernünftig gewesen war, die Liebelei zu beenden. Auch gut. Aber das mit Manuel, das war nicht gut. Überhaupt nicht gut!

Sie wollte mit ihm sprechen. Sie wollte bei ihm sein. Ja, Herrgott noch mal! Mittlerweile war sie sogar bereit, offen zuzugeben, dass sie Gefühle für ihn hatte. Wenn man jemanden so sehr vermisste, musste man unweigerlich etwas für ihn empfinden. Das war selbst ihr klar geworden. Manuel in dem Irrglauben zu wissen, sie träfe sich weiterhin mit Kristof, war schier unerträglich. Doch was auch immer Lola unternahm, Manuel blockte vehement jeden Annäherungsversuch ab. Er ging nicht an sein Telefon und er öffnete ihr auch nicht die Tür. Sah er sie in der Universität, tat er so, als sei sie gar nicht da. Seit dem Kinobesuch war alles noch viel schlimmer geworden. Selbst Tristan konnte ihr keinen Mut mehr zusprechen. Er wollte sie einfach nicht sehen. Schließlich gab Lola auf. Wahrscheinlich hasste er sie jetzt so sehr, dass es einfach keine Hoffnung mehr gab.

Egal wie sehr sie sich dagegen wehrte, ihre Gedanken kreisten ununterbrochen um ihn. Je länger sie darüber nachdachte und je mehr sie versuchte, ihn aus ihren Gedanken zu verbannen, desto mehr verspürte sie den Wunsch, ihn zu sehen und mit ihm zu sprechen. Irgendetwas in ihr schien begriffen zu haben, wie sehr sie ihn brauchte.

Auf dem Sofa lümmelnd blickte sie starr vor sich her, während sie zum x-ten Male versuchte, sich einen Schlachtplan zurechtzulegen.

Sie hatte den Kopf auf die Hände gestützt, als ihr Blick zu ihrem Kleiderschrank glitt. Das Bild, das sich hinter dem Schrank verbarg, war noch immer nicht vollendet. Ein paar letzte Feinheiten und Schliffe fehlten noch. Sie beschloss, es fertigzustellen. Wenn sie das vollendete Portrait vor Augen sehen könnte, würde sie vielleicht wissen, was sie zu tun hatte.

Sie stand auf. Sie war aufgeregt und zitterte, als sie das Bild hervorzog. Lange Zeit hatte sie es nicht mehr betrachtet. Doch ein Blick darauf genügte, um zu wissen, was zu tun war. Beflügelt machte sie sich ans Werk.

Draußen dämmerte es bereits, als es an der Wohnungstür klopfte. Lola ging einen Schritt zurück und betrachtete das fertige Werk wohlwollend.

»Ist offen.«

Eine gut gelaunte Cordula trat ein.

»Hey. Was machst du denn heute noch so?«

»Ich weiß es noch nicht. Aber ich spiele mit dem Gedanken, in den Club zu gehen. Mia hat mir letztens erzählt, dass sie dorthin wollen.«

Cordula besah sich das fertige Bild. »Alle Achtung, Lola. Ich muss schon sagen. Dein Portrait ist wirklich toll geworden. Wie hast du es nur geschafft, aus dem Gedächtnis heraus etwas so Reales aufs Papier zu zaubern?«

Lola freute sich über das Kompliment. Verlegen stand sie neben ihrer Nachbarin und betrachtete ebenfalls ihr Bild.

»Geh zu Manuel und sprich dich mit ihm aus«, sprach Cordula feierlich in die Stille hinein. »Lass dich nicht abwimmeln und glaube an dich. Er wird dich bestimmt nicht noch einmal wegschicken. Auch seine Wunden heilen mit der Zeit. Wenn ich dein Bild so betrachte, scheint dein Innerstes mehr von deinen eigenen Gefühlen zu verstehen als du selbst.«

Damit hatte Cordula den Nagel auf den Kopf getroffen. Sie hatte nicht irgendein Bild gemalt. Es war nicht irgendeine Zeichnung. Nein. Es war der Blick in eine ganz besondere Seele. Sie konnte sich dem nicht länger verschließen.

KAPITEL 10

Alles auf eine Karte

Mit Mia hatte sie einen Treffpunkt in der Nähe der Bar vereinbart. Zwischen den vielen fremden Menschen in der Warteschlange vor dem Club fühlte sie sich reichlich unwohl. Wie gerne hätte sie jetzt Cordula an ihrer Seite gehabt, aber die wollte noch auf Lukas warten und später mit ihm zusammen nachkommen. In ihrer Verzweiflung zückte sie ihr Smartphone und daddelte ein wenig im Netz herum, während die Schlange sich langsam vorwärts bewegte.

Lola war kurz vor dem Eingang angekommen, da hörte sie ihren Namen. »Hey. Sag mal, bist du nicht die Lola?«

Sie sah in die Augen eines jungen Mannes, der ihr zwar bekannt vorkam, den sie aber nicht einordnen konnte.

»Wer will das wissen?«

Der junge Mann lachte auf. »Du bist es. Ganz sicher. Die gleiche schnippische Art wie auf der Hochzeit. Erkennst du mich nicht? Wir haben zusammen getanzt.« Hoffnungsvoll wartete er einen Moment ab, damit Lola die Gelegenheit bekam, sich zu erinnern.

»Klar doch. Du bist Sam.«

»Ja, genau. Jetzt hast du's.« Er gab ihr die Hand. »Wie geht es Manuel denn?«, fragte er, das Gesicht in alle Richtungen verbiegend. »Ist er auch hier?«

»Ich weiß nicht, wie es Manuel geht. Wir haben seit der Hochzeit keinen Kontakt mehr.«

Jetzt wurde Sam hellhörig. »Dann seid ihr also nicht zusammen?« Ein Grinsen glitt über sein Gesicht.

»Nein. Sind wir nicht. Aber wieso interessiert dich das so brennend? Ich kann mich nicht erinnern, dir irgendwelche Hoffnungen gemacht zu haben.«

Autsch! Das war ganz schön gemein, aber der Typ nervte. Sie hoffte, ihn damit so schnell wie möglich loszuwerden. Doch genau das Gegenteil schien der Fall zu sein.

»Was nicht ist, kann ja noch werden!«, hörte sie ihn süffisant sagen.

Dann ließ er Lola erst einmal in Ruhe. Sie ahnte jedoch bereits, dass das für heute noch nicht alles gewesen sein konnte.

Ein paar Minuten später hatte Lola den Eingang erreicht. Das Wummern der Bässe wurde lauter. Nachdem sie ihre Jacke und die Tasche an der Garderobe abgegeben hatte, wurde die Musik mit jedem Schritt, den sie auf die Tanzfläche zuging, markdurchdringender.

Der Dresscode in diesem Laden schien eindeutig nach High Heels und gaaanz viel Bein zu schreien. Über die Wahl ihrer Klamotten hatte sie sich gar keine Gedanken gemacht. Jetzt kam sie sich ganz schön unscheinbar vor in ihrer Jeans und den Sneakers. Doch nun war es zu spät.

Der Club war proppenvoll. Sie erkannte am anderen Ende des Raumes eine langgestreckte Theke, um die sich eine stattliche Menschenmenge versammelt hatte. Lola machte sich in die Richtung auf und war erstaunt, wie gut sie vorwärts kam. Fast schon ging es ihr zu schnell. Mit einem Schlag war sie total aufgeregt. Sie hatte sich doch noch gar nicht so genau überlegt, was sie Manuel sagen wollte. Bei dem Geräuschpegel, der ihr gegen das Trommelfell ballerte, bezweifelte sie mittlerweile auch, dass überhaupt eine Konversation möglich sein würde. Wie war sie überhaupt auf die Idee gekommen, eine Aussprache in einem Nachtclub zu suchen? Sie musste doch total neben der Spur sein?

Abrupt hielt sie inne und stand hilflos im Strom der Menschenmenge, der sie nun aber, trotzdem sie nicht mehr vorwärts wollte, weiter in Richtung Bar drängte, so dass Lola tatsächlich kurz darauf davor stand und krampfhaft überlegte, wie zur Hölle sie hier nur wieder wegkam.

Sie wollte gehen. Am besten wäre es, morgen mit Manuel zu sprechen. Ja, genau. Lola machte einen Versuch, sich gegen den Strom zu stellen und in den entgegengesetzten Menschenstrom zu gelangen. In den Strom, der sie von der Bar wegtragen würde. Inmitten dieser Menschenmenge hielt sie plötzlich Blickkontakt. Und zwar mit Manuel. Manuel! Seine braunen Augen hätte sie unter hunderttausenden wiedererkannt. *Scheiße.*

Er schien ebenfalls überrumpelt. Sicher hatte er hier nicht mit Lola gerechnet. Ganze Heuschreckenschwärme wirbelten in ihr herum und tobten sich so richtig aus. Zwischen ihr und Manuel befand sich nur noch ein junger Mann, der allerdings gerade dabei war, mit zwei Flaschen Bier das Weite zu suchen. So kam es, wie es eben kommen musste. Sie fanden sich dicht an dicht gedrängt vor der Bar wieder.

Ganz eingeschüchtert wusste sie nun gar nicht, was sie sagen sollte. In ihrer Verzweiflung fuhr sie sich ein paar Mal durchs Haar und versuchte die kleine kupferrote Strähne zu bändigen, die ihr immer wieder in die Augen fiel. Manuel versuchte die unangenehme Situation damit zu überspielen, dass er der Bedienung hinter dem Tresen seine Bestellung durchgab. Lola hielt sich krampfhaft an der Theke fest und bemerkte, wie sehr sie Manuel die ganze Zeit über anstarrte. *Herrje. Nun mach doch endlich den Mund auf, schließlich bist du deswegen hier.*

Während Manuel auf die Getränke wartete, richtete er das Wort an sie. Er klang gezwungen heiter.

»Mia hat gar nicht erwähnt, dass du auch kommst.«

Lola überlegte kurz, ob sie auf seinen Small Talk eingehen sollte, entschied sich aber dafür, gleich zur Sache zu kommen, bevor der Mut sie wieder verließ.

»Es tut mir wahnsinnig leid, wie alles gelaufen ist. Ich wünsche mir nichts mehr, als mich endlich bei dir zu entschuldigen. Ich weiß, mich zu sehen ist das Letzte, was du willst … Doch bitte! Gib mir eine Chance, alles zu erklären.«

Manuel hatte ihr zwar bis jetzt zugehört, doch so wie es aussah, hatte er nicht vor, das weiterhin zu tun. Entschieden drehte er sich von ihr weg.

Verbissen setzte sie alles auf eine Karte und krallte ihre Finger in seinen Unterarm, so dass er nicht fortkam und ihr zuhören musste. »Alles, was ich möchte, ist, dass du mir für einen Augenblick zuhörst. Am besten, bevor ich den Mut wieder verliere.«

Nachdem er einen Moment überlegt hatte, wandte er sich ihr zu.

»Also«, legte sie los, bevor er es sich noch einmal anders überlegen konnte. »Es tut mir wirklich von ganzem Herzen leid, wie ich mich auf der Hochzeit verhalten habe. Du musst mir bitte glauben, dass ich das nicht wollte. Du denkst bestimmt, ich wäre das letzte Miststück, und irgendwie stimmt das ja auch. Aber seit unserem Kuss hat sich so viel verändert. Ich hab Sehnsucht nach dir, und die wird mit jedem Tag größer. Ich vermisse dich ganz schrecklich. Seit du mich nicht mehr sehen willst, weiß ich erst, wie wichtig du mir bist.«

Nach ihrer Beichte traute sie sich zunächst nicht, von der Theke aufzuschauen. Zu groß war die Angst vor seiner Reaktion. Sie überlegte, ob er bei der Geräuschkulisse ihrem Vortrag überhaupt hatte folgen können.

Sachte hob sie den Kopf und bemerkte erleichtert, dass er jedes Wort verstanden hatte. Er lächelte sie mit warmherzigen Augen an, und dieses Lächeln tat so gut. Als er seine Bestellung entgegennahm, wartete Lola geduldig ab, bis er bezahlt hatte. Manuel nahm die Bierflaschen.

»Wärst du so freundlich, die Gläser für mich zu den anderen zu tragen?«, fragte er.

Verdattert griff sie zu. »Klar doch.«

Ehe sie sich versah, drängelte sie sich hinter Manuel zu seinen wartenden Freunden durch. Sie beschloss, erst einmal zufrieden zu sein. Immerhin hatte er ihr zugehört. Das war ein Anfang. Ein erleichtertes Grinsen huschte über ihr Gesicht.

Mia empfing sie mit einem jauchzenden Aufschrei, während der Blick von Tristan deutlich verhaltener war. Die beiden Männer hielten Blickkontakt miteinander. Lola achtete ganz genau auf Manuels Gesichtsausdruck. Er wirkte zuversichtlich und in ihr keimte so etwas wie Hoffnung. Doch noch bevor sie sich darüber den Kopf zerbrechen konnte, nahm Mia sie schon zur Seite.

»Und? Habt ihr miteinander geredet?«

»Na ja, nicht direkt. Ich hab geredet. Drüben an der Bar.«

»Was ist dann passiert?«

»Er hat mich angelächelt. Genau wie damals auf der Hochzeit.« Das Funkeln in ihren Augen konnte Lola trotz aller Mühe nicht vor ihrer Freundin verbergen.

»Oh! Ich wusste es doch die ganze Zeit. Du bist in Manuel verliebt. Seit eurer ersten Begegnung wusste ich es schon.« Mia triumphierte förmlich.

»Gut. Ich gebe zu, dass ich mich zu ihm hingezogen fühle. Reicht das für den Anfang?«

»Na, meinetwegen. Das muss gefeiert werden. Komm, wir tanzen.«

Noch ehe sie protestieren konnte, zog Mia sie auf die Tanzfläche. Die Unbeschwertheit der anderen Tänzer beschwingte Lola. Sie tanzte immer ausgelassener. Beide Mädels bewegten sich ungehemmt und ungeniert, was nicht zuletzt an Mias hervorragendem Taktgefühl lag. Sie verstand es, auf der Tanzfläche zu glänzen.

Von der Tanzfläche aus entdeckte sie Cordula und ihren neuen Freund Lukas, die sich zu den anderen durchwühlten. Das dunkle Wesen der Finsternis war auch kaum zu übersehen zwischen den vielen Normalos. Trotz der bunten Lichtblitze und dem Schummerlicht stach sie gewaltig aus der Masse hervor. Wenn Lola es recht betrachtete, dann passte ihr Neuer so gar nicht zu ihr. Aber das schien nicht wichtig zu sein. Cordula und Lukas machten einen glücklichen Eindruck, und das war es schließlich, was zählte. Mia, immer noch voll im Takt, hatte gar nicht bekommen, dass sie Verstärkung erhalten hatten. Beherzt stupste sie ihre Freundin an und zeigte in Cordulas Richtung. Was dann folgte, hätte sie eigentlich voraussehen müssen. Immerhin kannte sie Mia seit Jahren. Vergnügt quietschte Mia auf, tänzelte fort und ließ Lola alleine auf der Tanzfläche stehen. *Mensch, Mia! Immer das Gleiche mit dir.*

Verdattert stand sie auf der Fläche und alle um sie herum tanzten weiter, während sie nun völlig aus dem Takt geraten war. Unbeholfen wippte sie von der einen zur anderen Seite. Sie drehte sich weg und blickte zum DJ-Pult. Dabei sah sie direkt in die Augen von Sam, der sie mit einem blöden Grinsen im Gesicht beherzt bei den Händen nahm. Sie versuchte auf Abstand zu gehen, aber Sam blieb an ihr dran.

»So schnell sieht man sich wieder. Du tanzt wirklich verdammt gut. Du und deine Freundin, ihr seid echt heiß.«

»Ja, das machen wir ständig so. Als Vorspiel quasi. Hinterher gehen wir dann miteinander ins Bett.«

Verdutzt blickte er auf und schien amüsiert. Obwohl sie gehofft hatte, ihn damit abzuschrecken, schien genau das Gegenteil der Fall zu sein.

»Vielleicht könnten wir uns ja mal zu dritt treffen. Was meinst du dazu?«

Sein Tonfall löste bei ihr Brechreiz aus. Alleine die Vorstellung war bereits eine Zumutung. Sie musste sich stark zusammenreißen, um nicht laut loszulachen. Er schien die Frage aber durchaus ernst gemeint zu haben.

»Du, nichts für ungut. Aber ich denke, es reicht nun wirklich. Lass mich los und such dir bitte eine andere für die Nacht. Ich stehe nicht zur Verfügung. Ist das angekommen?«

Doch der Kerl wurde immer aufdringlicher. Erneut zog er sie näher zu sich heran. Mit seinem Gesicht kam er ihr ganz nah.

»Ach, Lola. Nun hab dich doch nicht so«, flüsterte er in ihr Ohr. »Wir könnten jede Menge Spaß miteinander haben. Du bist süß.«

So langsam wurde Lolas Atmung hektischer und sie versuchte sich von ihm loszureißen. Plötzlich stand Cordula vor ihr, packte sie an der Hüfte und riss sie von Sam los.

»Sag mal, du Clown«, schnauzte sie. »Wie kommst du dazu, meine Freundin anzubaggern? Noch dazu auf so eine schäbige Art und Weise?«

Noch ehe Lola oder Sam etwas hätten sagen können, spürte sie Cordulas Lippen auf ihrem Mund. Die umstehenden Clubbesucher amüsierten sich köstlich über die kleine Showeinlage. Je länger der Kuss andauerte, desto größer wurde Sams Schmach. Ohne ein weiteres Wort gab er schließlich klein bei und verschwand in der Menschenmenge. Als er weg war, beendete Cordula den Kuss.

»Gern geschehen, Herzchen. Ich denke, den bist du los.«

Lola blickte zu den anderen hinüber.

Oh Gott, dachte sie. Manuel! Wahrscheinlich hatte er alles gesehen. *Was er jetzt wohl von mir denkt?*

Doch sie kam gar nicht dazu, sich weiter darüber Gedanken zu machen. Beherzt zog Mia ihren Tristan hinter sich auf die Tanzfläche. Lukas und Manuel folgten den beiden. Cordulas Griff krallte sich erneut um Lolas Hüfte. Sie drehte und bewegte sich höchst interessant. Dabei wirkte sie wie eine gruselige, düster dreinblickende Katze. Lukas schien das nicht zu stören. Mittlerweile hatten die beiden sich im Tanz gefunden und Lola verübte wieder ihre unbeholfene One-Man-Show.

Sie sah kurz zu Tristan und Mia herüber. Aber nur, um gleich darauf wieder beschämt wegzusehen. Das, was die beiden hier auf der Tanzfläche miteinander veranstalteten, war kein Tanzen mehr. Herrje! Das war Vorspiel! Sie spürte, wie sie rote Ohren bekam, und beschloss Mia bei nächster Gelegenheit anzuraten, sich ein Zimmer zu nehmen.

Die ersten Klänge ihrer Lieblingsband Revolverheld drangen durch den Saal. Im gleichen Augenblick bekam sie eine fürchterliche Gänsehaut und ihre Nackenhaare stellten sich auf. Deutlich fühlte sie Manuels Anwesenheit dicht hinter sich. Er war ihr ganz nahe. Sie hatte keine Ahnung, woher sie wusste, dass es Manuel war, der hinter ihr stand. Sie wusste es einfach.

Sie schloss die Augen für einen kurzen Moment, dann drehte sie sich zu ihm um. Die wohltuend klare Stimme des Sängers hallte durch den ganzen Raum. Manuels Augen funkelten im Glitzergewitter der Laser. Da stand er nun. Direkt vor ihr. Und Lola war so dankbar dafür. Er war hier. Bei ihr! Das war alles, was sie wollte.

Als hätte Manuel verstanden, nahm er vorsichtig ihre Hand und zog sie ein kleines Stück näher zu sich heran. Sie ließ es geschehen. Er bemerkte das kleine grüne Armbändchen an ihrem Handgelenk. Es zauberte ihm ein Lächeln auf das Gesicht. Andächtig legte sie ihre

Hände auf seine Schultern und kam von sich aus noch ein Stück näher. Sie spürte, dass Manuel genauso angespannt war wie sie selbst. Sie fühlte seine Hände auf ihrer Hüfte und konnte ihren Blick nicht von ihm abwenden.

Im Takt der Musik bewegten sie sich durch den Raum. Ihre Gesichter waren sich dabei ganz nahe. Lola war wie elektrisiert. Jede Faser ihres Körpers genoss die Berührung von Manuels Händen und die rhythmische Bewegung im Tanz. Die Atmosphäre um sie herum knisterte spürbar. Wie gerne hätte sie ihn jetzt noch dichter zu sich herangezogen, denn eine gewisse Sehnsucht nach mehr konnte sie sich nicht absprechen. Aber sie zwang sich, es nicht zu tun. Sie wollte nicht schon wieder etwas Ungestümes machen, was ihr hinterher leidtäte.

Ihr wurde klar, was für ein Glück sie hatte. Zu wissen, dass es einen Menschen gab, der sie von ganzen Herzen liebte. Genau so, wie sie war. Bedingungslos. Mit Fehlern, Macken, einer gehörigen Portion Unbeholfenheit und dem riesengroßen Talent, andere Menschen vor den Kopf zu stoßen. Ihre Zuneigung zu diesem Mann wurde mit jedem Takt größer. Mehr und mehr überkam sie die gleiche Verbundenheit, die sie damals auf der Hochzeit gespürt hatte.

Manuel kam mit seinem Gesicht noch ein Stück näher. Sie tanzten Stirn an Stirn. Es war atemberaubend. Er führte sie geschmeidig und liebevoll über die Tanzfläche, dass ihr ganz schwindelig wurde. Ihr Blick schweifte ab zu seinem Mund. Jetzt musste sie wegsehen. Sie hätte nicht gewusst, was sie ansonsten getan hätte. Die Anziehungskraft, die er auf sie ausübte, war so groß, dass sie kurz davor war, ihn zu küssen.

Lola beobachtete die anderen Tanzenden. Cordulas Blick schien sagen zu wollen: *Tu jetzt bitte nichts, was du später bereuen wirst!* Mit einem Augenrollen vermittelte Lola ihr: *Natürlich nicht. Ich bin doch nicht bescheuert! Nein! Natürlich mache ich das nicht.* Sie beschloss, gut auf sich und Manuel aufzupassen. Sie wollte es nicht schon wieder kaputtmachen, noch bevor es begonnen hatte. Sein Gesicht befand sich dicht neben dem ihren, während sie an ihm vorbei die tanzende Menge beobachtete. Mit jedem Atemzug genoss sie seine Nähe. Er roch so gut.

Die letzten Takte des Liedes erklangen, dann veränderte sich die Musik schlagartig. Um sie herum begannen die Leute auf und ab zu hüpfen, zu deutlich schnellerer Clubmusik. Nur sie und Manuel waren in der Bewegung eingefroren. Es schien Lola so, als ob auch er den Moment noch für einen Augenblick länger einfangen wollte.

Nach weiteren zehn Sekunden besann er sich. Er nahm ihre Hände von seiner Schulter und lächelte. Lola lächelte zurück. Ehe sie sich versahen, wurden beide wild herumgeschleudert.

Lola drängelte sich bis zur Barfrau durch. Dort bestellte sie drei Wodka-Cola. Ein paar Meter weiter links konnte sie Tristan erkennen, der ebenfalls auf seine Bestellung wartete. Neben ihm stand Manuel und unterhielt sich mit einer Blondine.

Sie musterte die Frau von oben bis unten. Es gefiel ihr ganz und gar nicht, wie angeregt sich Manuel mit dieser fürchterlich offenherzig bekleideten Person unterhielt. *Ehrlich mal. Die sieht aus wie Barbie. Nur doppelt so alt! Mist*, dachte Lola, als sie sich dabei ertappte, wie eifersüchtig sie auf das wasserstoffblonde Ding dort drüben war. Energisch zwang sie sich, in eine andere Richtung zu sehen, um sich nicht weiter über die blöde Schnalle ärgern zu müssen. Schließlich hatte sie gar keinen Grund, eifersüchtig zu sein.

Die Frau hinter der Bar reichte ihr die gewünschten Getränke.

»Ehrlich, Mann! Das war voll die linke Nummer von euch beiden«, hörte sie Sam hinter sich. Genervt rollte sie mit den Augen. Sie drehte sich um und kam ohne Vorankündigung gleich zur Sache.

»Sag mal, bist du wirklich so blöd oder willst du es einfach nicht kapieren? Lass mich endlich in Ruhe!« War das denn tatsächlich so schwer zu verstehen? Der Typ hatte echt keine Schmerzgrenze.

Manuel schien ihren unangenehmen Begleiter bemerkt zu haben. Lola sah, wie er nun ebenfalls verstohlene Blicke in ihre Richtung warf.

Sam fing an zu sticheln. »Hab ich denn gar keine Chance bei dir? Das ist echt übel. Denn ich glaube, aus dir und Manuel wird ja doch nichts. Also warum nicht gleich die ganze Geschichte abkürzen, und wir gehen zu mir. Was sagst du dazu?« Er ließ weiter ganz gewaltig den Arsch raushängen.

Lola beschloss, ihn jetzt einfach zu ignorieren. Sie winkte ihren Freundinnen, die sich daraufhin auf den Weg zu ihr machten. Erneut riskierte sie einen Blick zu Manuel und erschrak. Wütenden Blickes steuerte er auf sie und Sam zu. Sie fragte sich, was sie jetzt wieder falsch gemacht hatte. Man konnte es direkt mit der Angst bekommen, so düster und finster war sein Gesichtsausdruck. Schnell schickte sie ein Stoßgebet zum Himmel und hoffte, dass Opa sie trotz seiner Abneigung gegen diese Hottentottenmusik, wie er sich ausdrücken würde, hier im Club beobachtete. In diesem Fall könnte er ihr vielleicht einen hilfreichen Hinweis geben, was um alles in der Welt nun schon wieder falsch lief. Der aufbrausende Manuel kam immer näher, und mit jedem Zentimeter raste ihr Herz mehr.

Was dann geschah, kam völlig unvorhergesehen. Ohne auf sie zu achten, griff er Sam ohne Vorankündigung an. Er zog ihn ein gutes Stück mit sich und schlug ihn mit der Faust gegen die Schläfe. Sam ging direkt zu Boden.

»Du weißt einfach nie, wann es genug ist, Sam!« Manuel stand schnaufend über ihm und brüllte. »Es reicht! Ernsthaft!«

Alle drei Mädels beobachteten, wie sich um die beiden Streithähne ein Kreis bildete. Unbeholfen kam Sam wieder auf die Beine und hielt sich die Nase. Blut lief in einem Rinnsal seine Finger herunter. Er warf einen letzten Blick auf Lola und verschwand in der Menschenmenge.

Die Hände von Mia hatten sich in Lolas Arm gekrallt. Ängstlich blickte sie sich nach Tristan um, der schnell an Manuels Seite war und ihn zu beruhigen wusste. Manuel sprach noch kurz mit Tristan, bevor er, ohne zu meckern, mit der Security zum Ausgang ging. Dabei warf er einen letzten Blick auf Lola.

Geistesabwesend griff Lola zu einem der drei Gläser und wollte einen kräftigen Schluck daraus nehmen, doch Tristan griff beherzt zu und entzog ihr das Glas. Er nahm es und goss es direkt in den Ausguss hinter der Theke. Genauso verfuhr er mit den anderen beiden Gläsern. Mit offenen Mündern warteten die drei Mädels auf eine Erklärung.

»Das solltet ihr besser nicht mehr trinken. Manuel hat gesehen, wie Sam ein paar Tropfen in eines der Gläser geschüttet hat. Deswegen ist er auch gerade so ausgerastet.«

Während er Lola intensiv in die Augen blickte, fing sie ganz allmählich an zu verstehen. Oh, Mann! Wie hatte sie nur so unaufmerksam sein können? Sie mochte sich gar nicht ausdenken, was noch alles hätte passieren können. Ihr wurde richtig schlecht.

»Vielleicht ist es besser, wenn wir für heute einen Schlussstrich ziehen und gehen«, fügte Tristan hinzu. Er blickte von einem zum anderen und jeder Einzelne war der gleichen Meinung.

»Gut«, meinte er. »Dann lasst uns gehen. Manuel wartet draußen auf uns.« Der Abend, der so wunderbar begonnen hatte, fand ein jähes Ende.

Draußen trafen sie auf Manuel. Die Stimmung war nach der Aktion natürlich im Eimer. Schweigend machten sich die sechs Freunde daher ohne Umwege auf den Weg zur nächsten Straßenbahn.

Mia hatte sich so dicht an Tristan herangekuschelt, dass die zwei fast als eine Person durchgehen konnten. Cordula und ihr Neuer folgten ihnen händchenhaltend, so dass Lola alleine lässig hinter den vieren her schritt. Manuel folgte als Letzter. Er hatte die Hände in den Hosentaschen vergraben und schien seinen Gedanken nachzuhängen.

Verstohlen schaute sie immer mal wieder über die Schulter, um zu sehen, ob er noch da war. Zu gerne hätte sie gewusst, was in seinem Kopf vor sich ging. Schließlich gab sie sich einen Ruck und verlangsamte ihre Schritte, bis er zu ihr aufgeschlossen hatte.

Zuerst blickte er starr weiter vor sich her, konnte sich aber ihrem durchdringendem Blick nicht allzu lange verwehren. Wie ein kleines Mädchen kam sie sich vor, das nicht wusste, was es sagen sollte. Vor ihnen diskutierten die anderen heftig über das, was im Club passiert war.

»Danke übrigens«, nahm sie all ihren Mut zusammen und begann ein Gespräch. »Ich glaube, du hast mir da heute Abend ziemlichen Ärger vom Hals gehalten. Das wäre bestimmt nicht gut für mich ausgegangen.«

Er nickte nur. Lola war verunsichert. War er etwa immer noch sauer auf sie? Hatte sie irgendetwas getan, was ihn verärgert hatte?

»Ist alles in Ordnung?«

Ohne Vorankündigung blieb er stehen. »Seit ich dich damals das erste Mal in der Straßenbahn gesehen habe, ist es um mich geschehen, Lola. Tag und Nacht begleitest du seitdem meine Gedanken, und ich kann nichts dagegen tun. Falls du also wieder einen Rückzieher machen möchtest, dann wäre jetzt der richtige Augenblick dafür. Alles andere ertrage ich nämlich nicht.«

Peinlich berührt trat sie auf der Stelle auf und ab. Diese gewöhnungsbedürftige Liebeserklärung musste sie erst einmal einen Moment auf sich wirken lassen.

»Herrje. Was soll ich denn dazu jetzt sagen?« Sie war sichtlich überfordert.

»Am besten die Wahrheit. Das macht man für gewöhnlich so. Du brauchst wirklich keine Rücksicht auf mich zu nehmen. Ich werde es schon verkraften. Irgendwie.« Tapfer hielt er ihrem Blick stand.

Als ihr bewusst wurde, dass es jetzt wirklich ernst wurde, versuchte sie ihr blödes Kribbeln im Bauch, so gut es ging, zu ignorieren. Es war Zeit, die Karten auf den Tisch zu legen.

»Du bist ein wundervoller Mensch, Manuel.« Sein Blick ging zur Seite und sah alles andere als hoffnungsvoll aus.

»Hey! Keine Panik«, versuchte sie ihn schnell zu beruhigen. »Ich will dir doch gar keine Abfuhr erteilen. Ganz im Gegenteil. Hätte ich in den letzten Tagen Himmel und Hölle in Bewegung gesetzt, um mich mit dir auszusprechen, wenn du mir egal wärst?«

Manuels Blick entspannte sich wieder. Auf seinen Lippen zeichnete sich ein zaghaftes Lächeln ab. Langsam setzten sie sich in Bewegung, um den Anschluss an die anderen nicht ganz zu verlieren.

»Du bist nun einmal zu einem Zeitpunkt in mein Leben getreten, wo alles komplett Kopf steht. Das hat mit meinen Gefühlen für dich aber überhaupt nichts zu tun«, versuchte sie ihr Verhalten zu erklären.

Sein verkrampftes Lächeln war komplett verschwunden und er schenkte ihr einen seiner ehrlichen und warmherzigen Augenaufschläge, die sie so sehr in ihren Bann zogen.

»Das ist mehr, als ich zu hoffen gewagt habe.«

Es war ihm anzusehen, dass noch etwas auf seinem Herzen lastete.

»Da wäre allerdings noch etwas, was wir vielleicht klären sollten. Du und Kristof … Ich frage mich, ob …«

»Das ist längst Geschichte«, schnitt sie ihm das Wort ab. »Und zwar seit der Hochzeit. Das schwöre ich dir!« Er musste ihr einfach glauben!

»Oh! Gut. Auf einen Konkurrenzkampf mit dem Kumpel meines Vaters hätte ich auch nicht sonderlich viel Lust gehabt.«

Tatsächlich gelang beiden so etwas wie ein Lachen, das überaus befreiend wirkte und sie augenblicklich gelassener miteinander umgehen ließ. Händchenhaltend setzten sie ihren Weg fort. Mit einem ganzen Schwarm Schmetterlinge im Schlepptau gingen sie die Straße entlang und Lola war froh, Manuel an ihrer Seite zu haben. Sie nahm sich fest vor, dieses eine Mal alles richtig zu machen. Als sie um die Ecke bogen, sahen sie die anderen bereits an der Haltestelle stehen und im nächsten Augenblick fuhr die Straßenbahn auch schon vor. Ohne lange zu überlegen, fingen sie an zu rennen, um die Bahn noch zu erwischen.

Die Straßenbahn hielt an und sie stiegen aus. Endlich konnten sie den bohrenden Blicken der anderen für einen Moment entkommen. Denen war natürlich sofort aufgefallen, dass Manuel die ganze Zeit ihre Hand hielt. Er wich ihr nämlich nicht mehr von der Seite, und das war ihr auch ganz recht so. Sie suchte ebenfalls seine Nähe.

Bei den anderen hatte sich mittlerweile wieder eine positivere Stimmung eingestellt. Während Tristan Mia noch bis zum Hauptbahnhof bringen wollte, damit sie ihre Heimreise antreten konnte, wurden sie von Cordula gefragt, ob sie zusammen noch eine Flasche Wein trinken wollten. Manuel wollte lieber gleich nach Hause weitergehen. Morgen Vormittag fand in der Universität eine wichtige Lesung statt, an der er unbedingt teilnehmen wollte. Lola beschloss, es ihm gleichzutun. Sie musste ebenfalls früh aus den Federn. Außerdem sah sie es überhaupt nicht ein, sich ohne seine Unterstützung dem Kreuzverhör von Cordula und ihrem Neuen zu stellen. Trotzdem hoffte sie, sich vor ihrem Haus noch von ihm verabschieden zu können, ohne die lästigen Blicke der anderen. Cordula schloss bereits die Haustür auf.

»Und? Wie sieht's nun aus, Manuel? Ich hab auch Bier, falls dir das lieber ist.«

Doch er lehnte dankend ab. »Ist lieb gemeint, aber ich geh gleich weiter. Viel Spaß noch.«

»Ganz wie du willst. Und, Lola? Du weißt ja, wo du uns findest.«

Die Tür fiel hinter ihr ins Schloss. Es wurde leise.

Unbeholfen stand sie Manuel gegenüber und konnte sich an seinen wundervollen braunen Augen gar nicht sattsehen. Ihm schien es ähnlich zu gehen. Nach dem ganzen Elend, das sie beide miteinander durchgemacht hatten, war es kaum zu glauben, dass sie jetzt einfach nicht voneinander loskamen.

Manuel ergriff die Initiative. Seine Hände griffen ihre Hände. Zärtlich fuhr er mit seinen Fingern über ihren Handrücken.

»Ich bin froh, dass du heute Abend in den Club gekommen bist. Was du gesagt hast, hat mir gutgetan. Du hast mir sehr gefehlt.«

Lola war gerührt. Ihre Gefühle überschlugen sich.

»Ich hab dich auch vermisst. Sehr sogar. Auf einmal warst du nicht mehr da. Wahrscheinlich musste es so kommen, ansonsten wüsste ich wohl bis heute nicht, dass du mir fehlst, wenn du nicht da bist.«

Er kam näher. »Ich sollte jetzt mal besser gehen. Nicht wahr?«

Keiner von beiden brauchte auszusprechen, dass es eigentlich genau das Gegenteil war, was beide in diesem Augenblick wollten. Aber er schien fest entschlossen. Um sie auf die Wange küssen zu können, kam er ihr so nahe, dass ihr der Atem stockte. Zart und liebevoll war die kleine Berührung. Mehr ein Hauch, der ihr einen

Schauer über den Rücken jagte, als Wirklichkeit. Voller Zuversicht und Wärme strahlten seine Augen.

Von seinem Blick gefangen, berührten ihre Lippen die seinen. Dieser Kuss war ganz anders als damals auf der Hochzeit. Er war kontrolliert und noch gefühlvoller.

Ihre Gesichter trennten sich wieder voneinander. Beide sprachen kein Wort. Es bedurfte keiner Worte mehr heute Abend. Es war alles gesagt, und eine wohltuende Ruhe herrschte zwischen ihnen, die Lola frei durchatmen ließ. Genau hier in diesem Augenblick hatte etwas Wundervolles begonnen.

Dann drehte er sich um und ging. Sie sah ihm nach, bis er hinter der nächsten Hausecke verschwunden war.

Aus dem Augenwinkel heraus sah sie am Straßenrand einen dunkelblauen BMW stehen, den sie vorher nicht bemerkt hatte. Ihr Herzschlag beschleunigte augenblicklich. Aber als ob es ihr gar nicht aufgefallen wäre, schloss sie die Tür auf und trat ein. Dann schloss sie schnell hinter sich zu und lehnte sich gegen die Tür. Sie hoffte inständig, dass sie sich geirrt hatte, und ging die Treppen hinauf. Sie wollte darüber nicht nachdenken. Dieser Augenblick sollte ganz Manuel und ihr gehören.

Kapitel 11

Wenn Zukunft und Vergangenheit sich kreuzen

Aus der Wohnung von Cordula war heiteres Stimmengewirr zu vernehmen und sie überlegte nun doch, ob sie sich noch für einen Augenblick zu ihnen gesellen sollte. Aber dann würden sie bestimmt wie ein Rudel über sie herfallen und sie ausfragen. Darauf hatte sie heute Abend keine Lust mehr. Sie wollte vielmehr genießen, wie der Abend verlaufen war. Die Erinnerung daran war noch so allgegenwärtig, dass Lola nur zu gerne noch einmal alles gedanklich durchleben wollte. Daher zückte sie zielstrebig ihren Schlüssel und schloss auf.

Kaum in der Tür, hörte sie ihr Telefon klingeln. Die SMS kam von Manuel.

»Manuel«, flüsterte sie liebevoll. Aufgeregt öffnete sie die SMS und begann zu lesen:

Wenn ich die Augen schließe, sehe ich dich im Geiste vor mir. Du lächelst. Ich danke dir dafür! Sweet Dreams

Während sie die SMS las, überkam sie ein ungeheuerliches Dauergrinsen. Und zwar eines von der Sorte, die nach einiger Zeit anfingen, im Kiefer weh zu tun. Bis zu den Ohren hinauf war das Grinsen zu spüren. Es würde wahrscheinlich eine ganze Weile dauern, bis es sich wieder lockern würde. Wenn das überhaupt jemals im Bereich des Möglichen war. Gerührt von seinen Worten, die ihr so poetisch vorkamen, ärgerte sie sich, dass ihr jetzt so gar nichts Kluges einfallen wollte, um ihm zurückzuschreiben. Mindestens hundert Anläufe würde es brauchen, bis etwas einigermaßen Anständiges beieinander stehen würde.

Das Handy fest an ihr Herz drückend, ging sie sich die Zähne putzen. Erst oben, in ihrer kleinen Schlafnische, nahm sie ihr Telefon wieder zur Hand:

Ab jetzt werde ich immer lächeln. Für dich! Träum schön

Das war einfacher gewesen als erwartet. Glücklich und zufrieden kuschelte sie sich in ihr Kopfkissen. Sie überlegte noch, ob Manuel und sie jetzt ein Paar waren. Über diesen Gedanken hinweg driftete sie selig mit dem festgefrorenen Dauergrinsen auf dem Gesicht in wunderschöne Tagträume. An Schlaf war definitiv nicht zu denken.

Der dunkelblaue BMW stand immer noch vor ihrem Haus. Davon allerdings bekam Lola nichts mit.

Eine halbe Ewigkeit später, immer noch schlaflos ihren Gedanken nachhängend, vernahm sie ihr unbekannte Geräusche. Sie klangen dumpf und irgendwie röhrend. Lola öffnete die Augen. Sie horchte auf. Da war es wieder. Laut, gequält und … ekstatisch?!

Angewidert hielt sie sich ihre Ohren zu. Keine Sekunde zu früh. Selbst durch die Hände hindurch konnte sie Cordula wollüstig aufschreien hören. Das war zu viel. Unmöglich konnte sie hier weiter liegen bleiben und sich dieses Hörspiel geben.

Wild entschlossen schälte Lola sich aus ihrer Bettdecke und stieg die Leiter zum Wohnraum hinunter. Mit einem verschmitzten Lächeln auf den Lippen begann sie sich anzuziehen, die nötigsten Sachen einzupacken, um dann leise und klammheimlich ihre Wohnungstür hinter sich zuzuziehen. Mit leisen Schritten stieg sie die Treppe hinunter.

Auf dem Weg zu Manuel bemerkte sie Kristofs dunkelblauen BMW, der sie zu verfolgen schien. Kurz bevor sie vor Manuels Haus ankam, schrieb sie ihm eine SMS, in der sie ihm ihre missliche Lage erklärte. Obwohl es mitten in der Nacht war, bekam sie keine 20 Sekunden später eine Antwort von ihm:

Ich komm runter und mach dir auf.

Sie stand jetzt vor der Eingangstür. Der dunkelblaue BMW blieb, wie bereits vermutet, ebenfalls stehen und sie riskierte einen Blick in seine Richtung. Obwohl Kristof mit einigem Abstand zu ihr angehalten hatte, konnte sie sein Gesicht durch die Windschutzscheibe erkennen. Die Straßenlaterne, vor der er gehalten hatte, spendete genügend Licht.

Überglücklich stellte sie fest, dass die Tür offen war. Dankbar drückte sie dagegen, um so schnell wie möglich aus Kristofs Blickfeld verschwinden zu können. Der Typ hing wie eine Klette an ihr. Sein Verhalten fand sie unmöglich. Hatte der denn nichts Besseres zu tun, als hinter ihr herzuspionieren? Mittlerweile bereute sie, dass sie aus Mitleid mit ihm ins Kino gegangen war. Seitdem tauchte ständig dieser Wagen auf, obwohl sie ihm doch deutlich zu verstehen gegeben hatte, dass sie nicht mehr mit ihm zusammen sein wollte.

Manuel stand bereits in der Tür. Er wollte ihr gerade entgegenkommen. Der Flur war nur notdürftig durch die kleine Nachttischlampe, die aus seinem Zimmer schien, beleuchtet, und alles schien darauf hinzuweisen, dass er bereits in süßen Träumen gelegen hatte.

Auf leisen Sohlen stahl Lola sich in den Flur und Manuel schloss hinter ihr die Tür. Verschlafen, aber glücklich lächelte er sie an. Hatte er etwa tatsächlich schlafen können? Ungeheuerlich, dachte Lola. Der vergnügt sich tatsächlich im Schlummerland, während sie sich vor Sehnsucht fast verzehrte. Da lief etwas wohl ganz gewaltig schief.

»Hast du etwa schon geschlafen?«, fragte sie unschuldig.

»In der Tat. Ich war gerade dabei, einzuschlafen, als deine Nachricht kam.«

Jetzt hatte Lola ein schlechtes Gewissen. »Oh. Das tut mir leid. Soll ich lieber wieder gehen?« Sie wollte sich bereits die Schuhe wieder überziehen, da packte Manuel sie am Arm und zog sie an sich heran. Sie war ihm nun ganz nahe. Genau so, wie sie es sich die ganze Zeit über gewünscht hatte.

»Du glaubst doch nicht, dass ich dich heute noch einmal loslasse.« Sein Blick war nun nicht mehr verschlafen.

Wild küssten sie sich und fanden sich in einer ungestümen Umarmung wieder, die sie beide durch den Flur torkeln ließ, um am Ende mit einem lauten Krachen in der Garderobe zu landen. Jacken und Kleiderbügel fielen lautstark zu Boden. Beide störten sich nicht daran. Im Gegenteil. Lola ließ einfach ihre Jacke auf den nun bestehenden Kleiderhaufen fallen. Kurzentschlossen zog sie sich die Strickjacke über den Kopf und warf sie zur Seite, noch ehe Manuel alle Knöpfe öffnen konnte. Perplex sah er sie kurz an, bevor er mit seinen Händen hüftaufwärts am Rücken unter ihre Bluse schlüpfte. Sie spürte seine Lippen ihren Hals entlangfahren und schloss die Augen. Beide gerieten dermaßen in Erregung, dass sie zuerst gar nicht bemerkten, wie Manuels Mitbewohner aus seinem Zimmer lugte und das Licht im Flur anknipste. Es wurde augenblicklich taghell im Flur und sie kniffen die Augen zusammen.

»Was zur Hölle geht'n hier ab?« Als Tristan Lola erkannte, wandte er sich gleich wieder ab und löschte das

Licht. »Lola, wer sonst! Jetzt ist es soweit. Die Drama-Queen geht bei uns ein und aus. Womit habe ich das nur verdient?«

Lola und Manuel standen alleine im fast dunklen Flur.

»Vielleicht sollten wir doch besser in mein Zimmer gehen, oder was meinst du?« Er grinste.

Lola biss sich auf die Unterlippe. »Okay«, erwiderte sie mit funkelnden Augen. »Gute Idee.«

Sie hob ihre Strickjacke auf. Das Chaos im Flur ließen sie einfach links liegen.

Als sie sein Zimmer betrat, durchfuhr sie ein Déjà-vu. Das schummrige Licht von Manuels Nachttischlampe, die im Licht glitzernde Wand hinter dem Sofa, der Mond, der durch die halb geöffneten Vorhänge zum Fenster hereinschien und ebenfalls ein wenig Licht spendete, selbst Manuels Shorts … Das alles kam ihr so vertraut vor. Tatsächlich erinnerte sie sich augenblicklich an ihre erste Nacht in diesem Zimmer. Damals hatte sie auf dem Sofa geschlafen, doch heute Nacht würde sie das ganz sicher nicht tun.

Wie selbstverständlich zog er sie hinter sich her und steuerte auf sein Bett zu. Lola schob die aufkeimende Angst zur Seite und beschloss, diesem Gefühl ein für alle Mal nicht mehr nachzugeben. Etwas schüchtern legte sie sich neben ihn in die Kissen und kuschelte sich dicht an ihn. Das Bett war frisch bezogen. Es duftete nach Sommerbrise und Manuel.

Sie lagen einander zugewandt und sahen sich in die Augen.

»Tut mir leid, dass wir Tristan geweckt haben. Das wollte ich nicht.«

»Wer ist Tristan?«, fragte er mit verträumten Blick. Sie mussten lachen.

»Der soll sich mal nicht so anstellen. Gerade er hat gut reden. Glaubst du, er und Mia gehen leise zur Sache?«

Lola lachte noch ein wenig mehr und schüttelte den Kopf.

»Ich kann mir gut vorstellen, was du durchmachen musstest.« Mitleidig streichelte sie ihm über die Haare.

Manuel rutschte näher an sie heran. Sie spürte seinen Körper dicht an ihrem, während er sie liebevoll und zart küsste. Sachte fuhr er mit seinen Fingerkuppen über ihre Haut und blickte sie schuldbewusst an.

»Kannst du mir verzeihen, dass ich dich vor Tess so bloßgestellt habe?«, fragte er in die Stille hinein. Lola versank in seinem Blick. Natürlich konnte sie.

»Das hab ich doch schon längst. Wie hätte ich mich sonst so sehr in dich verlieben können?«

Ein warmes Kribbeln ging durch ihren ganzen Körper. Nun war es also tatsächlich raus. Sie hatte es gesagt. Sie warf einen zaghaften Blick in Manuels Richtung, der von ihrer Beichte ganz geschockt schien. Mit einem eingefrorenen Gesichtsausdruck starrte er sie an. Hallo? Hatte er denn nicht zugehört? Das war eine Liebeserklärung der allerersten Güte. Ob er überhaupt verstanden hatte?

Endlich löste sich seine Starre. »Du hast dich verliebt?«, hörte sie seine flüsternde, leicht kratzige Stimme fragen. Er war völlig durcheinander. Zaghaft nickte sie.

»Etwas Schöneres hättest du mir heute nicht sagen können.«

Noch ehe er weitersprechen konnte, küsste Lola ihn liebevoll auf die Lippen. Dieser Kuss kam einer Befreiung gleich. Endlich waren sie auf dem gleichen Level angekommen. Während sie ihm ihre Hände um den Hals schlang und sich von dem Strudel der Gefühle mitreißen ließ, wurden ihre Küsse immer wilder und ungestümer. Die geballte Anziehungskraft der beiden entlud sich in diesem Augenblick, in dem sie sich endlich gefunden hatten und einander ganz nah sein durften. Sie sog seinen wundervollen Duft ein.

In seinen Armen liegend fühlte sie seine zarter werdenden, liebevollen Küsse auf ihren Lippen. Ruhig und entspannt genossen sie die Zweisamkeit und die liebevolle Zärtlichkeit des anderen. Immer wenn sie sich ein wenig voneinander entfernten und ein inniger Kuss sein Ende fand, dauerte es nicht lange, bis sie wieder zueinander fanden und den anderen mit Küssen übersäten, um sich letztendlich ganz im Kuss zu verlieren.

Wie wunderschön das war. Mit einem Mal war es so einfach. Sie spürte seine Hand, die ihr zärtlich eine kupferrote Strähne aus dem Gesicht strich. Ein Augenaufschlag von ihm, der ihr Herz höher schlagen ließ. Eine zärtliche Berührung ihrer beider Lippen, die sich liebevoll vereinten. Lola vergaß Raum und Zeit um sich.

»Ich bin so froh, dass du bei mir bist«, flüsterte er ihr zärtlich ins Ohr. »Das ist alles, was zählt.«

Der Morgen graute bereits, als sie müde ihre Lider schlossen und einschliefen. Der dunkelblaue BMW, der die ganze Nacht vor Manuels Haus stand, fiel niemandem auf.

Hektisches Gemurmel und Rumpeln auf dem Flur riss Lola wenig später aus ihren Träumen. Die Sonne war bereits aufgegangen und schien durchs Fenster herein. Manuel schlummerte friedlich neben ihr weiter. Sie grinste, während sie ihm sanft über die Haare strich.

Lola genoss diesen Moment, der ihr ganz alleine gehörte. Sie wusste, ohne seinen Wecker würde er ewig schlafen. Vor allem nach letzter Nacht.

Da kam ihr in den Sinn, dass sie selbst heute zeitig in der Uni sein wollte, und sie drehte sich schnell zum Radiowecker, um zu sehen, wie spät es bereits war. Leider schon viel zu spät. In gut einer Stunde hatte sie eine Verabredung mit einer Kommilitonin. Sie richtete sich auf und versuchte ihn sanft zu wecken, indem sie ihn an der Schulter tätschelte und leicht hin und her wippte. Nichts geschah.

»Manuel«, flüsterte sie leise. »Ich muss leider los.« Wieder nichts. Sie lehnte sich über ihn und küsste ihn auf den Mund. Ihr wurde ganz warm ums Herz. Doch nichts geschah. Lola wurde ungeduldig. *Wie kann man nur so fest schlafen?* Sie rüttelte nun doch ein wenig fester an ihm.

»Hey, du! Schlafmütze!«, redete sie etwas lauter auf ihn ein. »Hast du gehört? Ich muss mich jetzt auf den Weg machen.«

Seine Arme streckten sich im Schlaf und griffen nach ihrer Hand. Als Lola ihre Hand wieder zurückerobert hatte, gab sie schließlich auf. Sie überwand sich und stieg aus dem kuschelig warmen Bett heraus, nahm ihre Sachen und schlich aus dem Zimmer.

Mia rief an. »Hey. Wie geht's denn so?« Lola stocherte in ihrem Mittagessen herum.

»Ganz gut. Und dir?« Irgendwie hatte sie bereits eine Vorahnung, dass Mia alles andere als Small Talk im Sinn hatte. Genervt ließ sie ihren Blick über die Tische der Mensa schweifen.

»Du! Ich hab vorhin mit Tristan telefoniert«, legte Mia auch gleich los. Ein Kichern schwappte daraufhin durch den Hörer zu ihr herüber. Lola hatte große Lust, einfach aufzulegen. Genervt schaufelte sie sich eine Portion Nudeln in den Mund.

»Stimmt es denn? Du und Manuel? Ihr seid gestern Abend übereinander hergefallen?«

»Daf geht dif garnift an. Klar!?«, nuschelte sie mit vollem Mund.

»Also stimmt es tatsächlich!«, schlussfolgerte Mia enthusiastisch.

Geräuschvoll ließ Lola die Gabel auf den Teller knallen. »Dein Freund ist ein Waschweib. Weißt du das eigentlich? Ich leg jetzt auf.«

Einige Minuten später klingelte ihr Handy erneut. Sie griff in ihre Handtasche und zog es hervor. Es war Cordula. Ohne ihre Nachbarin zu Wort kommen zu lassen, trällerte sie ohne Punkt und Komma ins Telefon.

»Guten Tag, Cordula. Ja. Ich war gestern bei Manuel. Und nein. Ich habe Mia nicht erzählt, was zwischen uns passiert ist. Wenn sie etwas anderes behauptet, dann lügt sie. Und ja. Es war sehr schön gestern Abend. Und nein. Ich möchte nicht darüber reden. Wie geht es dir denn so? Alles fit im Schritt?« Tiefe Stille trat ein und Lola freute sich bereits, dass sie ihrer Freundin zuvorgekommen war. Da hörte sie ein lautes Prusten. Cordula schien sich nicht mehr einzukriegen.

»Lola, mein Schatz. Ich danke dir für diese detaillierte Auskunft, aber eigentlich wollte ich dich nur fragen, ob wir heute Abend etwas zusammen unternehmen wollen. Lukas hat keine Zeit und ich hab frei. Was sagst du?«

Jetzt war Lola perplex. »Dann hat Mia dich gar nicht angerufen?«

»Nein. Hat sie nicht.« Cordula lachte wieder auf.

»Oh, dann sorry wegen eben. War nicht so gemeint. Vor ein paar Minuten hatte ich Mia am Telefon und die hat mich wieder so blöd ausquetschen wollen.«

»Und?«, sprach Cordula weiter. »Hast du heute Abend Zeit?«

»Weiß ich noch nicht. Vielleicht treffe ich mich mit Manuel. Ich sag dir Bescheid, sobald ich mehr weiß. Okay?«

»Ist gut. Bis später dann.« Sie legten auf.

Lola steckte ihr Handy zurück in die Tasche, dann griff sie nach ihrem Tablett, um es zur Essensausgabe zurückzubringen. Zwei Schritte weiter fiel ihr Manuel auf, der sich angeregt mit einer Blondine unterhielt und ebenfalls auf dem Weg zur Essensausgabe war.

Sie überlegte. Die Frau kam ihr bekannt vor. Angestrengt dachte sie nach, und tatsächlich führte es zum gewünschten Erfolg. Diese blöde Kuh hatte sie gestern Abend mit Manuel zusammen im Club gesehen. Die beiden hatten gemeinsam an der Theke gestanden und sich unterhalten, kurz bevor er wegen Sam ausgetickt war.

Ein fürchterliches, unwohles Grummeln machte sich in ihrer Bauchgegend breit. Am liebsten hätte sie sich unter einem der Tische versteckt. Mit dem Tablett in der Hand und der Handtasche über ihrer Schulter stand sie wie angewurzelt mitten in der Mensa und glotzte mit offen stehendem Mund zu den beiden herüber. Manuel schien sie noch nicht bemerkt zu haben.

Jemand tippte ihr von hinten auf die Schulter. Vor Schreck hätte sie fast das Tablett fallen lassen.

»Mund zu. Das sieht dämlich aus.«

Sie drehte sich um und erkannte Tristan, der sich an den Tisch setzte. Lola drehte sich gänzlich zu ihm um und nutzte die Gelegenheit, um ihm die Leviten zu lesen. Sie stellte nun ebenfalls ihr Tablett wieder auf den Tisch, trat dicht an Tristan heran und beugte sich tief zu ihm herunter. Sofort wich er zurück. Ganz offensichtlich verschreckte sie ihn mit ihrer plötzlichen Nähe. Verschwörerisch und provozierend legte sie zudem noch ihre Hand um seine Schulter, und sein Blick ruhte für einen Augenblick darauf.

»Tristan, mein Freund. Ich darf dich doch so nennen? Jetzt, da wir quasi Zimmernachbarn sind?« Es zauberte ihr ein Lächeln ins Gesicht, als sie sah, wie sehr Tristan um Fassung rang.

»Ich möchte dich doch höflichst bitten, das nächste Mal vorher genau zu überlegen, was du Mia erzählst und was besser nicht. Ist das soweit angekommen? Du selbst dürftest mittlerweile mitbekommen haben, wie Mia tickt. Da hab ich keinen Bock drauf!« Zum Abschluss ihres Vortrages gab sie ihm noch einen sachten Schlag auf den Hinterkopf, bevor sie sich ebenfalls hinsetzte.

»Au! Ja doch, du blöde Gans.« Der Schlagabtausch war wieder ausgeglichen. Er wandte sich seinem Mittagessen zu.

Als Lola aufstehen wollte, setzte Manuel sich zu ihnen. Er drückte ihr einen Kuss auf die Wange. Ergriffen fuhr sie mit ihrer Hand zu der Stelle, die er gerade mit seinen Lippen berührt hatte. Verliebt schaute sie ihn an.

»Das junge Glück ist also endlich vereint?«, wollte Tristan wissen, während sie sich weiter anhimmelten.

Manuel legte den Arm um sie, zog sie zu sich herüber und küsste sie erneut. Dieses Mal auf den Mund.

»In der Tat. Eifersüchtig?«

Tristan wehrte ab, während er weiter aß.

Verstohlen blickte Lola sich um. Zum Glück hatte sich die Blondine an einen anderen Tisch gesetzt.

»Suchst du jemanden?«, fragte Manuel, während er anfing zu essen.

Lola fühlte sich ertappt. »Aber nein.«

Ein verächtliches Schnauben von Tristan war zu hören. »So ein Quatsch. Lola hat dich eben mit Angelina gesehen und sich ganz bestimmt nach ihr umgeschaut.« Er blickte ihr herausfordernd in die Augen, während er sich eine erneute Portion in den Mund schaufelte. Giftig funkelte Lola zurück. Musste sie sich jetzt tatsächlich auch noch mit Tristans Intrigen herumärgern?

»Aber das ist doch gar nicht wahr.« Lola rang um Fassung und blickte auf ihren leeren Teller vor sich.

»Manuel. Bitte sag ihr, wer Angelina ist, damit das Elend hier ein Ende findet. Ich habe keine Lust auf Drama und möchte in Ruhe essen.«

Hektisch sprang Lola auf und riss ihr Tablett mit sich. »Deine Ruhe sollst du bekommen, Arschloch!« Eilig entfernte sie sich vom Tisch.

»Lola, warte«, hörte sie Manuel hinter sich rufen. Sie dachte nicht daran anzuhalten. Was fiel Tristan bloß ein? Was hatte sie ihm denn getan? Er konnte doch unmöglich noch böse wegen gestern Abend sein. Sie spürte, wie Manuel sie am Arm packte und festhielt, so dass sie anhalten musste.

»He! Nun warte doch. Lauf bitte nicht weg.«

Wer hätte dieser Stimme widerstehen können? Lola konnte es nicht.

»Wenn dein Freund nun einmal seine Ruhe haben möchte, will ich ihm nicht im Weg stehen«, rief sie trotzdem trotzig. »Ich habe Besseres zu tun, als mich zum Affen zu machen.« Beschwichtigend versuchte er auf sie einzugehen.

»Tristan meint das nicht so. Der hat heute einen schlechten Tag erwischt. Ich hab vorhin mitbekommen, wie er sich am Telefon mit Mia gestritten hat. So wie es aussieht, hatten die gestern Nacht am Bahnhof noch einen handfesten Streit wegen unserem Trip zur Hütte in ein paar Tagen.«

Lola guckte ungläubig. Mia hatte zwar vor einiger Zeit das Wochenende in der Gartenhaussiedlung von Tristans Onkel erwähnt, doch vorhin hatte sie es mit keiner Silbe angesprochen. Geschweige denn, dass Tristan und sie sich gestritten hätten.

»Doch hoffentlich nichts Ernstes?«

»Ich weiß es doch nicht. Ich hab nur mitbekommen, wie sie laut miteinander am Telefon diskutiert haben und Tristan behauptet hat, da würde er auf gar keinen Fall mitmachen … So oder so ähnlich hat er sich ausgedrückt.«

Ehe Lola darauf eingehen konnte, wechselte Manuel das Thema. »Ach so. Angelina lässt dich übrigens unbekannterweise grüßen. Sie gehört zu unserer Band, daher werde ich ihr wohl auch in Zukunft des Öfteren mal über den Weg laufen.« Er nahm ihr das Tablett ab und stellte es zu den anderen benutzten Tabletts in das dafür vorgesehene Regal, ehe er sich wieder Lola zuwendete.

»Im Übrigen wollte ich dich fragen, ob du heute Abend Lust hättest, zum Probenraum zu kommen«, sprach er weiter. »Bei der Gelegenheit könntest du Angelina selbst kennen lernen.«

Eigentlich wollte sie diese Angelina überhaupt nicht kennen lernen. Ihre Ausstrahlung schüchterte sie ganz schön ein, und sie umgab sich ungern mit Menschen, die sie selbst klein und unscheinbar wirken ließen. Zudem war ihr diese Vertrautheit zwischen ihr und Manuel zuwider. Alleine aus diesem Grunde mochte Lola sie nicht.

Warum also sollte sie sie kennen lernen? Manuel aber schien das aus einem für Lola unerfindlichen Grund recht wichtig zu sein.

»Klar doch. Ich bin dabei. Kann ich Cordula mitbringen?«

Manuels Gesicht strahlte. »Na, so ein Glück. Ich hatte schon befürchtet, ich müsste den Abend ohne dich verbringen. Und … klar kannst du Cordula mitbringen. Um 19 Uhr dann, einverstanden? Ich schick dir die Adresse per SMS. Ich muss mich jetzt beeilen. Bis später dann.«

Er hatte sich bereits von ihr gelöst, kam aber noch einmal auf Lola zu, um ihr einen allerletzten Kuss zu geben. Auch ihr fiel es schwer, ihn jetzt gehen zu lassen. Aber schließlich hatte auch sie noch einiges auf dem Zettel abzuarbeiten. Während sie die Mensa verließ, räumte sie gedanklich ihren Kopf auf. Also, was hatte sie jetzt alles noch zu erledigen? Ach, ja. Ganz wichtig! Mia anrufen und ergründen, was es mit dem Streit zwischen Tristan und ihr auf sich hatte.

Am Abend standen sie in einem Industriegebiet. Das Gebäude war heruntergekommen. Bereits draußen hörten sie die Musik.

»Die spielen ja richtig gut«, meinte Cordula anerkennend.

»Das weiß ich schon seit der Hochzeit. Jetzt kannst du dich selbst davon überzeugen.«

Sie traten ein. So wie es aussah, war die Probe schon zu Ende. Die Musiker stellten ihre Instrumente ab.

Als Manuel die beiden Frauen entdeckte, kam er freudestrahlend auf sie zu. »Hey. Super, dass ihr da seid.« Er nahm Lolas Hand und zog sie mit sich. Manuel schien ganz in seinem Element zu sein. Auf Lola hingegen wirkte die Atmosphäre in dem Gebäude recht gewöhnungsbedürftig. Probenräume kannte sie nur aus Spielfilmen und es kam ihr alles so klischeehaft vor. Am

Rande standen ein paar alte Sofas und dort, wo vielleicht einmal ein kleines Büro gewesen war, befand sich ein provisorisch hergerichteter Aufenthaltsraum mit angrenzender Küche.

Cordula konnte sich schnell auf die neue Situation einstellen. Im Gegensatz zu Lola bewegte sie sich, als wäre sie hier zu Hause. Sie grüßte hier und da und kam sofort mit jemandem ins Gespräch, der ihr direkt ein Bier anbot. Sie besaß den entscheidenden Vorteil, sich der Umgebung anpassen zu können. Diese Charaktereigenschaft stand groteskerweise im totalen Widerspruch zu ihrem Äußeren, mit dem sie ganz offensichtlich alles andere vorhatte, als sich anzupassen.

Während Lola an Manuels Hand hinter ihm hergezogen wurde, wunderte sie sich, wie viele Menschen hier waren. »Sind die etwa alle in euer Band?«

Er lachte kurz auf. »Natürlich nicht. Aaron hat heute Geburtstag und ein paar Leute eingeladen. Für gewöhnlich sind wir nur zu fünft.«

Hochoffiziell stellte er sie nun seinen Bandmitgliedern als seine »Freundin« vor. Aaron, der große, dunkelhäutige Schönling, und der bärtige Martin waren ihr bereits von der Hochzeit bekannt. Zu ihnen gehörte offensichtlich das Blondchen Angelina und ein weiterer, ihr unbekannter junger Mann. Sie reichte Aaron die Hand.

»Ich hab gehört, du hast Geburtstag. Herzlichen Glückwunsch.«

»Danke sehr. Schön, dich wiederzusehen.« Abwechselnd betrachtete er sie und Manuel.

»Nun hat es also doch noch geklappt mit euch beiden«, bemerkte er anerkennend. »Nach dem, was auf der Hochzeit vorgefallen ist, hat kaum einer mehr dran glauben wollen.« Mit einem Augenzwinkern gab Manuel ihr zu verstehen, dass sie sich nicht von Aaron ärgern lassen solle.

»Besser spät als nie. Oder?«, erwiderte sie.

»Schon klar«, nickte Aaron. »Aber bitte achte in Zukunft darauf, dass du ihn nicht wieder dazu bringst, an die Bar zu gehen und sich zu besaufen, wenn er noch einen Auftritt vor sich hat. So etwas kann ganz schön übel ausgehen.«

Ihr fragender Blick wanderte zu Manuel, der schuldbewusst mit den Schultern zuckte. Aaron klopfte Manuel auf den Rücken und entschuldigte sich dann, um zu seinen Gästen zu gehen.

»Ja, ja«, begann Manuel, bevor Lola irgendetwas dazu sagen konnte. »Der gute alte Aaron. Kann das Sticheln einfach nicht lassen.«

Bevor sie das Thema vertiefen konnten, wurde Manuel von Martin angesprochen und in eine Diskussion verwickelt. Lola, weiterhin von ihm im Arm gehalten, hörte eine Weile zu, verstand aber nicht einmal die Hälfte von dem, was gesagt wurde. Ganz in Gedanken versunken, wurde sie von einer süßlich hohen Stimme angesprochen.

»Hi. Ich bin Angelina. Freut mich, dich kennen zu lernen.« Sie wandte sich aus der Umarmung und drehte sich um. Direkt hinter ihr stand Angelina und lächelte ein honigsüßes, klebriges Lächeln. Heuchlerische Kuh, dachte sie.

»Hi. Ich bin Lola«, erwiderte sie ebenso gekünstelt. »Freut mich ebenfalls.«

Stille trat ein. Beide Frauen ließen ihre Blicke über die jeweils andere schweifen. Lola wusste nicht, ob es Einbildung war, aber Angelinas Augen versprühten pure Arroganz und Selbstgefälligkeit. Die beiden Frauen mochten sich nicht. Das war auf den ersten Blick klar.

»Habt ihr denn gut hergefunden?«, fragte Angelina schließlich. »Du und deine Freundin?« Mit einem leicht abfälligen Blick, wie Lola fand, schaute sie in Cordulas Richtung.

Sie versuchte ruhig zu bleiben. »So schwer war es gar nicht, euch zu finden.«

Hilfe suchend drehte sie den Kopf in Manuels Richtung. Der stand mit Schmuddelmartin über ein Notenblatt gebeugt und diskutierte immer noch.

»Und du bist jetzt also die Neue?«, bemerkte Angelina provokativ. Unschuldig schaute sie drein, doch Lola konnte sie nicht täuschen. Diese Frage war völlig unnötig. Angelina wusste doch längst, dass sie mit Manuel zusammen war.

»In der Tat.«

Und überhaupt, überlegte sie. *Was heißt denn hier die Neue?* Das klang ja beinahe so, als wäre er kurz vor ihr noch mit einer anderen Frau zusammen gewesen. Augenblicklich schoss ihr in den Sinn, dass das sogar im Bereich des Möglichen lag. Immerhin war er ein gutaussehender, junger Mann, und Musiker waren immer gefragt. Doch dieser Blick von Angelina gefiel ihr überhaupt nicht. Lola hatte keine Lust, sich länger dieser Fragerei auszusetzen, und spielte nun auf Gegenangriff.

»Was ist denn dein Job in der Band, wenn ich fragen darf? Bist du nur der Handlanger oder spielst du richtig mit?« Natürlich wollte sie ihr damit Kontra geben, doch da hatte sie sich geschnitten. Es war die pure Süffigkeit, die Angelina bei jedem einzelnen Wort aus dem Mund tropfte.

»Für gewöhnlich spiele ich Gitarre. Nur bei einigen Liedern begleite ich Manuel gesanglich. Unsere Stimmen harmonieren sehr gut miteinander, wenn du verstehst.«

Das hatte gesessen, doch Lola nahm sich fest vor, dieser Kuh nicht die Augen auszukratzen. Nicht heute. Und nicht hier. Solange die beiden nicht anderweitig miteinander harmonierten, sollte es ihr für den Augenblick egal sein.

»Nun. Ich denke, man sieht sich.«

Beide Frauen nickten einander zu, dann drehte Lola ab. Sie hatte ganz bestimmt keinen Bock, sich noch weiter mit diesem Püppchen abzugeben. Bei der waren doch schon sämtliche Gehirnzellen weggebleicht. Beschämt stellte sie fest, wie fürchterlich eifersüchtig sie schon wieder war. Das war sie doch früher nie gewesen?

Sie beschloss, sich jetzt zusammenzureißen und draußen erst einmal eine Beruhigungszigarette zu rauchen.

Vor der Tür holte sie ihr Päckchen Zigaretten aus der Tasche hervor und zündete sich eine an. Cordula gesellte sich zu ihr.

»Deine Dampferei bringt dich eines Tages noch unter die Erde. Ist dir das bewusst?«

Gelangweilt zuckte Lola mit den Schultern und nahm noch einen kräftigen Zug. Plötzlich packte sie jemand von hinten an den Schultern.

»Kleiner Tipp am Rande. Manuel kann Zigarettenqualm nicht ausstehen.«

Lola erblickte Tristan, der sich mal wieder unverschämt angeschlichen hatte.

»Und? Was geht, Mädels? Alles okay bei euch?«

Aufgebracht hielt sie ihm ihre Zigarette unter die Nase.

»Was habt ihr nur für Probleme? Die ein oder zwei Zigaretten, die ich mal auf einer Feier qualme.« Trotzig zog sie erneut an ihrer Kippe und atmete den Rauch genüsslich durch ihre Lungen ein. »Und überhaupt. Manuel hat noch nie erwähnt, dass er es eklig findet.«

»Nun, ja«, grinste Tristan schelmisch. »Da musste er dich aber auch noch nicht küssen! Vertraue einem alten Freund. Er kann es wirklich nicht ausstehen. Das weiß ich aus ganz sicherer Quelle.«

Sie blickte auf den Rest ihrer Zigarette, und Cordula und Tristan taten es ihr gleich. Sie konnte sich denken, was in deren Köpfen jetzt vor sich ging. Sie warteten darauf, die Kippe auf den Boden fliegen zu sehen. Für die Liebe. Eigensinnig überlegte sie, erneut von ihrer Zigarette zu ziehen. Nur so. Um ein Statement zu setzen. Doch irgendetwas in ihr hielt sie tatsächlich davon ab. *Menno! Jetzt haben die mir doch tatsächlich meine Zigarette versaut!* Sauer warf sie die Kippe auf den Fußboden und drückte die Glut mit ihren Sneakers aus.

Sie bemerkte, wie Manuel nun ebenfalls nach draußen trat und auf sie zuhielt. Während er Tristan begrüßte, stellte er sich ganz dicht hinter Lola und nahm sie in die Arme. In seine wundervollen Arme, dachte sie ganz andächtig und kuschelte sich genauso intensiv an ihn. Sie küssten sich.

»Hast du geraucht?« Seine Augen schauten verdutzt drein. Genervt rollte sie mit den Augen, während Tristan und Cordula sich nicht mehr einkriegten vor Lachen. Manuel verstand nicht.

»Frag nicht«, sagte sie. »Du hast mich gerade so richtig schön vorgeführt.«

Eine halbe Stunde später saß Lola mit Cocktailwürstchen und Schichtsalat in der Sofaecke und wartete auf Cordula und Manuel. Cordula war zur Toilette gegangen und Manuel wollte für alle drei etwas zu trinken organisieren. Tristan hatte sich unter das Volk gemischt.

Sie biss gerade von einem der kleinen Würstchen ab, als sie plötzlich Blickkontakt mit Sam hielt. Der Bissen wollte ihr im Halse stecken bleiben. Natürlich hätte es jetzt der Anstand verlangt, dass Sam weiter seines Weges gegangen wäre, doch er schien nicht daran zu denken. So musste sie mit ansehen, wie der Kotzbrocken mit einem dämlichen Grinsen im Gesicht auf sie zusteuerte. Dreist setzte er sich direkt neben sie und quatschte sie von der Seite an.

»Hey Kleine. Dich hätte ich hier am allerwenigsten erwartet. Deine Anwesenheit wertet die Party ja um Längen auf.«

Ungläubig blickte sie ihm ins Gesicht. So verächtlich es ihr möglich war, ließ sie ihre Augen funkeln. Er störte sich kein bisschen daran, sondern legte rotzfrech seinen Arm um sie.

»Du glaubst ja gar nicht, wie scharf ich darauf bin, mit dir zu tanzen.« Seine säuselnde Stimme tat in den

Ohren weh. Sie hoffte sehr, Cordula und Manuel würden gleich hier sein. Sie war unfähig, etwas zu entgegnen.

Schnell legte sie den Teller zur Seite und versuchte Sam auf Abstand zu bringen, doch er zog ihr Gesicht mit seinem Arm nur noch weiter an seines heran.

»Oh, ja. Mit dir würde ich gerne mal wieder tanzen.«

Sie schubste ihn unsanft von sich, doch Sam gab nicht auf. Ein fieses Lächeln umspielte seine Lippen, als er ihr wieder ganz nahe kam, um ihr ins Ohr zu flüstern. Seine Finger krallten sich in ihr Knie.

»Falls du ein schlechtes Gewissen wegen Manuel haben solltest, kann ich dich beruhigen. Ich biete dir die einmalige Gelegenheit, dich bei ihm zu revanchieren.«

Lola wusste nicht, worauf er hinauswollte.

»Ach, nun komm schon. Hat sich das noch nicht bis zu dir herumgesprochen, dass Manuel nach eurem Kuss auf der Hochzeit mit Angelina in die Kiste gestiegen ist?« Wohlwollend beobachtete Sam, wie Lola um Fassung rang. Das war gelogen, ging es ihr sofort durch den Kopf. Das war nicht wahr!

Sam drängelte sich immer näher an sie heran. »Falls du deinem Freund eine Retourkutsche erteilen möchtest: Ich stehe dir gerne zur Verfügung.« Mit einer Hand fuhr er ihr Knie empor. In sich selbst erstarrt, war sie nicht in der Lage, ihn auf Abstand zu bringen.

Bevor noch Schlimmeres geschehen konnte, wurde Sam zum Glück am Kragen gepackt und von ihr weggezogen. Zu Lolas Erstaunen war es aber nicht Manuel, wie sie vermutet hatte, sondern Tristan, der ihr zu Hilfe kam.

»Fuck!«, rief Sam aufgebracht. »Wie viele Bodyguards hast du eigentlich?«

Tristan ließ ihn los und Sam taumelte. Er musste aufpassen, um nicht das Gleichgewicht zu verlieren. Tristans Blick war wütend auf ihn gerichtet.

»Wenn du Lola oder sonst irgendeinem Mädel noch einmal so unverschämt auf die Pelle rückst, dann vergesse ich mich!«

Sam machte einen Schritt auf Tristan zu und fuhr ihn harsch an. »Was dann, hä? Bist du hier etwa die Sittenpolizei, oder was? Die Kleine kann doch sagen, wenn sie etwas nicht will!«

»Nur, dass du für gewöhnlich kein Nein akzeptierst. Stimmt's? Und jetzt geh endlich!«

Mit einem letzten Blick auf Lola und der offensichtlichen Erkenntnis, dass er trotz seiner rücksichtslosen Bestrebungen mal wieder nicht zum Zuge gekommen war, verzog sich Sam und verschwand in der Menschenmenge. Tristan nahm einen kräftigen Schluck aus seiner Bierflasche und setzte sich.

»Der Kerl ist lästig wie Unkraut. Keine Ahnung, warum der es nicht packt. Hat wahrscheinlich nur Stroh im Hirn.« Er blickte Lola besorgt an. »Alles okay bei dir? Hat er dir was getan?«

Schnell schüttelte sie mit dem Kopf. »Nee, nee. Hat er nicht. Ist alles okay.«

Sie zog sich die Beine vor den Bauch und schlang ihre Arme um sie herum. Ihr kamen die Tränen. Stumm liefen sie die Wange herunter. Sie versuchte sich klein zu machen und hoffte, Tristan würde es nicht bemerken, doch da hatte sie sich getäuscht. Er stellte das Bier zur Seite und lehnte sich zu ihr herüber.

»Hey. Was ist denn jetzt los? Ich denke, es ist alles okay? Wohl doch nicht, was?«

Sie riss sich zusammen und wischte sich trotzig die Tränen aus dem Gesicht.

»Nein, wirklich. Alles gut. Lass mich nur einen Moment …« Sie unterbrach sich und wandte sich von ihm ab.

»Ganz, wie du willst. Ich geh dann jetzt mal besser.« Er verschwand.

Kapitel 12

Die Wahrheit tut weh

Sie hatte ganze fünf Minuten Zeit, um sich zu fangen, bis Manuel wieder neben ihr saß. Er unterhielt sich mit Cordula über seinen nächsten Auftritt, während er ihre Hand hielt.

Lola war ganz still. Sie versuchte sich zusammenzureißen, doch das fiel ihr nicht leicht. Der Zusammenstoß mit Sam und das, was er zu ihr gesagt hatte, hatte sie so sehr aufgewühlt, dass sie nur noch den Drang verspürte, nach Hause zu fahren. Flehenden Blickes schaute sie zu Cordula herüber und hoffte, sie würde ihre Gedanken erraten können. Aber kein Mensch konnte das. Fragend blickte Cordula zurück, während sie weiter mit Manuel im Gespräch war. Dies wiederum entging Manuel nicht und er schaute sie nun ebenfalls an.

»Geht es dir nicht gut?«

Lola sah von einem zum anderen. »Ich bin müde und möchte gerne nach Hause fahren. Bist du einverstanden, Cordula?« Während Cordula ihr antwortete und Manuels Blick weiterhin auf Lola gerichtet war, sah sie Sam etwas abseits stehen. Er lungerte dort drüben herum wie ein Raubtier vor der Höhle.

»Klar können wir gehen. Wenn du willst, fahren wir gleich.«

Lola blickte zu Manuel herüber.

»Schade«, sagte er. »Aber klar, wenn ihr fahren wollt. Ich werde wohl auch nicht mehr allzu lange bleiben.«

Sie standen auf und gingen Richtung Ausgang. Dabei kamen sie recht dicht an Sam vorbei. Trotzig kuschelte sich Lola eng an Manuel, der sie nur zu gerne ebenso intensiv an sich drückte. Mit ihm als Schutzschild an ihrer Seite war es ihr nun möglich, einigermaßen gefasst an Sam vorbeizugehen. Sobald sie draußen waren, sog sie die frische Abendluft tief in ihre Lungen ein und hielt sich die Stirn.

»Mit dir ist doch irgendetwas«, stellte Manuel fest. Besorgt sah er ihr in die Augen.

»Aber nein«, versuchte sie ihn zu beruhigen. »Ich hab nur Kopfschmerzen, weiter nichts.«

»Soll ich später noch zu dir kommen, oder möchtest du lieber deine Ruhe haben?«

»Natürlich möchte ich, dass du nachher zu mir kommst«, flüsterte sie ihm ins Ohr. Entschlossen nahm sie ihn fest in ihre Arme.

»Ich mach mich bald auf den Weg. Versprochen.«

Er gab Lola einen liebevollen Kuss auf die Stirn, der bis in die Fußspitzen kribbelte, und verabschiedete sich noch schnell von Cordula. Deren Blick konnte Lola nicht lange standhalten. Die ahnte natürlich, dass irgendetwas geschehen sein musste. Doch zu ihrem Glück löcherte sie sie nicht, sondern ging stumm Arm in Arm mit ihr die Straße entlang. Auch als Lola erneut die Tränen über die Wange liefen, drängelte sie nicht, sondern ging weiter schweigsam neben ihrer Freundin her. Stumm und wortlos. Genau das, was Lola jetzt brauchte.

Als die beiden Frauen an diesem Abend nach Hause kamen, bemerkte Lola wieder den dunkelblauen BMW, der in der Seitenstraße gegenüber parkte. Gekonnt ignorierte sie ihn. Für heute hatte sie genügend erlebt.

Oben angekommen verabschiedete sie sich gleich von ihrer Freundin. Sie schloss bereits die Tür mit ihrem Schlüssel auf.

»Wenn du darüber reden möchtest«, hörte sie Cordula sagen, »dann komm einfach zu mir. Jederzeit. Hast du verstanden?« Lola hielt für einen Augenblick inne. Ihre Worte klangen ehrlich besorgt. Ohne sich zu ihrer Freundin umzudrehen, antwortete sie ihr so gleichgültig, wie es nur ging.

»Das ist lieb von dir, aber es ist wirklich nichts. Ich hab nur schreckliche Kopfschmerzen. Die pochen höllisch.« Hastig drückte sie den Türknauf und öffnete die Tür.

»Du würdest mir doch sagen, wenn es etwas mit Kristof zu tun hätte?«

Lola war froh, dass sie Cordula nicht anlügen musste.

»Aber natürlich. Wie gesagt, mir tut einfach nur der Kopf weh. Bis dann.« Sie wartete nicht weiter ab, sondern betrat ihre Wohnung und schloss hinter sich die Tür.

Heute Abend hatte sie einiges zum Nachdenken mitbekommen – und sie musste schnell nachdenken! Bald würde Manuel auftauchen. Bis dahin musste sie ihre Gefühle soweit geordnet haben, dass sie sich im Klaren darüber war, wie sie mit der Information von Sam umgehen wollte. Während sie Tasche, Jacke und Schuhe von sich warf, wo auch immer sie zu Fall kamen, überlegte sie. *Manuel soll direkt Trost bei einer anderen Frau gesucht haben? Das kann ich mir einfach nicht vorstellen? Das muss eine Intrige von Sam sein, um mir eins reinzuwürgen.*

Sie beschloss, Sams Anschuldigungen keinen Glauben zu schenken. Sie wollte daran glauben, dass Manuel anders war. Nur vermutete sie, dies war einfacher gesagt als getan.

Ein paar Stunden später lag sie zusammen mit Manuel oben in ihrem Bett. Ganz leise flüsterte seine Stimme in die Dunkelheit hinein.

»Ich habe dich vermisst.«

Wohlige Wärme durchfuhr Lolas Bauch, als sie ihm antwortete, indem sie behutsam mit ihrem Mund seinen Hals entlangfuhr und ihn küsste. Wie hatte sie auch nur für den Bruchteil einer Sekunde annehmen können, dass Sams Anschuldigungen wahr wären?

Dicht aneinander gedrängt kuschelten sie schweigsam. Nichts deutete darauf hin, dass Manuel heute Nacht mehr von ihr erwartete, und eine wohltuende Ruhe ging von ihm aus. Sie lernten sich beide auf eine so wundersame Art und Weise kennen, wie Lola es zuvor noch nicht erlebt hatte. Indem er sie nicht bedrängte, strahlte er eine unglaubliche Attraktivität aus. Sie genoss, wie er ihr zärtlich das kupferrote Haar streichelte oder ihr sanft und liebevoll mit seiner Hand über den Arm strich. Sie tat es ihm gleich und beobachtete, wie auch er ihre Streicheleinheiten genoss. Keine Hektik, kein Druck, nur … Ja, was denn eigentlich? Ob sie sich vielleicht so anfühlte? Die Liebe? Mit diesem Gedanken in ihrem Herzen ließ sie Raum und Zeit an sich vorüber schweben und schlief irgendwann Arm in Arm mit Manuel übernächtigt ein.

Am Morgen erwachte sie in seinen Armen. Lola schloss ihre Hand um seine und streichelte sie sanft, während sie dem Lied aus dem Radiowecker zuhörte. *Revolverheld*, dachte sie. Dies würde ein schöner Tag werden.

Sie hatte noch massig Zeit, bevor sie das Haus verlassen musste. So störte sie sich nicht daran, dass er in ihren Armen friedlich weiterschlief. Ganz leise sang sie den Text mit. Sie war sich sicher, er würde es nicht hören. Die Vergangenheit hatte es schließlich bewiesen. Neben Manuel konnte eine Bombe einschlagen und er würde es nicht mitbekommen.

Wie erwartet dauerte es eine ganze Weile, bis bei ihm die ersten Lebenszeichen zu erkennen waren. Aus heiterem Himmel schlang er beherzt seine Arme um sie und hielt sie in seinem Griff gefangen. Fast so, als wolle er sie nie, nie wieder loslassen. Sie fühlte, wie er sein Gesicht in ihren Haaren vergrub und genüsslich durchatmete.

Langsam drehte sie sich zu ihm um. Ein verschlafenes, zerzaustes, vor Schlaftrunkenheit blinzelndes Etwas lächelte sie selig an. Augenblicklich war sie noch ein bisschen verliebter in ihn, als sie es eh schon war. Sie vergrub ihren Kopf eng an seinen Hals und umarmte ihn wie einen großen Teddybären.

»Guten Morgen, mein Engel«, hörte sie ihn sprechen.

»Guten Morgen.«

Herzhaft gähnend streckte er sich unter ihrer Umarmung.

»Hast du gut geschlafen?«, fragte sie. Verträumt schloss er die Augen, während er ihr genussvoll über das Haar streichelte. Im Schein der Morgensonne schimmerte ihr Haar feurig rot.

»Ich schlafe immer noch, wie du siehst. Sorry, aber ich brauch morgens echt 'ne Weile, bis ich da bin.«

Sie schmunzelte in sich hinein. »Hat auch sein Gutes. So konnte ich eben ungeniert bei meinem Lieblingslied mitsingen, ohne dass du davon wach geworden bist. Wärst du nicht so eine Schlafmütze, hätte ich mich das nie getraut.« Schlagartig öffnete Manuel die Augen.

»Ich hab ein Privatkonzert von dir verpasst? Das ist unverzeihlich!« Er zog sein Kissen hervor und knallte es sich selbst ins Gesicht. Er schien sich tatsächlich darüber zu ärgern.

»Hey. Sei froh, dass du so einen festen Schlaf hast«, versuchte sie ihn zu beruhigen. »Du als Musiker hättest das sowieso nicht ertragen.«

»Wieso nicht?«, fragte er durch das Kopfkissen hindurch.

»Tut mir leid, dir jetzt jede Illusion rauben zu müssen, aber ich kann überhaupt nicht singen.«

»Was ist dein Lieblingslied?«, fragte er neugierig und legte das Kissen beiseite.

Einen Moment zögerte sie. »Na. Revolverheld mit *Ich lass für dich das Licht an*«, gab sie schließlich preis. Sein selbstverliebtes Grinsen ärgerte sie tierisch. Das konnte sie so nicht stehen lassen. »Das war auch schon vor dieser Hochzeit mein Lieblingslied«, ergänzte sie trotzig. »Bevor du es gesungen hast.«

Laut lachte er auf. Lola war es nun, die ihm das Kissen ins Gesicht drückte. Er gluckste und versuchte sich dagegen zu wehren.

»Ach, das sagst du doch jetzt nur so. Du kanntest das Lied vorher wahrscheinlich nicht einmal.«

Frechheit, dachte sie. »Igitt, wie eingebildet du bist. Diese Seite kenne ich noch gar nicht an dir.«

Manuel erlangte nun die Oberhand und nahm ihr das Kissen weg, so dass sie ohne Waffe dastand.

»Es gibt viele Seiten an mir, die du noch nicht kennst.« Nach dieser kurzen Kissenschlacht rang sie bereits nach Atem.

»Wie jetzt? Schon aus der Puste?«

»Na, hör mal«, antwortete sie ihm brüskiert. »Ich bin ein schwaches Mädchen, und du … du bist ganz schön stark.«

Ja. Sie musste es wieder einmal zugeben. Er war deutlich stärker, als er aussah.

»Ich lass für dich das Licht an …«, fing er leise an zu singen.

»Hey! Lass das. Du machst dich nur lustig über mich.« Lola musste allerdings zugeben, dass Manuel ganz und gar nicht so aussah, als würde er sich über sie lustig machen wollen. Kurz nach dem Aufwachen eine so klare, reine Stimme zu besitzen, grenzte an Unhöflichkeit, fand Lola. Zart legte er seine Lippen auf ihren Mund, um sie innig zu küssen. Für einen Moment summte er das Lied noch vor sich hin.

»Sehr schön gesungen, Maestro«, sagte sie mit zittriger Stimme und versuchte die Situation zu überspielen.

»Wirklich, sehr schön. Aber bitte, hör auf zu singen. Das ist mir peinlich.«

»Wieso ist dir das peinlich? Ich sing doch und nicht du.«

»Ja, schon«, druckste sie herum. »Aber nur für mich. Das ist mir unangenehm.«

»Okay. Ich bin schon wieder still.«

»Bist du jetzt sauer?«

»Nö. Warum denn?«

Entschlossen griff er zum Kissen und drückte es ihr mitten ins Gesicht. Zack! Die Kissenschlacht war erneut eröffnet. Manuel war ihr haushoch überlegen. Erst als sie ihm feierlich in die Hand versprach, ihn am nächsten Wochenende in die kleine Hütte von Tristans Onkel zu begleiten, und dieses Versprechen dann mit einem innigen Kuss besiegelte, ließ er Gnade walten und senkte die Kissen.

Der Abend dämmerte bereits, als sie mit dem Motorrad einen kleinen Feldweg entlangfuhren. Es war mehr ein Stoppelweg als eine Straße, und insgeheim glaubte Lola bereits, sie hätten sich verfahren. Da Manuel aber bereits mehrfach hier gewesen war und ihr versichert hatte, er kenne den Weg, hatte sie schließlich den Mund gehalten. Sie seufzte, während das Motorrad unnachgiebig hin und her schuckelte.

Tristans Onkel besaß in unmittelbarer Nähe des Nord-Ostsee-Kanals eine kleine Hütte, die Tristan und Manuel traditionsgemäß einmal im Jahr für sich beanspruchen durften. Dieses Jahr waren Mia und sie mit von der Partie.

Manuel lenkte das Motorrad an dem ersten Häuschen vorbei und fuhr in eine kleine Parknische auf der rechten Seite. Mittlerweile war Lola etwas geübter im Verschlussöffnen, so dass sie ihm nur noch ihren Helm reichen brauchte.

Die Landschaft war üppig grün und es roch nach nassem, frischem Gras. Genüsslich schloss sie für einen Augenblick ihre Lider. Das tat so gut. Sie ließ den Blick schweifen. Saftige Vorgärten, Obstbäume und hohe Kastanien und Birken fanden sich zuhauf. Die einzelnen Grundstücke waren durch hübsche kleine Gartenzäune oder Hecken abgesteckt. Sie hörte den Wind durch die Blätter rauschen, die Vögel in den Bäumen zwitschern, und es war ihr fast so, als hörte sie einen großen Dampfer, der gemütlich vor sich her dröhnend über das Wasser tuckerte. Sie konnte gut verstehen, warum die beiden Jungs so sehr von diesem Ort schwärmten. Es war ein wenig so, als würde die Zeit stehen bleiben. Die ganze Welt konnte sie quasi mal am Arsch. Herrlich!

»Na? Hab ich zu viel versprochen?« Manuel legte ihr seinen Arm um die Schulter.

»Es ist noch schöner, als ich erwartet habe.«

Eine Gartenpforte knarzte gewaltig in ihren Angeln. Sie erkannten Mia, die auf sie zukam.

»Hey, ihr zwei. Da seid ihr ja endlich. Kommt mal schnell rein. Tristan meint, es fängt gleich an zu regnen.«

Ein prüfender Blick nach oben gab Tristans Vermutung Recht. Der Himmel war mit dunklen, bauschigen Wolken überzogen und aus der Ferne grollte es bereits bedrohlich.

»Das Essen ist auch schon fertig. Ihr braucht nur noch eure Sachen ins Haus bringen und euch an den gedeckten Tisch setzen.« Mia liebte es, zu kochen und andere zu bemuttern. Und Lola liebte es, sich bedienen zu lassen. Das hier war also eine Win-win-Situation, stellte sie zufrieden fest.

Gemeinsam traten sie ein. Das kleine Holzhäuschen hatte nur wenig Wohnfläche, doch alles, was das Herz begehrte, war vorhanden. Der Wohnraum war mit einer Sofaecke, ein paar Regalen, einem runden Esstisch mit fünf Stühlen sowie einem kleinen Sideboard ausgestattet. Die Einrichtung, die Tapete und die Verkleidung an der Decke erinnerten stark an die frühen 90er-Jahre, wirkten aber trotzdem gemütlich.

Mia wuselte zwischen Küche und Essbereich hin und her. Tristan lümmelte auf dem Sofa und schaute in den kleinen Röhrenfernseher aus längst vergangenen Zeiten. Gespannt verfolgte er ein Fußballspiel. Wie ferngesteuert ließ Manuel beide Rucksäcke neben das Sofa fallen. Den Blick fest auf die Mattscheibe gerichtet, ließ er sich neben Tristan nieder und glotzte nun ebenfalls stumpf in die Röhre. Ohne überhaupt miteinander Blickkontakt gehabt zu haben, hielt Tristan ihm eine Bierflasche hin, welche Manuel gekonnt und flink öffnete, ohne den Fernseher auch nur eine Sekunde aus den Augen zu verlieren. Den Frauen verschlug es die Sprache. So hatten sie sich das Wochenende nicht vorgestellt.

»Leute!«, rief Mia pikiert. »Das Essen ist fertig. Macht jetzt gefälligst die Kiste aus.«

»Mmh, sofort«, hörten sie beide Männer murmeln.

Mia fackelte nicht lange. Beherzt ging sie zum Fernseher herüber und stellte den Apparat aus. Die Jungs protestierten, gaben aber schlussendlich nach und setzen sich an den gedeckten Tisch.

Es war bereits weit nach Mitternacht, als sie beschlossen, dass es Zeit wäre, ins Bett zu gehen. Draußen hatte es sich so richtig schön eingeregnet. Der Regen prasselte schon seit Stunden unermüdlich gegen die Fensterscheiben und auf das Vordach der Veranda. Manuel war dabei, das Sofa auszuklappen, damit Lola und er für die Nacht eine Schlafmöglichkeit hatten. Unterdessen huschte Lola ins Bad, um sich für die Nacht umzuziehen, während ihre Freundin mit Tristan im Schlafzimmer verschwand.

Sie durchwühlte ungläubig ihren Rucksack. Nicht ein Teil von dem, was sie gestern eingepackt hatte, war noch darin. Sie überlegte. *Das muss Cordula gewesen sein! Dieses linke Biest muss meine Kleider ausgetauscht haben, als ich gestern Abend schnell duschen war. Von wegen: Geh du dich mal ruhig frisch machen und ich koche in der Zwischenzeit für uns. Einen Scheiß! Klamotten getauscht hat sie.*

So vermisste sie zum Beispiel ihren Pyjama, den sie dieses Wochenende hatte anziehen wollen. Stattdessen zog sie ihr kleines, schwarzes Nachthemd mit der Spitzenborte am Ausschnitt hervor. Lola war sauer. Genervt durchwühlte sie den Rest der Wäsche. Anstatt ihrer geliebten Longshirts und bequemen Hosen hatte Cordula ihr zwei taillierte Oberteile und eine hübsche Strickjacke eingepackt. Wenigstens hatte sie an etwas Warmes gedacht, überlegte sie verächtlich, doch in der Nacht würde sie mit dem schwarzen Hauch von Nichts ohne Ende frieren. Der Kapuzenpullover fehlte auch. Cordula hatte zudem die unbequemste Hose, die sich in ihrem Kleiderschrank befunden hatte, eingepackt. Lola musste zugeben, dass es gleichzeitig die schönste Hose war, doch ihr war Komfort wichtiger, als hübsch auszusehen. Jetzt den Willen ihrer Freundin aufgedrückt zu bekommen, gefiel ihr überhaupt nicht.

Vor dem Spiegel stehend betrachtete sie ein paar Minuten später ihr Aussehen. Sie gab zu, so übel wirkte das kleine Hemdchen nicht, doch darum ging es nicht. Sie wollte es nicht anziehen und fühlte sich vorgeführt. Schnell zog sie die Strickjacke drüber, damit sie sich nicht mehr so nackt vorkam.

So ging sie zurück ins Wohnzimmer. Manuel hatte ihr Nachtlager auf dem ausgeklappten Sofa bereits fertig gebaut und lag in der Horizontalen.

»Ich bringe Cordula um«, zischte sie, während sie sich neben ihm ins Bett legte.

»Warum? Was hat sie getan?«

Unbeholfen wühlte sie sich in den Schlafsack.

»Musst dir mal anschauen, was die mit meinem Rucksack gemacht hat. Da ist kein Kleidungsstück mehr drin, das ich gestern eingepackt habe.«

Manuel schmunzelte in sich hinein.

»Was gibt es da zu grinsen? Das ist nicht witzig.«

»Was hat sie denn ausgetauscht, worüber du dich jetzt so aufregst?«, fragte er süffisant.

Lola schnappte nach Luft. »Na! Alles halt. In der Tasche sind komplett andere Klamotten drin.«

»Ich finde, du siehst sehr hübsch aus in deinem Nachthemd«, versuchte er sie zu beruhigen. Daraufhin erntete er einen bitterbösen Blick.

»Es geht doch gar nicht darum, ob ich in dem Fetzen hübsch aussehe oder nicht. Hier geht es ums Prinzip. Außerdem werde ich ganz schrecklich frieren heute Nacht.«

Lola drehte sich auf die andere Seite und kehrte ihm den Rücken zu. Er löschte das Licht und rückte näher an sie heran.

»Hey, mein Engel. Nicht ärgern. Du musst nicht frieren. Wenn du willst, dann wärme ich dich die ganze Nacht.« Seine Stimme hatte einen wundervoll klaren, warmherzigen Klang und sie war allein davon wie benommen. Sie spürte, wie er sich von hinten dicht an sie herankuschelte und sein Gesicht in ihr Haar grub. Seine Arme umschlossen ihren Körper mitsamt des Schlafsackes, und ganz genüsslich fing er an, ihren Nacken zu küssen. Wohlig drehte sie sich wieder zu ihm um.

Sie konnte nicht sagen, wann die Schlafsäcke abhandengekommen waren. Letztendlich spürte sie seine Hände unter ihrem Nachthemd, wie er sie zärtlich streichelte und liebkoste. Seine Finger streiften ihre Hüfte. Heute Nacht wollte er mehr von ihr und nur allzu gerne gab sie diesem Wunsch nach.

Sie liebten sich so, wie sie waren. Still und innig. Diese Ehrlichkeit, die von ihm ausging, machte ihr eines bewusst: Zum ersten Mal in ihrem Leben war es ihr möglich, sich wirklich fallen zu lassen! Dabei vermochte er Gefühle in ihr zu wecken, von deren Existenz sie nicht einmal etwas geahnt hatte. Seine Berührungen und Bewegungen durchfuhren sie wie kleine elektrische Blitze, die wie ein wütender Sturm durch ihren Körper jagten.

Dicht aneinander gekuschelt lagen sie zufrieden da und konnten noch immer nicht genug von den Berührungen des jeweils anderen bekommen. Manuels Hand strich sanft über ihren Nacken, während sie sich an seine Brust schmiegte und seine Küsse auf ihrem Haaransatz spüren konnte. So sollte es sein. Für immer.

Plötzlich hielten sie in der Bewegung inne und horchten auf. Die Falttür zum Schlafzimmer hin bot eindeutig nicht genügend Hörschutz. Sie spürte bei Manuel eine ähnliche Beklommenheit wie bei sich selbst. Er war aber bei Weitem nicht so überrascht und pikiert. Schnell hatte er sich wieder gefangen und ließ schmunzelnd sein Gesicht ins Kopfkissen fallen.

»Und es geht los«, sagte er.

»Wie, es geht los? Wie lange geht das denn für gewöhnlich?« Lola hatte ihre Freundin wirklich sehr gerne, aber ihr beim Sex zuzuhören, das musste nicht sein.

»Och. Das kann schon eine ganze Weile so gehen. So nah dabei war ich aber bisher noch nicht. Bei uns zu Hause sind immerhin der Flur und zwei feste Türen dazwischen.«

»Die werden doch wohl hoffentlich gleich wieder still sein«, überlegte sie. »Sind wir ja schließlich auch. Die wissen doch, dass wir hier liegen.«

Er schaute von seinem Kissen auf. »Ich glaube, die sind gerade mit ganz anderen Dingen beschäftigt, als sich ausgerechnet über uns den Kopf zu zerbrechen.«

»Ich will das aber nicht hören. Das ist widerlich.«

»Stell dir einfach vor, es wäre Meeresrauschen oder so ähnlich«, flüsterte er, während er sie wieder in seine Arme zog.

Obwohl seine Küsse auf ihrem Hals ein unbeschreibliches Kribbeln verursachten, konnte sie die Sache unmöglich auf sich beruhen lassen. »Der Vergleich hinkt aber gewaltig.«

Im nächsten Moment hörten sie Tristans Dirty Talk aus dem Schlafzimmer. Diese Einlage war selbst für Manuel zu viel. Er schloss die Augen.

»Oh, Mann! Das werde ich nie wieder aus meinem Gedächtnis bekommen.«

»Können wir nicht woanders hingehen, solange?«

Mit einem dicken Grinsen im Gesicht schnappten sie sich ihre Schlafsäcke und Lola folgte ihm ums Haus herum. Draußen regnete es immer noch, aber der Regen war nicht mehr ganz so heftig wie am Abend. Alles war pitschnass, und die Regentonne, die an der hinteren Hausfassade stand, lief bereits vom vielen Regenwasser über.

Manuel öffnete geschickt die hölzerne Tür zum angrenzenden Schuppen. Dann suchte er mit seinen Händen nach dem Lichtschalter. Sobald das Licht leuchtete, huschte Lola hinein und beobachtete zitternd vor Kälte und Nässe, wie Manuel ein paar alte Polster aus der Ecke hinter den Fahrrädern hervorzog, um sie provisorisch neben der Tür auszubreiten. Sie legte die mitgebrachten Kissen und Schlafsäcke hinzu. Er kramte noch eine alte Wolldecke hervor, die sie über sich ausbreiteten, nachdem sie sich in die Schlafsäcke gekuschelt hatten. Die Tür stand einen Spalt weit offen. Mit ihren Decken und der Wärme, die sie sich spendeten, war es warm genug.

»Und? Ist es jetzt besser so?«, fragte er.

»Viel besser.«

»Nicht ganz das ›Vier Jahreszeiten‹, aber wenigstens haben wir hier unsere Ruhe.«

Lola kuschelte sich eng an Manuel heran und genoss seine Nähe mit jeder Faser ihres Körpers. Sie war glücklich.

»Schon irre, wenn man bedenkt, wie alles zwischen uns angefangen hat. Ich habe gar nicht mehr damit gerechnet, dich tatsächlich einmal in meinen Armen halten zu dürfen. Du machst mich zum glücklichsten Mann der Welt. Weißt du das überhaupt?« Er zog die Wolldecke etwas fester um sie herum, damit sie nicht fror.

»Zum Glück hast du nie aufgegeben.«

Manuel lachte kurz auf. »Oh, doch. Das hab ich!«, offenbarte er. »Es gab da so einige Momente …«

»Ab wann hast du es gewusst?«

Er schaute sie fragend an.

»Ich meine, ab wann wusstest du, dass du dich in mich verliebt hast?«

Da brauchte er gar nicht lange zu überlegen.

»Das wusste ich vom ersten Moment an. Du hast so herrlich hilflos ausgesehen, als du mit der flachen Hand gegen den Ticketschalter in der Straßenbahn geschlagen hast.«

Sie lachten miteinander.

»Du hast es mir wirklich nicht leicht gemacht. Immer wieder gab es diese kleinen Momente, in denen mich deine smaragdgrünen Augen herzlich angefunkelt haben. In diesen Momenten dachte ich, dein Herz würde endlich mir gehören, doch du hast mich immer wieder auf die Schnauze fallen lassen.«

Lola hatte zwar die ganze Zeit über geahnt, wie es Manuel ergangen sein musste, doch es jetzt von ihm zu hören, tat trotzdem weh.

»Als ich kurz nach unserem Kennenlernen erfuhr«, sprach er weiter, »dass du bereits eine Affäre mit einem anderen Mann hast, war ich ganz schön deprimiert. Aber aufgeben wollte ich trotzdem nicht.«

Sie streichelte ihm über das Haar. »Hast du mich deswegen zu dieser Hochzeit eingeladen?«

»Richtig!«, gab er zu. »Im Prinzip wäre es mir egal gewesen, ob ich mit oder ohne Begleitung auf der Feier erscheine. Aber in diesem Fall habe ich eine Möglichkeit gesehen, Zeit mit dir zu verbringen. Die Idee, dir wegen deiner Handtasche ein schlechtes Gewissen zu machen, die kam übrigens von Tristan.«

Wieder mussten sie lachen.

»Das war das erste Mal, dass ich mich zu dir hingezogen gefühlt habe«, sagte sie. »Als ich morgens in deinem Zimmer aufgewacht bin, meine ich, und du trotz der lauten Musik einfach weitergeschlafen hast.«

»Ach ja?«, horchte er auf.

»Ja. Du hast so friedlich dagelegen und ich fand dich sogar irgendwie sexy, mit deinen zerzausten Haaren.«

Sie küssten sich.

»Sexy, also«, stellte er mit geschwellter Brust fest.

»Ja, in der Tat.« Beinahe bereute sie es, es ausgesprochen zu haben.

»Lola. Niemand ist so sexy wie du. Wenn ich daran denke, in was für einem atemberaubenden Fummel du gesteckt hast, als ich dich zur Hochzeit abgeholt habe. Ehrlich, Mann! Da fehlen mir jetzt noch die Worte. Neben der Braut warst du eindeutig die schönste Erscheinung.« Er schmeichelte ihr ungemein.

»Das war ein so schöner Abend«, schwelgte sie ebenfalls in Erinnerungen. »Ich habe die Zeit mit dir dort wirklich genossen. Als du auf der Bühne gestanden hast, da hatte ich Gänschaut.«

Manuel schaute ihr tief in die Augen. »Weißt du, eigentlich habe ich nur für dich gesungen.«

Das wusste Lola insgeheim schon. Weil sie sich ihm so sehr verbunden fühlte, erzählte sie ihm nun, was sie eigentlich für immer für sich behalten wollte.

»Ich hab ein Portrait von dir gemalt, Manuel.«

Wie erwartet brauchte er eine Weile, bis er verstanden hatte. Sein verträumter Blick wurde wacher. »Du hast was?«

»Ich habe dich gemalt.«

»Wann?«, fragte er ungläubig. »Davon hab ich gar nichts mitbekommen.«

»Natürlich nicht«, lachte sie kurz auf. »Ich hab dich aus dem Gedächtnis heraus gemalt. Zu Hause. Bei mir.« Ihm war anzusehen, dass er nicht verstand, warum sie das getan hatte.

»Ich habe angefangen, dich zu malen, damit ich dich wieder aus meinem Kopf herausbekomme. Der Plan war, dich auf die Leinwand zu verbannen.«

»Krass, wie fies du sein kannst. Ist das Bild wenigstens gut geworden?« Zärtlich strich er ihr über die Wange.

»Es ist das beste Portrait, das ich je gemalt habe. Das sagen zumindest Cordula und Mia.«

»Wie? Die beiden kennen das Bild schon und ich weiß noch nicht einmal von seiner Existenz?«

Manuel war aber gar nicht sauer. Vielmehr hatte Lola das Gefühl, dass sie ihm mit ihrem Portrait die schönste Liebeserklärung gemacht hatte, die man sich wünschen konnte. Im Prinzip war es das ja auch.

Sie dachte darüber nach, wie es damals auf der Hochzeit zum Kuss zwischen ihnen gekommen war. Der Kuss war so schön gewesen. Gerne hätte sie darüber ebenfalls mit ihm in Erinnerungen geschwelgt, aber die negativen Dinge, die damit behaftet waren, und auch die Anschuldigungen von Sam, was Manuel hinterher getan haben soll, ließen ihren Mund stumm bleiben. Sie war einfach nur froh, dass er bei ihr war.

Es knackte und polterte plötzlich vor der Schuppentür. Schritte entfernten sich. Erschrocken sprang Manuel auf und zog sich schnell die Schuhe über.

»Warte hier«, hörte sie ihn noch sagen, dann war er verschwunden. Seine Schritte wurden leiser.

Das war unheimlich, stellte Lola fest. So ganz alleine in einer stürmischen, regnerischen Nacht im Schuppen einer Gartenhaussiedlung zu liegen, das war mehr als unheimlich. Deswegen krabbelte sie nun selbst aus dem Schlafsack heraus und streifte sich die Schuhe über. Die Strickjacke zog sie sich eng um den Körper. Sie öffnete die Tür einen Spalt weit und blickte ängstlich hinaus. Weiter hinten, irgendwo im Knick, hinter dem Feld vielleicht, konnte sie Manuels Stimme hören.

»He! Bleib gefälligst stehen!«

Unweigerlich musste sie sofort an Kristof denken, doch den Gedanken an ihn wollte sie nicht zulassen. Das konnte unmöglich sein. Woher sollte Kristof wissen, wo sie waren? Dann hätte er ihnen bereits die ganze Zeit folgen müssen. Das hätte er unmöglich bewerkstelligen können, ohne dass sie oder Manuel es zu irgendeiner Zeit mitbekommen hätten. Lola versuchte sich zu beruhigen, indem sie sich einredete, dass es ganz sicher nur ein armer Landstreicher war, der wahrscheinlich nicht zum ersten Mal in diesem Schuppen Schutz vor dem Regen suchen wollte.

Sie hörte, wie sich Schritte dem Schuppen näherten. Nass bis auf die Haut stand Manuel vor ihr. Er keuchte schwer. Er musste gerannt sein.

»Keine Chance. Der Kerl war echt schnell. Hat Haken geschlagen wie ein Feldhase. Als ich auch noch in einem Maulwurfshügel hängen geblieben bin, hab ich ihn verloren.«

Lola sah zu seinem rechten Bein hinunter und bemerkte, dass die Hose bis zu den Knien mit Schlamm und Dreck übersät war. Mit seinen Händen musste er sich vorhin im Schmutz abgestützt haben, die sahen genauso verdreckt aus.

»Konntest du erkennen, wer es war?« Diese Frage konnte sie sich einfach nicht verkneifen.

»Nee. Ist viel zu dunkel da draußen. Der Kerl trug zudem dunkle Klamotten und ist wie ein Irrer übers Feld gerannt, als ob es kein Morgen gäbe.« Mit den Händen wuschelte er sich die nassen Haare. »Ich glaube, es ist besser, wenn wir wieder ins Haus gehen. Ich brauch dringend was Trockenes zum Anziehen.«

Lola nickte ihm zu.

»Ich spring mal eben schnell unter die Dusche, den Dreck abwaschen«, sagte Manuel und verschwand im Badezimmer. Keine zehn Sekunden später klingelte sein Handy. Was für ein Timing.

Lola sah drauf. Augenblicklich bekam sie Herzrasen. Angelina rief an. *Es ist mitten in der Nacht und diese Bitch ruft doch tatsächlich meinen Freund an. Was hat das denn jetzt zu bedeuten?* Wütend vor Eifersucht drückte sie den Anruf weg.

Still lag das Handy vor ihr und wirkte bedrohlich. Gut. Jetzt hatte sie sie für den Augenblick weggedrückt, doch was wäre, wenn sie gleich wieder anriefe?

Ohne weiter darüber nachzudenken, was sie da tat, nahm sie das Handy und öffnete die Textnachrichten. Der Ordner strotzte nur so vor Nachrichten von dieser Schlampe. Unwillkürlich öffnete sie eine der Nachrichten und las:

Ich vermisse dich, Sweetheart.

Sie las die SMS davor. Geschrieben am Morgen nach der Hochzeit:

I love you, Sweety. Sehe ich dich bald wieder? Die Nacht mit dir war wundervoll.

Noch eine SMS früher:

Okay, komm vorbei. Dann reden wir.

Lola hatte genug gelesen. Sie wünschte, sie hätte es nicht getan. Die letzte SMS war ungefähr eine Stunde nach ihrem Kuss mit Manuel abgeschickt worden. Sam hatte also tatsächlich die Wahrheit gesagt.

In diesem Moment klingelte das Handy wieder. Ohne zu überlegen, nahm sie das Gespräch an und hielt sich das Handy stumm ans Ohr.

»Hey, Sweety. Nicht böse sein. Ich wollte mal hören, wie es so läuft. Außerdem wollte ich noch schnell deine Stimme hören, bevor ich schlafen gehe.«

Es wurde still. Lola war kurz davor, sich zu übergeben. Ihre Augen füllten sich mit Tränen. Sie drückte das Gespräch weg. Dann zog sie sich den Schlafsack über den Kopf.

Wenig später hatte Manuel zu Ende geduscht und legte sich zu ihr ins Bett. Er nahm sie fest in seine Arme. Augenblicklich war sie angespannt und erstarrte. Sie fing an zu zittern.

»Frierst du, mein Engel?«, fragte er. »Komm, ich kuschele dich mit ein.«

Lola hörte, wie er den Reißverschluss seines Schlafsackes öffnete, doch sie bewegte sich nicht.

»Mir ist nicht kalt.«

Manuel stutze zwar angesichts ihres harten Tons, ließ sie aber in Ruhe. »Okay. Ganz wie du möchtest. Dann lass uns mal schlafen. Ist auch schon richtig spät geworden.«

Der Schlafsack ging wieder zu und er löschte das Licht. Danach schmuste er sich an ihre Rückseite heran. *Er hat keine Ahnung!*

Lola konnte nicht anders. Sie musste jetzt wissen, was damals geschehen war. Sie befreite sich aus seiner Umarmung und knipste das Licht an. Aufrecht sitzend schaute sie ihm ernst in die Augen. Es war ihm anzusehen, dass er ihre Gefühlswandlung nicht nachvollziehen konnte.

»Hey. Was ist los? Du wirst so dramatisch mit einem Mal.«

»Wo bist du damals gewesen? Nach der Hochzeit, meine ich.« Ihre Stimme zitterte.

Manuel richtete sich ebenfalls auf. »Ich verstehe nicht.« Entweder wollte er nicht verstehen oder er verstand wirklich nicht.

Lola wurde also deutlicher. »Du warst bei Angelina.«

»Woher … Ich meine … Wie kommst du darauf?« Er schloss die Augen. Er wusste, dass er es mit seinem Versprecher gerade eben zugegeben hatte. Leugnen war zwecklos.

Lola rückte von ihm ab. Sie wollte aufstehen, doch Manuel hielt sie zurück.

»Scheiße, Mann! Lola, warte. Lass es mich bitte erklären.« Böse funkelte sie ihn an. Sie riss sich von ihm los.

»Was willst du mir denn erklären? Wie oft und wie lange ihr es miteinander getrieben habt? Nur zu. Fang an. Vielleicht kann ich dabei ja noch was lernen. War es denn wenigstens schön? Bist du zum Abschluss gekommen?« Ihre Fragen waren ihm unangenehm. So wie er aussah, fand er sie auch überhaupt nicht angebracht.

»Bitte, Lola. Nicht so. Das ist nicht fair.«

Sie platzte vor Wut. »Nicht fair? Sag mal, spinnst du?«

Manuel war immer noch deutlich ruhiger als Lola. »Ja, fair! Jetzt komm. Hör auf damit. Es war nicht richtig, dass ich zu ihr gegangen bin. Das weiß ich selbst. Aber es war nicht wichtig. Es hatte doch gar nichts zu bedeuten. Und Lola. Wir zwei … wir waren noch gar nicht zusammen.«

»Das weiß ich. Ich bin ja nicht blöd. Aber es war nach unserem Kuss, verdammt! Also! Warum, Manuel? Warum?« Für Lola brach die Welt zusammen.

»Hallo? Da fragst du noch? Kurz zuvor hab ich mitbekommen, dass der Kumpel meines eigenen Vaters der Lover von der Frau ist, in die ich mich verliebt habe. Um dem noch eins draufzusetzen, hattest du nach unserem Kuss in der Kammer nichts Besseres zu tun, als mich direkt wieder abzuservieren. Du kannst es meinetwegen meinem gekränkten Ego zuschreiben. Aber bitte, mein Engel. Mach jetzt keine Szene daraus.« Aufs höchste erregt wartete er auf eine Reaktion. Er wusste, was auf dem Spiel stand.

»Du hättest es sagen müssen. Und zwar bevor wir zusammengekommen sind.«

»Und dann? Was wäre dann gewesen?« Sein Blick war herausfordernd.

»Ich weiß es nicht«, gab sie zu. »Aber es wäre zumindest ehrlich gewesen. Als ich den Morgen danach bei dir war, hättest du Gelegenheit dazu gehabt.«

»Ach ja?«, schnaufte er verächtlich. »Du bist dir ganz sicher, dass ich es dir damals hätte sagen sollen? Komm, sei ehrlich. Hätte ich das getan, dann hätte ich nie wieder auch nur den Hauch einer Chance bei dir gehabt.«

Lola wurde noch lauter. Wild gestikulierte sie mit ihren Armen in der Luft. »Sehr schön! Also alles auch noch Kalkül, wie? Ich könnt so kotzen, Manuel! Ich hab mich damals wirklich mies gefühlt, weil ich ein fürchterlich schlechtes Gewissen hatte. Aber du hast mich eiskalt abblitzen lassen. Tagelang hast du mich wie Luft behandelt.«

»Ja, Mann!«, schrie er nun ebenfalls. »Aber ich hatte doch gar keine Wahl! Ich konnte es dir nicht sagen. Ich war weiß Gott nicht stolz auf das, was ich getan hatte.«

Sie hörten, wie Tristan ins Zimmer kam. »Was geht denn hier ab?«

Lola drehte sich weg. Mia lugte ebenfalls aus dem Schlafzimmer hervor, hielt sich aber dezent im Hintergrund.

»Wir streiten«, warf Manuel ein. »Hört man doch.«

»Geht das vielleicht auch etwas leiser?«

Lola fuhr herum und blinzelte ihn böse an. »Ach! Halt's Maul, Tristan. Du hast es doch sicherlich auch die ganze Zeit über gewusst. Hab ich Recht?«

Tristan wechselte einen vielversprechenden Blick mit Manuel.

»Sie weiß es.«

Tristans Blick sprach Bände.

»Ja, das kann ich mir denken, dass ihr zwei nicht über das Fernsehprogramm streitet. Wieso bist du überhaupt so bescheuert und erzählst ihr mitten in der Nacht davon. Ausgerechnet hier. Mitten in der Walachei. Du Blödmann.«

»Ich hab es ihr nicht erzählt.«

»Aha. Und woher weiß Lola jetzt so plötzlich davon?«

Alle schauten auf Lola. Sie sah die neugierigen Blicke. Mit einer gehörigen Portion Trotz in der Stimme fing sie Manuels Blick ein.

»Ach, Sweetheart«, zischte sie. »Von wem werde ich es wohl wissen, wenn nicht von dir selbst?«

Er schaute auf sein Handy, das immer noch am Kopfende auf dem ausgeklappten Sofa lag, und verstand. Lola zog sich die Strickjacke über und ging auf die Veranda hinaus. Jeder Versuch, sie aufzuhalten, wäre kläglich gescheitert. Am liebsten wäre sie nach Hause gefahren, doch sie saß hier fest.

Stumm blickte sie in den dunklen Garten hinaus. Es dauerte nicht lange, bis ihr jemand folgte. Sie sah sich nicht um. Dieser Jemand hielt ihr ein Päckchen Zigaretten entgegen.

»Hier«, hörte sie Manuel sagen, der sich vor ihr auf den Verandazaun setzte und gegen den Pfeiler lehnte. Wortlos nahm sie die Zigaretten entgegen. Während sie mit ihren zittrigen Fingern eine Kippe herausangelte, holte er aus seiner Hosentasche ein Feuerzeug hervor und hielt es ihr hin, so dass sie ihre Zigarette anzünden konnte. Erleichtert sog sie den Rauch ein. Schweigend sahen sie gemeinsam in die Dunkelheit hinaus. Der Regen hatte nachgelassen und der Sturm hatte sich gelegt.

»Es tut mir leid«, war das Erste, was über seine Lippen kam.

»Ja, Manuel. Mir auch.«

»Was kann ich tun?«

Dass er es bereute, war deutlich, doch was geschehen war, war nicht mehr rückgängig zu machen. Sie würde damit klarkommen müssen – oder … eben nicht.

»Gar nichts. Gekränktes Ego hin oder her. Woher soll ich denn jetzt wissen, dass du nicht bei unserem ersten großen Streit die gleiche Dummheit noch einmal machst?«

Manuel fuhr sich durch die Haare. Lola konnte die Traurigkeit in seinen Augen erkennen. Das Licht, das durchs Fenster auf die Veranda fiel, reichte dafür aus. In diesem Moment fiel es ihr wie Schuppen von den Augen. Diese dämliche Angewohnheit sich die Haare aus der Stirn zu streichen, hatte sie jahrelang an ihrem Ex beobachten können. Mit einem Mal wurde ihr bewusst, woher am Anfang diese unerklärliche Abneigung Manuel gegenüber hergekommen war. Innerlich schimpfte sie mit sich selbst, es nicht vorher begriffen zu haben. Es hatte also die ganze Zeit über gar nichts mit Manuel selbst zu tun gehabt. Er hatte sie nur unterbewusst an ihren Ex erinnert.

Nichtsdestotrotz hatte sie keine Ahnung, wie sie ihm jemals wieder vertrauen könnte.

»Es wird nie wieder passieren«, versprach er. »Das mit Angelina ist vorbei. Schon seit Ewigkeiten. Das nach der Hochzeit war ein einmaliger Ausrutscher. Mehr als einmal habe ich versucht ihr das zu erklären, doch sie will es einfach nicht wahrhaben.«

Das, war Lola der Meinung, war nicht ihr Problem.

Als er sah, wie wenig sie dies beeindruckte, versuchte er es anders. »Oder besser gesagt. Es kann gar nicht wieder passieren.«

Es funktionierte.

»Wie kannst du dir da so sicher sein?«, ging sie drauf ein.

»Lola! Ich bin doch kein Arsch. Wären wir damals zusammen gewesen, hätte ich im Traum nicht an so etwas gedacht. Als ich nach unserem Kuss die Kammer verlassen hatte, da dachte ich, aus uns zwei wird nie etwas werden. Niemals wäre ich darauf gekommen, dass du am nächsten Morgen in meinem Wohnzimmer stehst, um dich mit mir zu versöhnen.«

Er hielt inne und überlegte einen Moment.

»Das hört sich jetzt echt blöd an«, sprach er weiter, »aber ich wollte dich einfach nur so schnell wie möglich vergessen. Ich wollte deine Berührungen, deine Umarmung, diesen unglaublichen Kuss … Das alles wollte ich so schnell wie möglich hinter mir lassen. Ich wusste, wäre ich nach Hause gefahren, hätte ich die ganze Zeit nur an dich gedacht.«

»Und so war es anders?« Lola konnte sich die Frage einfach nicht verkneifen.

»Nein. War es nicht«, gab er klein bei. »Hinterher hab ich mich nur noch schäbiger gefühlt. Ich kam mir so mies vor. Glaub mir. Ich konnte es dir nicht sagen. Ich hatte Angst davor, wie du reagieren würdest. Dich zu ignorieren, erschien mir tatsächlich der bessere Weg zu sein.«

Für einen Augenblick wurde es still zwischen den beiden. Der Wind raschelte durch die Bäume.

»Weißt du, was das Schlimme an der Sache ist, Manuel?« Sie schaute ihm in die Augen. »Ich habe Sam nicht geglaubt, als er mir von dir und Angelina erzählt hat. Im Musikraum hat er versucht uns gegeneinander auszuspielen. Aber ich habe es nicht zugelassen. Ich habe dir einfach vertraut.«

»Du kannst mir vertrauen, mein Engel. Was wir haben, werde ich niemals aufs Spiel setzen. Das schwör ich.«

Lola wollte ihm so gerne glauben, doch ihr Kopf war verwirrt und sie war nicht in der Lage, heute Nacht eine Entscheidung zu treffen.

»Ich weiß es nicht, Manuel.« Sie drehte sich um, um wieder ins Haus zu gehen. »Ich schlaf den Rest der Nacht bei Mia. Ich schick Tristan dann zu dir.« Sie öffnete bereits die Tür und war im Begriff hindurchzugehen.

»Ich liebe dich, Lola.«

Seine Worte ließen sie für einen Augenblick innehalten. Ihr Puls beschleunigte. Es war das erste Mal, dass er es aussprach.

Kapitel 13

Die Vergangenheit holt jeden ein

Als sie neben Mia im Bett lag und still in ihr Kissen weinte, hörte sie erst, wie Manuel mit dem Motorrad fortfuhr und eine halbe Stunde später mit röhrendem Motor wieder zurückkam. Auch das Klappern in der Küche und der wenig später aufsteigende Duft von gebratenem Spiegelei mit Speck entgingen ihr nicht. Ihr Magen protestierte heftig gegen die Dünste, die zu dieser ungewöhnlichen Stunde durch die Falttür zu ihnen herüberwaberten. Eisern riss sie sich zusammen und zwang ihren Bauch zur Vernunft. Der Geruch des Essens ließ ihren ohnehin schon aufgewühlten Magen rebellieren. Nur zu gerne wäre sie aus dem Zimmer gestürmt und hätte sich übergeben.

Auch Mia rührte sich nicht. Aber wahrscheinlich lag das daran, weil sie seit geraumer Zeit ruhig und gleichmäßig neben Lola schnarchte und nicht viel von Manuels Aktion mitbekam.

Mehrere laute Schüsse hintereinander ließen Lola aus dem Schlaf hochschrecken. Es war taghell. Durch die Gardinen hindurch sah sie Tristan auf einem alten Mofa den Stoppelweg entlangfahren.

Ihre Aufmerksamkeit wurde nun auf die Geräusche, die aus der Küche kamen, gelenkt. Ihre Freundin war bereits dabei, das Frühstück vorzubereiten, und ihre Nase roch zufrieden frischen Kaffeeduft. Der Bratgeruch von letzter Nacht hing zwar noch leicht in der Luft, doch der Kaffee kämpfte tapfer dagegen an und schien den Sieg davonzutragen.

Durch die geöffnete Schlafzimmertür sah sie, wie Mia die Terrassentür zur angrenzenden Veranda öffnete, um draußen den Frühstückstisch zu decken. Ein kalter Windzug strömte durchs Zimmer und sie fröstelte augenblicklich.

»Nun aber mal raus aus den Federn«, hörte sie Mia schimpfen. »Das Frühstück wird bald fertig sein. Tristan ist bereits los und holt die Brötchen.«

»Ich weiß. Ich habe gehört, wie er weggefahren ist.«

Lola ging duschen. Das heiße Wasser tat gut und weckte die Lebensgeister. Während sie dabei war, sich die Haare zu trocknen und frische Kleidung anzuziehen, hörte sie das knatternde Mofa zurückkehren. Tristan fuhr abermals an der Hecke vorbei. Hinten auf den Gepäckträger hatte er eine Tüte mit Brötchen geklemmt. Lola kam nicht darum herum, sich über Tristan zu amüsieren. Das Mofa war für seine lange Gestalt viel zu klein, und wenn er darauf saß, sah es aus, als hätte er die Ohren zwischen den Knien eingeklemmt.

Mia nahm Tristan die Brötchentüte ab. Manuel ging als Letzter mit seinen Habseligkeiten in Richtung Dusche. Wie Mia ihn wachbekommen hatte, während sie duschen war, war ihr ein Rätsel. Ihm war anzusehen, dass er die letzte Nacht kaum geschlafen hatte. Sie senkte den Blick, als sie aneinander vorbeigingen, und setzte sich an den gedeckten Tisch.

Eine Zigarette rauchend beobachtete sie, wie Mia herumwuselte und Servietten und zwei kleine Kerzenständer auf dem Tisch verteilte. Sie betrachtete den Frühstückstisch etwas näher. Erneut zog sie an ihrer Zigarette und blies den Rauch langsam wieder aus.

»Warum hast du für sechs gedeckt?«, stutzte sie. »Wir sind doch nur vier.« Sofort wirkte Mia noch etwas nervöser.

»Tristan, holst du bitte den Kaffee aus der Küche. Der müsste jetzt fertig sein.«

Lola entging Tristans Blick, der Mia galt, nicht. *Was ging hier vor?*

»Kommt noch jemand zum Frühstück?«

Mia setzte sich ihr gegenüber. »Ja. Wir erwarten Besuch«, antwortete sie knapp.

Lola lehnte sich im Stuhl zurück. »Und warum weiß ich davon nichts?«

»Weil es eine Überraschung ist.«

Überraschung. So, so. Sie mochte keine Überraschungen und Mia wusste das nur zu gut.

»Jetzt sag bitte, wer zum Frühstück kommt.«

Mia hielt den Mund. Tristan stellte die Thermoskanne mit dem Kaffee auf den Tisch. Er setzte sich neben seine Freundin an den Tisch und schenkte sich ein.

»Ich glaube, es wird Zeit, dass du Lola endlich sagst, was du vorhast«, sagte er.

Jetzt wurde Lola hellhörig, und mit angespanntem Gesicht zog sie abermals an ihrer Zigarette. Mias Reaktion gefiel ihr überhaupt nicht. Die führte doch was im Schilde. Mia schien weiterhin fest entschlossen, nichts zu sagen, dafür warf sie Tristan einen giftigen Blick zu.

»Ja, jetzt sag schon«, redete Lola auf ihre beste Freundin ein. »Was hast du wieder angestellt?«

»Wenn ich es jetzt sage, dann steht sie auf und geht«, verkündete sie in Tristans Richtung.

»Ja, damit musst du rechnen«, bekam sie von ihm als Antwort. »Aber es ist wirklich an der Zeit, Lola nicht weiter zum Narren zu halten und ihr reinen Wein einzuschenken.«

Lola war am Ende mit ihren Nerven und es wurde ihr nun einfach zu blöd. Sie würde sich hier nicht zum Deppen machen, beschloss sie, und stand auf.

»Gut. Wenn du es mir nicht sagen willst, dann gehe ich eben.«

Mia stand ebenfalls auf und hielt Lola über den Tisch hinweg am Arm fest. »Nein. Bitte! Bleib hier.« Flehenden Blickes schaute sie ihr ins Gesicht.

»Dann verrat gefälligst, was du vorhast.«

Manuel hatte mittlerweile fertig geduscht und gesellte sich zu ihnen an den Tisch. Er legte seinen Rucksack neben die Terrassentür und setzte sich Tristan gegenüber. Die letzten Brocken der Unterhaltung hatte er bereits mitbekommen.

»Weißt du, worum es hier geht?«, fragte er Tristan leise, während die Mädels sich weiterhin am Tisch gegenüber standen.

»Ja, leider.«

In diesem Moment hörten sie ein Auto herannahen und Mias Nervosität nahm zu.

»Egal, was jetzt auch passiert«, redete sie eindringlich auf Lola ein. »Versprich mir, dass du ruhig bleibst. Ja?«

»Sag mal, spinnst du?«, prustete Lola verächtlich auf. »Ich will jetzt wissen, was hier los ist!«

Tristan ließ die Katze aus dem Sack. »Mia hat Dominik und Sophie eingeladen. Die beiden möchten mit dir sprechen und hielten es hier für die beste Gelegenheit.«

Während sie von einem zum anderen blickte, stand ihr der Mund offen. Gut. Irgendwie hatte sie mit so etwas schon gerechnet, doch jetzt, da es ausgesprochen war, war es so ungeheuerlich, dass ihr die Worte fehlten. Sie sah erst Mia an, die ihrem Blick nicht standhalten konnte, dann schaute sie ungläubig zu Tristan.

»Ich hielt es von Anfang an für eine dumme Idee, aber ich wurde überstimmt«, versuchte dieser, sich zu erklären.

Ihr Blick wechselte zu Manuel. »Mich brauchst du gar nicht so böse anzufunkeln. Ich hab bis eben genauso wenig davon gewusst wie du.«

Also sah sie wieder zu Mia herüber und versuchte sie mit ihren Blicken zu töten. Tot umfallen sollte sie!

Eine Wagentür schlug zu.

»Sag mal«, schimpfte Lola. »Du hast doch echt ’nen Schuss weg!«

»Wenn ich dir vorher davon erzählt hätte, wärst du gar nicht erst mit hierher gefahren«, verteidigte sich Mia.

»Da hättest du drauf wetten können, in der Tat. Ich will die beiden nicht sehen und es interessiert mich auch nicht, was sie mir zu sagen haben.«

Lola drückte hektisch ihre Zigarette im Aschenbecher aus. Hilfe suchend schaute sie zu Manuel herüber, der ihrem Blick auswich. Dominik und Sophie kamen bereits durch die Gartenpforte. Lola fühlte sich so alleine. Warum musste das jetzt passieren? Sie hatte doch weiß Gott genug Sorgen gerade. Die bevorstehende Aussprache mit Manuel lastete schwer auf ihr. Unmöglich konnte sie sich jetzt auf diese Situation einlassen.

Schüchtern trat Sophie einen Schritt auf sie zu. Ihr leuchtend blondes Haar wehte im Wind, während sie Lola ihre Hand hinhielt. »Hallo, Lola.«

Angepisst blickte Lola auf die Hand vor sich.

»Hi«, entgegnete sie kühl. Ohne die beiden eines Blickes zu würdigen, setzte sie sich wieder auf ihren Stuhl. Die anderen setzten sich ebenfalls. Es war unangenehm still.

Mia versuchte die Situation aufzulockern, indem sie anfing, den Brötchenkorb herumgehen zu lassen. »Na, Mensch«, sagte sie betont fröhlich. »Wer hätte das gedacht. Wir alle einmal an einem Tisch. Find ich klasse.«

»So ganz freiwillig war das jetzt aber nicht, nicht wahr?«, giftete Lola ihre Freundin über den Tisch hinweg an.

Tristan griff nach der Kaffeekanne. »Kaffee?«, fragte er in die Runde. Dankbar griff Dominik, der bis jetzt still geblieben war, zu.

»Gerne.«

Lola fing Dominiks Blick ein, der ungewohnt schüchtern und unbeholfen war. War ihr nur recht so. Sie sollten sich auch schämen, für das, was sie ihr angetan hatten. Oh, diese intriganten, widerwärtigen Geschöpfe … Es wurde ihr übel bei dem Gedanken, dass sie jetzt in ihrer Gegenwart etwas zu sich nehmen sollte, und sie reichte kurzentschlossen den Brötchenkorb direkt an Manuel weiter.

»Wie geht es euch denn?«, hörte sie Mia fragen. »Habt ihr gut hergefunden?«

»Alles bestens«, antwortete Sophie. »Dank Tristans Wegbeschreibung war der Weg hierher kein Problem. Nicht wahr, Dominik?«

Dominik war bereits dabei, sein Brötchen zu schmieren, und nickte stumm. Lola schenkte Tristan einen wütenden Blick, den er gekonnt ignorierte. So viele Verräter, dachte sie.

»Ist doch wunderschön hier, oder?«, versuchte Mia das Gespräch in Gang zu halten.

»In der Tat«, antwortete Sophie. »Ihr habt nicht zu viel versprochen.«

Mit einem scheppernden Knall ließ Lola ihre Kaffeetasse auf den Untersetzer fallen. Ihr platzte der Kragen.

»Herrgott! Euer Gelaber ist ja nicht zum Aushalten! Was soll das werden? Wollt ihr jetzt einen auf heile Welt machen? Kommt gefälligst zur Sache, Leute, damit ich endlich verschwinden kann!« Lolas Blick ging fordernd durch die Runde. Tristan feixte in sich hinein, während Mia in der Bewegung innehielt und wie vor den Kopf gestoßen war. Sophie und Dominik schauten sich unsicher an.

Mit Manuels Beistand hätte Lola jetzt am allerwenigsten gerechnet, doch er war es, der ihr zu Hilfe kam. »Ich finde, sie hat Recht«, ergriff er das Wort. »Ihr wolltet eine Aussprache, dann fangt auch langsam mal damit an.« Seine Loyalität tat trotz allem, was gestern Abend vorgefallen war, gut.

Mia hatte ihre Sprache wiedergefunden. »So einfach ist das nicht, Manuel. Lass Sophie und Dominik doch erst einmal ankommen.«

»Wozu? Lola sitzt hier und ist bereit, sich anzuhören, was sie zu sagen haben. Dann solltet ihr auch zuallererst darüber reden, oder sehe ich das falsch?«

»Sehe ich genauso«, pflichtete Tristan ihm bei. »Ihr solltet sagen, weswegen ihr Lola treffen wolltet.«

Sie war überrascht, wie viel Beistand sie von den Jungs bekam. Mia war wie immer eine Enttäuschung. Doch konnte man es ihr verübeln? Sie hatte immer noch diese fixe Idee, die Clique könnte sich wieder versöhnen. Lolas Gefühle waren ihr völlig egal.

Es war Sophie, die all ihren Mut zusammennahm und endlich Tacheles redete. Sie holte tief Luft und blickte Dominik in die Augen.

»Also, gut. Wie ihr wollt.« Ihre Blicke trafen sich. »Es ist so, Lola. Dominik und ich werden heiraten. In zwei Wochen.«

Für einen kurzen Augenblick schloss Lola ungläubig ihre Augen, während sie leicht mit dem Kopf schüttelte.

»Glückwunsch. Und was geht mich das an?«

»Nun, ja. Du und Mia … Ihr seid meine besten Freundinnen. Auch wenn du dich im Moment von mir abgewandt hast, bist du mir trotzdem immer noch sehr wichtig.«

»Das hätte in dieser Situation sicherlich jeder getan«, warf Lola unverhohlen ein. »Nicht nur ich.«

»Sicher.« Sophie holte erneut Luft. »Das verstehe ich auch. Trotzdem haben wir immer noch die Hoffnung, dass du uns verzeihen kannst.«

»Eher friert die Hölle zu.«

»Es ist so, Lola«, mischte Dominik sich ein. »Wir können nicht mehr ungeschehen machen, was damals passiert ist, und wenn wir ehrlich sind, wollen wir das auch gar nicht. Sicherlich hätten wir früher mit dir sprechen müssen, und dafür möchten wir uns auch ehrlich bei dir entschuldigen. Aber dass wir uns ineinander verliebt haben, das hatte rein gar nichts mit uns beiden zu tun. Das ist einfach so geschehen.«

»Ach ja? Einfach so? Drauf geschissen! Es interessiert mich nicht, wie sehr es euch leid tut. Es interessiert mich auch überhaupt nicht, dass ihr heiraten wollt. Kratzt mich nicht die Bohne. Ich verstehe nicht, warum ihr mir das unbedingt persönlich sagen wolltet. Eine Postkarte hätte es für meine Begriffe genauso getan.« Lola wusste, dass sie unnötig gemein zu den beiden war, doch es tat ihr gut. Insgeheim musste sie Mia jetzt sogar Recht geben. Eine Aussprache war gar nicht so schlecht. Immerhin konnte sie den beiden jetzt einmal unverblümt ihre Meinung sagen.

»Lola, jetzt sei doch nicht so gemein zu den beiden«, versuchte Mia zu schlichten. »Sie entschuldigen sich doch bei dir.«

»Ja, und? Das ist jawohl auch das Mindeste. Wochenlang, Mia. Wochenlang! Kannst du dir überhaupt vorstellen, wie man sich da fühlt? Die beste Freundin mit dem eigenen Freund! Wochenlang …!«

Lola lehnte sich in ihrem Stuhl zurück und verschränkte die Arme vor dem Körper. Sie hatte genug gehört. Nein! Keinesfalls wollte sie so tun, als ob alles wieder in Ordnung sei. Und nein! Sie wollte die Entschuldigung nicht annehmen. Noch nicht, jedenfalls.

»Ja!«, brach es aus Sophie hervor. »Zum hundertsten Mal! Natürlich hast du Recht. Mit allem! Aber mehr als entschuldigen können wir uns auch nicht. Herrgott noch mal! Ich will mich endlich wieder mit dir vertragen. Sonst kann ich unmöglich heiraten!«

Lola setzte sich auf und schob den Teller vor sich zur Seite, damit für ihre Arme genügend Platz war.

»Sophie. Was willst du von mir? Willst du etwa meinen Segen für diese ganze Farce?«

Dominik war anzusehen, wie sehr ihm Lolas Worte wehtaten.

»Das ist keine Farce. Sophie und ich wollen unser Leben miteinander verbringen und werden in zwei Wochen heiraten. Alles, worum wir dich bitten, ist, dass wir unseren Streit beenden. Wir möchten gerne in Ruhe und Frieden vor den Altar treten können.«

Lola konnte es kaum glauben. Sie schienen es tatsächlich ernst zu meinen mit dieser Hochzeit. Manuels Blick traf den ihren. Und obwohl sie immer noch tierisch wütend und enttäuscht von ihm war, verfehlte sein

Blick seine Wirkung nicht. Sie war augenblicklich milder gestimmt.

»Was soll's. Wenn ihr unbedingt heiraten müsst … Ich kann damit leben. Ich kann es im Prinzip sowieso nicht verhindern. Zufrieden?« Zu mehr war sie bei aller Liebe nicht im Stande.

Die Erleichterung ihrer Freunde war deutlich zu spüren. Ein Lächeln huschte über alle Gesichter hinweg, und Lola war selber richtig stolz auf sich, trotz des immer noch beklemmenden Gefühls, welches in ihrer Brust herrschte.

»Vielen Dank. Das bedeutet uns sehr viel«, sagte Sophie.

»Da wäre noch etwas, das wir mit dir besprechen möchten.« Sie und Dominik blickten sich verschwörerisch in die Augen.

»Was denn noch?«, platzte es aus Lola heraus. »Falls du schwanger bist, will ich es nicht wissen.«

Mia verschluckte sich an ihrem Brötchen und Tristan klopfte ihr amüsiert den Rücken.

»Aber nein«, antwortete Sophie. »Ich möchte, dass du meine Trauzeugin wirst.« Lolas Blick fuhr ungläubig zu den beiden herüber. Es reichte wohl noch nicht, dass sie gerade eben über ihren eigenen Schatten gesprungen war, der wohlbemerkt meterhoch war. Nein! Sie fanden jetzt auch noch die Dreistigkeit, sie so etwas zu fragen.

»Das ist ein Scherz, nehme ich an.« Sie war sauer.

»Nein. Es ist mein voller Ernst«, versuchte Sophie zu erklären. »Ich möchte dich als meine Trauzeugin dabei haben.«

Lola musste lachen. Es war kein vergnügliches Lachen. Ganz und gar nicht. Der hysterische Unterton ließ sich einfach nicht unterdrücken. Dem Wahnsinn nahe ließ sie es einfach zu. Sie gluckste auf und ab wippend vor sich hin und hielt sich den Kopf. Sie spürte, wie Manuel neben ihr nervös wurde. Sie wusste, dass er wusste, dass sie kurz vorm Ausrasten war.

»Ihr tickt doch nicht mehr ganz sauber!«, brach es unvermeidlich aus ihr hervor. »Ich, die betrogene Exfreundin, soll für dich die Trauzeugin spielen? Das ist so lächerlich. Geh! Geh endlich! Such dir andere Freunde! Ich stehe für euer krankes Spiel nicht zur Verfügung!« Mittlerweile war ihr das Lachen vergangen. Sie stand auf und warf ihre Serviette wütend auf den Tisch, so dass die Kaffeetasse klirrte und der Kaffee überschwappte. Ihr Blick ging zu Mia herüber.

»Warum nicht Mia?«, warf sie wütend ein. »Die ist bestimmt ganz versessen darauf, im Glitzerfummel auf eurer Hochzeit zu glänzen, und die hat auch ganz sicher kein Problem damit, wie schlecht es mir dabei geht.« Mia wirkte traurig, doch es war Lola egal.

»Was auch immer du dir von diesem Tag heute versprochen hast, Mia, es wird nicht geschehen. Veranstaltet euer Puppentheater ohne mich. Ich werde mich nicht zum Gespött der Nation machen.«

»Aber es will dich doch keiner verspotten«, rief Dominik aufgebracht. »Wir möchten uns nur vertragen.«

»Ja! Das hab ich wohl verstanden«, fiel Lola ihm ins Wort. »Aber ganz sicher nicht, damit es mir besser geht, sondern damit es euch besser geht! Ihr habt nämlich selbst so ein dermaßen schlechtes Gewissen, dass es euch innerlich auffrisst!«

Totenstille. Lola hatte genug. Sie rückte den Stuhl zur Seite und verließ die Veranda, ohne weiter auf die anderen zu achten.

Entschlossen trugen ihre Beine sie durch die kleine Pforte und sie lief den Pfad zwischen den Häuschen entlang. Sie rannte. Ein paar einzelne Regentropfen fielen auf ihr Gesicht und der kalte Morgenwind pfiff ihr durch die kupferroten Haare. Die Schritte, die sie hinter sich hörte, interessierten sie nicht. Immer weiter lief sie. Sie wollte nur noch fort von hier.

Die gehören allesamt in die Klapsmühle! Hier ging es doch gar nicht um sie, sondern einzig und allein um das Wohl der anderen. Sie hatte das so satt!

»Lola! Bitte! Bleib doch endlich stehen. Ich kann gleich nicht mehr«, hörte sie Sophies Stimme hinter sich. Lola dachte nicht daran und lief weiter.

»Jetzt mach es mir doch nicht so schwer. Bitte. Lauf nicht weg.«

Verbissen hielt sie Kurs.

»Ich vermisse dich, Lola. Dass ich dir so sehr wehgetan habe, tut mir selbst am allermeisten leid. Bitte, rede mit mir.« Sophies Stimme klang immer verzweifelter, und Lola kam es fast so vor, als hätte sie ein Schluchzen gehört. Ohne ein Wort ging sie weiter.

Sophie gab nicht auf. »Was kann ich tun, damit du mir verzeihst? Lola, du bist meine beste Freundin. Wir kennen uns seit dem Kindergarten. Ich möchte nicht, dass es so endet.«

Das reichte!

»Herrje!« Schroff fuhr sie herum. »Du bist hartnäckiger als Unkraut. Ich will mit euch nichts mehr zu tun haben. Akzeptier das doch endlich. Geh und heirate. Mach Babys. Meinetwegen ein halbes Dutzend davon … Geh endlich und lass mich in Ruhe mein Leben leben.«

Sie sah, wie sehr ihre Worte Sophie verletzten, und tief in sich drin spürte sie selbst eine große Sehnsucht danach, dass alles wieder so wäre wie früher. Doch es konnte nie wieder so sein. Sie wusste es. Sophie nicht. Wie konnte sie ihr das nur begreiflich machen? Angewurzelt stand ihre einstmals beste Freundin da und brachte kein Wort mehr heraus.

»Hör zu, Sophie.« Ihr Tonfall war wieder deutlich ruhiger geworden. »Ich werde bei eurer Hochzeit ganz sicher nicht dabei sein. Ich kann nicht einfach so tun, als ob das alles nicht geschehen wäre.«

»Aber das sollst du doch auch gar nicht. Wenn es möglich wäre, würde ich die Zeit zurückdrehen und vieles anders machen. Ganz ehrlich.«

»Ach, ja? Was denn, zum Beispiel?«

»Ich würde dich nicht belügen und hintergehen.«

»Ändert aber nichts an der Tatsache, dass du mir meinen Freund ausgespannt hast.«

Sophie schien zu wissen, worauf Lola hinauswollte.

»Das stimmt. Auch wenn es das Letzte ist, was du jetzt hören möchtest, mich in Dominik zu verlieben und zu wissen, dass er meine Liebe erwidert, macht mich zum glücklichsten Menschen der Welt.«

Lola verdrehte die Augen. »Ach, Sophie. Hörst du dir eigentlich manchmal selbst zu? Damit stimmst du mich nicht versöhnlich, sondern gießt noch Öl ins Feuer. So etwas will ich wirklich nicht hören.«

»Aber verstehst du denn nicht? Dominik und ich gehören zusammen. Es ist die ganz große Liebe. Ich hätte mir auch gewünscht, dass es nicht unbedingt der Freund meiner besten Freundin ist, aber das kann ich nun einmal nicht ändern. Wir haben dagegen angekämpft, um deinetwillen. Aber die Gefühle waren einfach stärker.«

»Mir kommen gleich die Tränen.« Lola konnte es nicht nachvollziehen. Was auch immer Sophie ihr versuchte zu sagen, sie verstand es nicht.

Es knackte im Gebüsch neben ihr. Hände fuhren um sie herum und packten sie. Ehe sie sich's versah, wurde sie herumgeschleudert und über die Schulter eines ihr unbekannten Menschen geworfen, der sie schnurstracks davontrug. Sophie schaute ihnen mit offenem Mund entsetzt nach. Lola wusste nicht, wie ihr geschah. Sie wollte schreien, doch es kam kein Laut über ihre Lippen.

Von einer Sekunde auf die andere drang dieser unverkennbar markante Geruch in ihre Nase. Sofort wusste sie, wer sie gepackt hatte. Panik stieg in ihr auf.

»Kristof, lass mich sofort runter«, schrie sie hysterisch. »Hör auf damit.« Verzweifelt sah sie, wie Sophie immer noch regungslos in der Botanik stand.

»Sophie, hol die anderen. Schnell!«

Mit Kristof hatte sie jetzt am allerwenigsten gerechnet. Lola wusste nicht, wie sie sich aus seinem Klammergriff befreien sollte. Es war unmöglich, ihm zu entkommen. Wild mit den Händen rudernd schlug sie um sich.

»Herrgott! Lass mich sofort runter! Das ist Kidnapping, was du da machst.«

Kristof sprach kein Wort mit ihr. Es machte auf Lola den Eindruck, als würde er einen strikten Plan verfolgen. Wo um alles in der Welt kam er nur so plötzlich her? Sie war so froh gewesen, ihn endlich los zu sein.

Sie bekam ein ungutes Grummeln in der Magengegend und es beschlich sie das Gefühl, dass die ganze Sache noch ziemlich ungemütlich werden könnte. Stumm betete sie zum Himmel. Hoffentlich würden die anderen ihr rechtzeitig zu Hilfe kommen, und vor allem hoffte sie, dass sie sie finden würden. *Opa, bitte pass auf*, bettelte sie, den Blick gen Himmel gerichtet.

Mit Schrecken stellte sie fest, dass Kristof sie durch einen Knick trug und dann über einen Feldweg schritt, hinter dem sich ein erneuter Graben befand, den sie ebenfalls durchquerten. Der Boden war vom vielen Regen in den letzten Tagen völlig durchgeweicht, und es war wahrscheinlich einzig und allein Kristofs festem Willen und seiner Entschlossenheit zu verdanken, dass sie nicht im Morast steckenblieben. Hinter dem zweiten Knick war ein großes, freies Feld. Er lief immer weiter. Immer geradeaus. Sie verdrehte den Kopf, so gut es eben ging, und versuchte auszumachen, auf was er zusteuerte.

Es war so still. Nur sein Atem und seine Schritte waren zu hören.

Lola wagte einen erneuten Versuch. Dieses Mal ein wenig ruhiger. »Lass mich bitte runter, Kristof. Was auch immer mit dir los ist … Wir können doch über alles reden. Bitte, bitte, lass mich endlich runter. Ich hab Angst.«

Das stimmte. Lola hatte wirklich eine Scheißangst. Sie spürte, wie er seine Schritte zwar verlangsamte, aber dennoch eisern seines Weges lief.

»Du brauchst keine Angst zu haben. Es wird gleich vorbei sein.« Seine Stimme klang nüchtern, fast tonlos.

Nun hatte sie wirklich sehr, sehr große Angst. Was würde vorbei sein? Hatte er etwa vor …?! Tränen schossen ihr in die Augen und von weit her konnte sie einen Zug hören, der die Gleise entlangfuhr. Wild und ungestüm versuchte sie erneut, sich aus seinem Klammergriff zu befreien. Sie schrie wild auf und riss sich hektisch hin und her, so dass Kristof mit ihr zusammen ins Straucheln geriet und in die Knie gehen musste. Als sie Boden unter ihren Füßen spürte, stützte sie sich energisch ab, um aufzuspringen und loszulaufen, doch er hielt sie hinten an der Jacke gepackt. Beide gingen sie zu Boden.

»Heute entkommst du mir nicht. Das schwör ich! Ich bring das jetzt zu Ende. So oder so.«

Zum ersten Mal hatte sie Blickkontakt mit ihm.

»Was soll das bedeuten?! Verdammt!« Ihre Kehle brannte, so sehr schrie sie sich die Seele aus dem Leib. Sie funkelte ihn böse an und spürte, wie verzweifelt Kristof war. War er überhaupt noch zurechnungsfähig? Wohl kaum.

»Warum hängst du immer noch an mir dran? Geh und such dir gefälligst eine andere. Wird dir ja sicherlich nicht schwer fallen, nehme ich mal an.«

Kristof war sichtlich vor den Kopf gestoßen. Er hatte offensichtlich nicht mit einer Konfrontation gerechnet. Trotzdem zog er sie weiter grob über das Feld. Er hatte seinen Plan also noch nicht aufgegeben.

»Warum musste auch ausgerechnet Manuel sich da einmischen. Alles hätte so wunderbar sein können.« Er machte eine kleine Pause, bevor er weitersprach. »Dass ich mich in dich verliebe, war so nicht geplant.«

Lola bemerkte, wie er sie ansah und ihren fragenden Blick richtig deutete.

»Ja, genau. Hätte Manuel dich nicht manipuliert, wären wir zwei immer noch zusammen. Gib es doch zu, Lola. Du wolltest doch am Anfang gar nichts von ihm wissen. Das hast du immer gesagt. Und das zwischen uns war von jeher etwas Besonderes. Nur leider … hast du das vergessen. Mir bleibt also gar keine andere Wahl, als dich mit Gewalt wieder an deine Gefühle für mich zu erinnern.«

Kristof schlang Lola seinen Arm um die Hüfte und zerrte sie erneut durch einen Knick. In der Ferne konnte sie jetzt Bahngleise ausmachen und ihr Herzschlag setzte für einen Augenblick aus.

»Das ist nicht dein Ernst, oder? Kristof! Sag, dass das nicht wahr ist!« Sie flehte ihn förmlich an, während sie panisch auf die Gleise starrte, die sie weiterhin festen Schrittes ansteuerten. Erneut griff er mit seinen Händen fest in ihre Jacke und hielt entschlossen Kurs.

»Gleich werden wir wissen, wie viel ich dir wirklich bedeute. Ich habe nicht vor, ohne dich weiterzuleben. Nur damit du es weißt.«

»Das ist also dein Plan, ja? Du bist wirklich irre!« Insgeheim wusste sie, dass es nicht besonders hilfreich war, ihn in seinem Zustand auch noch zu reizen, doch die Situation war durchaus lächerlich. Ein erwachsener Mann drohte ihr, der kleinen Lola, mit Selbstmord, wenn sie nicht zu ihm zurückkehren würde. So weit hatte sie ihn wohl richtig verstanden, nicht wahr?

»Kristof. Du bist nach wie vor ein toller Mann und ich danke dir sehr für unsere gemeinsame Zeit, aber …«

»Ich scheiß auf dein Aber!«, unterbrach er sie. Seine Augen sprühten vor Wut. »Ich will mit dir zusammen sein und alles andere ist mir scheißegal, verstehst du?« Sie spürte, wie ernst es ihm damit war, und mit einem Mal fand sie die Situation gar nicht mehr lächerlich, sondern überaus bedrohlich.

»Du willst also allen Ernstes mit einer Frau dein Leben verbringen, die einen anderen liebt, ja?«

Schon wieder Provokation, Lola! Nicht gut.

Kristof schnaufte auf und ging weiter. Mittlerweile waren sie nicht mehr weit von den Gleisen entfernt.

»Hör zu. Ich liebe Manuel. Und du musst mir glauben, auch ich habe das so nicht geplant. Bitte entschuldige mich dafür, aber so ist es nun einmal. Du wirst eine andere Frau finden, die dich glücklich macht.«

Kristof fuhr herum und packte Lola an den Schultern. Zornig blickte er sie an.

»Versteh doch endlich. Ich will niemand anderes finden. Ich will dich, denn ich liebe dich so sehr, wie ich noch niemals jemanden vor dir geliebt habe. Selbst meine Frau habe ich zu keiner Zeit so sehr geliebt, wie ich dich liebe. Ich spüre einfach, dass wir zwei zusammengehören. Du bist meine zweite Hälfte. Der Schlüssel zum Glück, wenn du es so sehen willst. Ich kann mir ein Leben ohne dich nicht vorstellen. Jeden Tag, den ich ohne dich verbringen muss, den ich mich nach dir verzehre, ist eine Qual für mich.«

Sie sahen sich in die Augen und der scharfe Wind und der Nieselregen, der erneut aufgezogen war, rissen an ihnen.

»Du kannst das nicht erzwingen, Kristof. Genauso wenig wie ich Dominik damals halten konnte, kannst du meine Liebe erzwingen. Es funktioniert nicht. Und das Irrsinnige dabei ist, es trägt noch nicht einmal jemand Schuld daran.«

Lola stutzte über ihre eigenen Worte. *Huch! Was war das gerade? Einsicht? Erkenntnis?* Mit einem Mal sah sie die Dinge von damals klarer, doch sie hatte keine Zeit, sich weiter darüber Gedanken zu machen. Kristof zog sie erneut an ihrer Jacke mit sich. Nun waren sie den Gleisen gefährlich nahe.

»Das werden wir ja sehen«, rief Kristof entschlossen und stellte sich auf die Gleise, während er Lola weiter gepackt hielt. Der Regen wurde heftiger.

Mehrere Dinge passierten gleichzeitig. In der Ferne hörte sie, wie ein Zug nahte, und von weit hinten aus dem Knick konnte sie eine Stimme ausmachen. Es war Manuel.

»Lola!«

Ihr Herz tat einen Hüpfer. Er war da! Trotz allem.

Sie riss den Kopf herum, konnte aber niemanden erkennen. »Ich bin hier!«, schrie sie aus Leibeskräften. Kristof fuhr ihr mit seiner Hand über den Mund, damit sie Ruhe gab, doch es war zu spät.

Aus dem Augenwinkel konnte sie sehen, wie Manuel mit einem Affentempo durch den Knick schoss und sofort, nachdem er die Situation überblickt hatte, auf sie zugerannt kam, so schnell ihn seine Beine trugen.

»Lass sie los!«, hörte sie ihn schreien. Er rannte, als gäbe es kein Morgen mehr. Wie der Blitz schoss er über das Feld hinweg auf die beiden zu. Noch nie hatte er so verzweifelt ausgesehen.

Kristof hatte Lola fest an sich gezogen. »Das wäre jetzt der passende Moment, um mir zu sagen, dass du *mich* über alles liebst und dein Leben mit *mir* verbringen möchtest«, flüsterte er ihr von hinten ins Ohr. »Deine letzte Chance. Sieh!«

Seine Stimme klang so bedrohlich, dass Lola Gänsehaut bekam, während Kristof mit dem Finger nach rechts zeigte und sie mit Schrecken einen Zug auf sie beide zukommen sah.

Sie atmete hektisch und riss sich herum. Verzweiflung machte sich in ihr breit.

»Das kann ich nicht. Kristof. Ich liebe dich. Ja. Das ist wahr. Aber nicht so, wie du es dir wünschst. Verdammt noch mal! Komm von den Gleisen runter. Das ist es nicht wert. Ich bin es nicht wert!«

Noch nie hatte sie solch eine Traurigkeit in seinen Augen gesehen. So konnte es nicht zu Ende gehen. So durfte es nicht zu Ende gehen!

Kristof packte sie und schubste sie nach hinten weg, so dass Lola in den Dreck fiel. »Dann ist es also beschlossen.«

Stur blieb er auf den Gleisen stehen und sie sahen, wie der Zug immer näher kam. *Der Kerl will es also tatsächlich durchziehen. Unfassbar!*

Sie sprang auf und wollte auf ihn zustürmen, da riss Manuel sie zurück. Er hielt sie mit keuchendem Atem fest.

»Lola, nein! Tu mir das nicht an. Es ist zu gefährlich. Sieh.«

Der Zug wurde lauter und lauter und kam mit einer unaussprechlichen Geschwindigkeit näher. Lola hätte nicht mehr abschätzen können, wie lange er noch brauchte, bis er Kristof erreichen würde.

Sie hielt sich an Manuel fest und blickte in seine Augen. Sie sah die Angst, die er bis eben um sie gehabt hatte, noch darin. Im nächsten Moment dachte sie wieder an Kristof.

»Spring doch endlich von den Gleisen! Bitte. *Jetzt*!«

Als sie seinen Blick einfing, wusste sie auch ohne Worte, was in Kristof vor sich ging. Wie er sie und Manuel jetzt so zusammen sah, begriff er, dass er verloren hatte. Sie sah die Panik in ihm aufsteigen. Er war hin- und hergerissen zwischen dem Wunsch, seinen Plan in die Tat umzusetzen, oder vernünftig zu werden und dem herannahenden Zug auszuweichen.

Lola wusste, ihm blieb nicht mehr viel Zeit zum Überlegen. Der Zug hupte wild, während er versuchte, an Fahrt zu verlieren. Die Bremsen quietschten unerträglich. Es war jedoch klar, dass der Zug nicht rechtzeitig zum Stehen kommen würde.

Der Wind trug ein paar Worte von Kristof zu ihr herüber. »Ich liebe dich, Lola. Werde glücklich.«

Sie spürte durch den aufkommenden Wind, dass der Zug gefährlich nahe war. Fassungslos sah sie, wie Manuel entschlossen auf Kristof zusprang und ihn an den Schultern packte. In diesem Moment rauschte der Zug mit einem energischen Windstoß, der sie von den Füßen riss, an ihr vorbei.

»*Nein*!«, schrie sie entsetzt und riss die Augen weit auf. Sie versuchte, etwas zu erkennen, doch der Zug fuhr immer noch zu schnell. Güterwaggon um Güterwaggon sauste an ihnen vorbei und Lola bekam Angst. Was würde sein, wenn der Zug vorüber war?

Sie wandte den Blick vom Zug ab und sah Mia mit den anderen ein kleines Stück abseits stehen. Das blanke Entsetzen stand in ihren Augen. Geistesgegenwärtig zog Tristan sein Handy heraus und setzte vermutlich einen Notruf ab.

Sie spürte Sophie an ihrer Seite und beide Frauen hielten sich aneinander fest.

»Sophie? Was passiert hier?«

Sophie hielt sie eng an sich gedrückt. Sie vergrub ihr Gesicht in Sophies Jacke.

»Ich weiß es nicht, Lola. Ich weiß es nicht.«

Der Zug war so irrsinnig lang. Verflixt lang! Wusch-wusch-wusch-wusch-wusch. Immer und immer wieder das gleiche Geräusch. Sie hörte ihr Herz wild in der Brust schlagen und war froh, dass Sophie an ihrer Seite war.

Dann wurde es still. Der Zug hielt. Eine Weile geschah nichts. Keiner wagte einen Blick auf die Gleise. Sie sah Mia und die anderen, wie sie sich aneinander festhielten und auf den Boden starrten. Sie selbst wollte nicht hinsehen. Doch blieb ihr eine Wahl? Nein! Sie musste hinsehen. Was auch immer für ein Anblick sie erwarten würde.

»Oh, Gott sei Dank!«, hörte sie Sophies Stimme neben sich. Sie spürte, wie ihre Freundin aufatmete und drehte sich jetzt selbst um. Auf der anderen Seite der Gleise, unter dem Zug hindurch, waren Kristof und Manuel zu sehen, wie sie nebeneinander im Dreck lagen.

Für Lola gab es kein Halten mehr. Sie lief um den halben Waggon herum und überquerte stolpernd die Gleise. Unaufhaltsam hielt sie auf Manuel zu und schlang fest ihre Arme um ihn, als sie ihn endlich erreicht hatte.

»Oh, großer Gott. Ich danke dir!« Sie zog sein Gesicht zu sich heran und hielt es fest in ihren Händen.

»Bist du irre?«, schimpfte sie mit ihm. »Du hättest sterben können. Tu das ja nie wieder! Hast du verstanden? Ich hatte solch eine Angst um dich. Ich brauche dich doch.«

Manuel schien jetzt erst zu begreifen, was er gerade eben getan hatte, und brachte ein erleichtertes, verkrampftes Lächeln zustande. Mehr nicht. Er war kreidebleich. Sie küsste ihm wieder und wieder das Gesicht und konnte ihn nicht mehr loslassen.

Sie war überglücklich zu spüren, wie Manuel ihre Umarmung endlich erwiderte. Niemals auf der Welt wollte sie wieder ohne ihn sein. Manuel! Er war ihr Halt, ihre Zuflucht, ihre Liebe. Es war ihr egal, was nach der Hochzeit passiert war. Sie wollte bei ihm sein. Für den Rest ihres Lebens.

Ehrfürchtig schauten sie einander in die Augen. Seine Erleichterung darüber, Lola wieder an seiner Seite zu wissen, war deutlich spürbar. Fest drückte er sie an sich und ließ sie nicht mehr los.

Über Manuels Schulter hinweg sah sie Kristof. Ernst und starr war sein Blick, aber nicht mehr wütend und auch nicht traurig, sondern irgendwie friedlich.

»Es tut mir leid«, flüsterte sie ihm zu. Kristof nickte. Er nahm ihre Entschuldigung an. Einfach so. Er hatte begriffen. Genau wie Lola selbst heute einiges begriffen hatte. Beiden gelang so etwas wie ein versöhnliches Lächeln.

Dann stand Kristof auf und ging, wortlos. Fremdgesteuert und monoton waren seine Schritte, die sich langsam, aber sicher immer weiter von ihnen über das freie Feld entfernten. Doch sie wusste jetzt, dass er nicht aufgeben würde. Er würde neu anfangen. Ohne sie.

Zärtlich blickte sie Manuel an und war unendlich froh, ihn an ihrer Seite zu wissen. Er war es, mit dem sie glücklich werden wollte.

»Oh, ich liebe dich so sehr!«, brachte sie endlich das Wesentliche über die Lippen. Es war alles, was zählte.

Kapitel 14

Ein Neubeginn

Lola und Mia standen mit den anderen unverheirateten Frauen auf der großen Treppe vor dem herrschaftlichen Gebäude und warteten darauf, dass Sophie diesen vermaledeiten, dämlichen Brautstrauß werfen würde. Sie blickte zu Manuel herüber, der mit ihrem Vater und Tristan amüsiert etwas abseits stand und das Geschehen beobachtete. Sie rollte mit den Augen.

»Ach, du meine Güte«, quasselte Mia schon seit geraumer Zeit in einer Tour vor sich hin. »Jetzt ist es so weit. Ich bin ja so aufgeregt. Ob ich es wohl schaffe, ihn zu fangen? Hoffentlich wirft sie nicht zu weit nach links.«

»Ruhig Blut«, unterbrach Lola ihre Freundin gelangweilt. »Ihr habt schließlich oft genug zusammen geübt. Nicht wahr?«

Lola wusste, dass Mia den Strauß um alles in der Welt haben wollte, und hatte sich bewusst dafür entschieden, sich neben sie zu stellen. So geriet sie gar nicht erst in Versuchung, ihn aus Versehen selbst zu fangen. Mias Reflexe würden dies zu verhindern wissen. Sie hörte, wie die Hochzeitsgesellschaft anfing, von zehn herunterzuzählen, und sah, wie Sophie ihnen den Rücken zudrehte. In diesem Moment klingelte es in Mias Handtäschchen verdächtig.

»Immer im falschen Augenblick!«, sagte Mia gereizt, während sie nervös ihr Telefon aus der Tasche fummelte. Mit den glitzernden, langen Fingernägeln kein allzu leichtes Unterfangen.

Die Hochzeitsgesellschaft hatte mittlerweile bis zwei heruntergezählt, doch Mia schien außer Stande, sich auf den Brautstrauß zu konzentrieren. Sie drehte sich von Lola weg und hielt sich ihr Handy ans Ohr.

»Cordie? Es ist jetzt wirklich sehr unpassend.«

Ein unangenehm piksendes und stark nach Blumen duftendes Etwas flog Lola an den Kopf. Der Brautstrauß fiel ihr in die Arme. Fassungslos schaute sie auf die Blumen in ihren Händen. Um sie herum klatschte die Menge begeistert auf.

Sie schaute zu Manuel herüber. Amüsiert, wenn auch etwas verlegen, lächelte er. Er lächelte. Lola nicht. Das konnte nicht sein! Nicht der Brautstrauß. Doch nicht sie!

Mia drehte sich zu der verdatterten Lola herum. Sie hatte das Gespräch beendet. Innerlich machte sich Lola bereits auf ein großes Donnerwetter gefasst.

»Hmpf«, war aber alles, was Mia hervorbrachte. Für einen kurzen Augenblick schien ihre Freundin sich tatsächlich darüber zu ärgern, den Brautstrauß nicht selbst gefangen zu haben. Eine Sekunde später aber drückte sie Lola an ihr Herz.

»Das ist dann wohl Schicksal, nicht wahr?«, freute sich Mia.

Lola betrachtete den Brautstrauß in ihren Händen. Die zartrosa schimmernden Rosen und das weiße Schleierkraut verliehen dem Strauß eine wohltuende Leichtigkeit. Die kleinen Perlen, die in den Strauß eingearbeitet waren, und das feine Satinband glänzten in der Sonne.

Ihr Blick huschte zu Manuel herüber, der ihr aufmunternd zuzwinkerte. Von der jubelnden Menge begleitet kam er auf sie zu. Zärtlich strich er ihr wortlos eine kupferrote Haarsträhne aus dem Gesicht, die sich aus ihrer Frisur gelockert hatte. Sein Blick war so hoffnungsvoll und voller Liebe für sie.

Ihren Mund umspielte ein zartes Lächeln. *Ja, okay. Dann ist es wohl Schicksal.* Während sie diesen Gedanken zuließ, fand sie sich in seinen Armen wieder. Ihr Puls beschleunigte, als sie sich küssten.

ENDE

DANKSAGUNG

Liebe Leserin, lieber Leser,

vielen Dank für Ihr Interesse an meinem Debütroman »Love Happens – Zwei sind einer zu viel«. Vielleicht ist es mir gelungen, Sie für ein paar Stunden zu erheitern? Vielleicht haben Sie sogar für ein paar Momente die Welt da draußen um sich herum vergessen und haben mit Lola und Manuel mitgefiebert? Falls ja, danke ich Ihnen für dieses großartige Kompliment! Es ist alles, was dieses Buch je wollte.

Als ich im Frühjahr 2014 die ersten paar Zeilen niederschrieb, ahnte ich nicht, wie weit mich dieses Projekt tragen würde. Und doch sitze ich jetzt hier und möchte ganz ehrlich Danke sagen:

DANKE, dem Team von Forever by Ullstein, sowie meiner wirklich wundervollen Lektorin, die von der ersten Sekunde an, an mich und meine Geschichte geglaubt hat, und dem eBook eine Chance gab.

DANKE, dem Angelwing Verlag, weil er meinen Traum vom Taschenbuch wahr werden ließ!

DANKE, meiner besten Freundin Alisa, die wahrscheinlich erst einmal rot werden wird, sobald sie ihren Namen hier liest. Danke für die vielen Spinnereien, die es zwar nicht alle ins Buch geschafft haben, uns aber eine tolle Zeit beschert haben. Du und ich, für immer!

DANKE, meiner Cousine Melanie. Unsere Telefonate zu dem Thema »Lola und ihre Männer« sind legendär und ich möchte sie um nichts auf der Welt missen. Mit ganz viel Liebe im Herzen blicke ich darauf zurück!

DANKE, Horst, für die zwar harten, aber ehrlichen Worte, als es darum ging, der Geschichte ihren ersten Schliff zu geben. Ohne dich hätte ich das niemals so toll hinbekommen.

Und DANKE Asja, Eva, Claudia, Martina, Antje und allen anderen, die ich hier jetzt vergessen habe. Ich danke Euch, für Eure Unterstützung und die tollen Gespräche. Ihr seid die Besten!

Zum Schluss die wichtigsten Menschen in meinem Leben!

DANKE, meinem großartigen Mann Henry, der mit Entsetzen feststellen musste, dass nach dem ersten Buch leider doch keine Normalität wieder einkehren wird, weil ich bereits am nächsten Roman schreibe. Und DANKE, meiner zuckersüßen kleinen Amelie, für die vielen, wichtigen Unterbrechungen und Entführungen in ihre bunte, rosafarbene Glitzerwelt. Ihr Zwei seid meine größte Inspiration. I love you!!

DANKE, meiner ganzen Familie.

Sie möchten gerne wissen, was als nächstes kommt? Dann finden Sie mich doch einfach bei

https://www.facebook.com/iris.fox.Autorin/
https://twitter.com/IrisFox_Autorin
oder
http://www.lovelybooks.de/mitglied/Iris_Fox/

Ich freue mich auf Sie!

Über die Autorin

Iris Fox, 1982 in Elmshorn geboren, lebt heute mit ihrer Familie in Syke in der Nähe von Bremen. Nach ihrem Schulabschluss absolvierte sie eine Ausbildung zur medizinischen Fachangestellten. Viele Jahre blieb sie dem medizinischen Bereich treu, bis sie nach ihrer Elternzeit in eine Einrichtung für körperlich und geistig beeinträchtigte Menschen wechselte. Obwohl seit jeher unzählige Geschichten in ihrem Kopf herumschwirren, widmet sie sich erst seit 2014 mit viel Herz und Leidenschaft aktiv dem Schreiben von Romanen.

Weitere Werke der Autorin

Drei Tage Glück
Just one dance – Lea & Aidan